SAUERLÄNDER

© Barbara Stoneham

Lisa Moore wurde 1964 in St. John's, Kanada, geboren, wo sie auch heute noch lebt. Sie studierte Kunst am Nova Scotia College of Art and Design und hat mehrere Kurzgeschichten und Romane veröffentlicht, für die sie vielfach ausgezeichnet wurde, u. a. mit der Nominierung für den Man Booker Prize. ›Das Glück hat vier Farben‹ ist ihr erster Roman für Jugendliche.

Weitere Informationen zum Kinder- und Jugendbuchprogramm der S. Fischer Verlage finden sich auf *www.blubberfisch.de* und *www.fischerverlage.de*

Lisa Moore

Das GLÜCK hat vier FARBEN

Aus dem Amerikanischen von
Maren Illinger

SAUERLÄNDER

Erschienen bei FISCHER Sauerländer

Die amerikanische Originalausgabe erschien 2016
unter dem Titel ›Flannery‹ bei Groundwood Books, Toronto

Hedderichstr. 114, D-60596 Frankfurt am Main
Umschlaggestaltung: Frauke Schneider, Wittighausen
Satz: Dörlemann Satz, Lemförde
Druck und Bindung: CPI books GmbH, Leck
Printed in Germany
ISBN 978-3-7373-5480-6

Für die Gang aus Livingstone
Emily, Shannon, Eva, Theo und Angel (und
Gang-Konsorten Rachel, Ben, Max und Jack)

1

Ich laufe eilig den Long's Hill hinauf. Eilig, weil ich sonst zu spät zur Schule komme. Schon wieder.

Wer zu spät zur Schule kommt, erhält einen automatischen Anruf. Eine künstliche Stimme, übertrieben freundlich und arglos wie der Typ von nebenan, ruft zu Hause an und verpfeift dich.

Ein Kind aus Ihrem Haushalt namens … – und nach »namens« wechselt die Stimme. Eine neue Stimme ergänzt deinen Namen.

Diese Stimme ist schwer von dir enttäuscht. Sie klingt vorwurfsvoll und traurig und dumpf wie Donnergrollen. Die Stimme sagt FLANNERY.

Und dann kommt wieder die erste Stimme.

Der Typ von nebenan. Der Typ mit den guten Manieren, der nur seinen Job macht.

Ein Kind aus Ihrem Haushalt namens FLANNERY ist in der ersten Stunde am 17. September dem Unterricht ferngeblieben. Der Typ von nebenan redet weiter und sagt demjenigen, der ans Telefon gegangen ist, dass er lieber schleunigst eine Entschuldigung schreiben sollte, warum FLANNERY nicht im Unterricht war, weil sonst das Kind in seinem Haushalt namens FLANNERY für alle Zeiten in der Hölle schmoren wird.

Gestern kam der dritte Anruf, seit die zwölfte Klasse angefangen hat, und das ist gerade mal zwei Wochen her.

Immer bin ich es, die ans Telefon geht. Miranda, meine Mutter, geht nie ans Telefon. Sie hasst das Telefon.

Dann muss ich mir selbst eine Entschuldigung schreiben und Mirandas Unterschrift fälschen, denn wenn sie die Entschuldigung schreibt, schreibt sie gleich ein ganzes Manifest darüber, dass sie nicht an Pünktlichkeit glaubt. Sie glaubt, dass Pünktlichkeit nur was für Duckmäuser ist, und dass Highschool-Schüler ihren Schlaf brauchen und nicht von rasselnden Weckern aus ihren morgendlichen Träumen gerissen werden sollten.

Normalerweise schreibe ich die Entschuldigung am nächsten Tag vor der Schule. Ich suche im ganzen Haus nach einem Blatt Papier, und dann komme ich wieder zu spät.

Deshalb beeile ich mich heute Morgen, weil FLANNERY sonst Anruf Nummer vier bekommt.

In der ersten Stunde habe ich Betriebswirtschaftslehre. Es ist das letzte Wahlfach, das ich für den Highschool-Abschluss brauche und, ehrlich gesagt, das einzige, das in meinen Stundenplan gepasst hat.

Es regnet wie aus Kübeln, die Jeans klebt mir an den Oberschenkeln, und ich zerbreche mir den Kopf, welches Produkt ich entwickeln soll. Das Produkt, das 60 Prozent meiner Note in diesem Kurs ausmachen wird.

Mr Payne hat uns geraten, Dinge zu nehmen, die die Leute noch nicht haben. Dinge, von denen sie erst merken, dass sie sie haben wollen, wenn ihr Blick darauf fällt.

»Genau dieses Verlangen nach Ihrem Produkt müssen Sie wecken«, hat Mr Payne gesagt. »Wo es vorher kein Verlangen und keine Nachfrage gab. Das ist die Essenz«, sagte er, »die Seele erfolgreicher Unternehmen.«

Zum Beispiel: Klodeckelüberzüge aus Plüsch, Haustiersteine, Staubtücher mit Glitzer und Federn, Avocadolöffel, Eiswürfelbehälter in Seesternform, Weihnachtspullover mit Blinklichtern. Mr Payne führte uns alle möglichen Produkte in rascher Abfolge in einer PowerPoint-Präsentation vor.

Ein Gemüseentsafter. Ein Joghurtbereiter. Ein Massagestuhl mit mittelalterlich anmutenden Gurten und Schnallen. Kühlschrankmagnetworte, mit denen die Leute am Kühlschrank Gedichte verfassen können, während sie ihren Morgenkaffee schlürfen.

»Alles Dinge, ohne die wir bestens klarkamen, bevor sie erfunden wurden«, sagte Mr Payne. Dann klappte er den Laptop zu.

»So ein Produkt«, fuhr Mr Payne fort, »sollen Sie entwickeln. Finden Sie heraus, worauf die Welt wartet, denn das

Verlangen nach neuen Produkten ist unstillbar. Schaffen Sie etwas Neues oder verändern Sie etwas Altes, so dass es neu wirkt.«

»Plunder«, sagte er. »Wir erfinden Plunder.«

Gerüchten zufolge hat Mr Payne selbst irgendwann einen reiskorngroßen Mikrochip erfunden, der schmerzlos zwischen den Schulterblättern eines Kindes implantiert werden kann und der auf die biometrischen Veränderungen reagiert, wenn das Kind lügt. Ein Anstieg der Temperatur, beschleunigter Puls, Verengung der Pupillen und feuchte Handflächen. Angeblich löst er einen schrillen Alarm an den Schlüsselanhängern der Eltern aus, sobald dem Kind eine Lüge über die Lippen kommt.

Offenbar hat sich die Idee nicht durchgesetzt. Aber die buschigen schwarzen Augenbrauen und den starren Haarhelm des genialen Wissenschaftlers hat Mr Payne auch heute noch.

Erst habe ich an einen wasserfesten BH gedacht. Ein wasserfester BH, der richtig gut sitzt. Ich habe große Brüste und weiß, wovon ich rede. Ein innovatives BH-Design könnte den Unterwäschemarkt revolutionieren.

Ein BH, der Mädchen Halt bietet.

Aber es könnte unangenehm werden, den BH vor der Klasse zu präsentieren.

Deshalb ist meine neue Idee ein Designerpümpel. Mit Punkten oder Streifen.

Das Design des typischen Haushaltspümpels ändert sich

nie. Alle haben den gleichen Pümpel. Holzgriff und braune Saugglocke. Niemand scheint je einen zu kaufen, aber jeder hat einen. Wo kommen die Dinger her?
Vielleicht gibt es Bedarf nach einem Pümpel mit Pfiff. Schließlich hat der bescheidene Pümpel eine edle Funktion: Er beseitigt Stockungen.
So nennt man das: Stockungen.
Eine Stockung blockiert den natürlichen Lauf der Dinge. Warum sollte man diesen Dienst nicht mit ein paar Pünktchen feiern?
In diesem Augenblick, mitten auf dem Long's Hill, während das Wasser bei jedem Schritt aus meinen Chucks schwappt, erlebe ich selbst so eine Stockung. Ich sehe Tyrone O'Rourke auf seinem Motorrad über eine rote Ampel fliegen. Er biegt um die Ecke, Wasser spritzt, und weg ist er.
Ich fühle die Stockung unter meinen Rippen.
Ich stelle mir einen gepunkteten Pümpel mit kosmischer Saugkraft vor, die Glocke auf meiner Brust, direkt über meinem Herzen.
Dieses Gefühl löst Tyrone bei mir aus: *bumm bumm bumm.*
Ich stelle mir vor, wie der Liebesgott kräftig mit dem kosmischen Pümpel hantiert. Und schon: *plopp.* Mein violettes, sprudelndes, blutverschmiertes, bebendes Herz wird mit einem Ruck aus meinem Körper heraus- und geradewegs in den Auffangbehälter gesaugt.

Ein rausgerissenes, zerfetztes, zertrampeltes, zerhacktes, zerfleischtes Herz, das anschließend das Klo runtergespült wird. So würde Liebe mit Tyrone aussehen.

Unsere Mütter haben Tyrone und mich mit wenigen Stunden Abstand im Grace Hospital zur Welt gebracht. So haben sie sich kennengelernt. Sie teilten sich die krankenhauseigene industriegroße Milchpumpe. Kein Wunder, dass sie sich anfreundeten. Sie waren beide alleinerziehend und wohnten in gegenüberliegenden Sozialwohnungen an derselben Straße.

Tyrone und ich sprangen in der Krabbelgruppe zusammen in Windeln herum. Es gibt ein Foto von uns und Tyrones Mom an unserem ersten Vorschultag auf der Treppe vor der Schule. Tyrone hat einen nagelneuen Transformers-Rucksack, ich habe eine Dora-Brotbüchse. Er hält die Hand seiner Mutter und schaut zu ihr auf, aber ihr Kopf ist abgewendet. Sie blickt die Straße entlang, als würde dort etwas Großes und Wichtiges ihre Aufmerksamkeit fesseln – vielleicht drei ineinandergeraste Autos oder ein scharfer Typ.

Doch als Tyrones Mutter Tyrones Stiefvater kennenlernte, zogen sie aus der Innenstadt in eine Wohnung hinter dem Super-8-Hotel mit der großen Wasserrutsche.

Deshalb kam Tyrone auf die Mcdonald-Drive-Mittelschule und ich auf die Brother Rice. Die Dinge änderten sich einfach. Tyrone spielte eine Weile Basketball, dann begann er zu skaten. Ich fing bei der Schülerzeitung an.

In der Neunten kamen alle von der Brother Rice auf die Holy-Heart-Highschool, und in der Zehnten kamen alle von McDonald Drive ebenfalls nach Holy Heart. Und am ersten Tag in der zehnten Klasse, einen Kopf größer als alle anderen im Schülermeer auf dem Gang, stand da plötzlich Tyrone-und-doch-nicht-Tyrone.

Er hatte dieselben großen braunen Augen wie der Tyrone, den ich auswendig kannte, mit den kohlschwarzen Wimpern. Dieselben schwarzen Locken – aber jetzt waren sie lang, fast bis ans Kinn. Er hatte denselben schlaksigen Gang, aber jetzt musste ich zu ihm aufschauen.

Es war derselbe Tyrone O'Rourke, der im Kindergarten einen Tyrannosaurus Rex aus Knete geformt hatte, als wir Bauernhoftiere machen sollten, und dem die Lehrerin den Knetklumpen von der Handfläche geklaubt und gesagt hatte, er solle noch mal von vorne anfangen. »Ein Dinosaurier ist kein Bauernhoftier«, sagte sie.

Vielleicht war das der Anfang von Tyrones Schulproblemen.

Es war derselbe Tyrone, der eine Narbe am Kinn hatte von damals, als wir acht waren und den Long's Hill in einem Einkaufswagen runterdüsten, das wacklige Ding rumpelte und kippte auf zwei Räder, wurde immer schneller und raste auf den Hafen zu, bis das linke Vorderrad in ein Schlagloch geriet und wir gegen ein geparktes Auto knallten. Ich wurde über die Motorhaube geschleudert und blieb unver-

sehrt – bis auf eine immerwährende Angst vor Einkaufswagen.
Tyrone landete auf den Füßen, ebenfalls unversehrt, mit einer immerwährenden Angst vor gar nichts.
Dieser Zehntklässler-Tyrone hatte zwar die gleiche hohe Megawattzahl an Wildheit und Freude in den Augen – aber es war nicht mehr der Achtjährige, der versuchte, einen wildgewordenen Einkaufswagen zu bändigen.
Dieser Tyrone hatte breite Schultern und eine Jeansjacke, die so verwaschen war, dass sie wie seine zweite Haut wirkte. Dieser Tyrone sorgte dafür, dass alle Mädchen auf dem Gang länger an ihren Ordnern oder an den Zahlenschlössern ihrer Schließfächer herumfummelten als nötig oder ihre Haare über die Schulter warfen und hofften, dass er auf sie aufmerksam würde.
Dieser Tyrone war nicht nur sehr anders als der Tyrone, mit dem ich vom Kindergarten bis zur sechsten Klasse fast jeden Tag gespielt hatte, er war auch anders als jeder andere Junge auf der Holy Heart. Er bewegte sich nicht in einer Wolke aus beißendem Aftershave, er wurde nicht von Pickeln oder Käsefüßen geplagt, er polterte nicht als Teil einer Mannschaft aus stampfenden Nashörnern auf dem Basketballplatz herum und er versuchte nicht, mitten in *Alle Wohlgerüche Arabiens* aus *Macbeth* den Unterricht zu stören.
Aber ehrlich gesagt, ließ er sich gar nicht besonders oft im Unterricht blicken.

Tyrone war kein linkischer, verschwitzter, zaunpfostendummer, arroganter, lärmender, durch-Mathetests-fallender, poesiehassender, eine-Pizza-in-weniger-als-fünf-Minuten-verschlingender-und-danach-am-lautesten-rülpsender, furzwitzerzählender, dem-Taxifahrer-eine-Literflasche-Bier-abkaufender-und-besoffen-auf-der-Party-erscheinender-und-mitten-auf-den-Teppich-kotzender, typischer Highschool-Schüler der männlichen Spezies.

Tyrone war Künstler geworden.

Graffitikünstler.

Ein Gesetzloser.

Seine Tags und Murals sind überall in St. John's verteilt, und es gab dazu schon Leserbriefe in der Zeitung. Von der Polizei kam nicht mal ein Kommentar zurück. Sie werden vor nichts zurückschrecken, um SprayPig zu fassen – so nennt Tyrone sich als Sprayer.

Er riecht nach frischer Luft und manchmal ganz leicht nach Pot. Er kann jedes Instrument in die Hand nehmen und ein Riff aus *American Pie* oder *Stairway to Heaven* oder *Hot Cross Buns* spielen.

Er besitzt ein Motorrad. Gerüchten zufolge hat er es auf dem Garagenfußboden einmal komplett auseinandergenommen, liebevoll jede Schraube und jede Mutter poliert und es dann einfach wieder zusammengebaut.

An diesem ersten Morgen in der zehnten Klasse hellte sich Tyrone O'Rourkes Gesicht auf, als er mich sah.

Es war derselbe Tyrone, der mich mit Wasserbomben durch den Bannerman-Park gejagt hatte, in dem Jahr, als ich meine Turnschuhe mit den roten Blinklichtern bekommen hatte, und derselbe Tyrone, der sich in der dritten Klasse an Halloween als Astronaut verkleidet hatte, mit silbern angesprühten Cornflakespackungen über den Schultern, einem Stück Schlauch vom Trockner seiner Mutter an einem Hockeyhelm und einem Rucksack voller »Sauerstoff«. Es war derselbe Tyrone, der mit mir aus Erde und den Senf- und Essigtütchen, die wir vom Fish-and-Chips-Essen aufgehoben hatten, Zaubertränke braute – Zaubertränke, die wir in alten Pastasoßegläsern anrührten und von denen wir hofften, dass sie wie Benzin wirkten, wenn wir sie über die Pedale unserer Dreiräder kippten, damit sie schneller führen.
Es war ein und derselbe Tyrone von einst, aber als Jenny Clarke auf ihn zuging und fragte, ob er etwas von ihrem Schokoriegel abhaben wolle, und er ja sagte – und sie die Folie zurückschob und ihm den Riegel an den Mund hielt, er abbiss und ihr dabei genau in die Augen sah, und Schokokrümel von seiner herrlichen vollen Unterlippe auf den Kragen seiner Jeansjacke fielen, und Jenny ihren Zeigefinger auf diese Krümel drückte und die Fingerspitze in den Mund steckte und sich dann umdrehte und mit schwingenden Haaren davonging – da war es ganz und gar nicht derselbe Tyrone.

Bumm.

Bumm, bumm.

2

Die Glocke zu meiner ersten Stunde, Einführung in die Betriebswirtschaftslehre, schrillt durch die Schule. Allie Jones sieht mich durch den Gang hetzen und versucht, mir in letzter Sekunde die Tür vor der Nase zuzuknallen. Ich ramme meinen Fuß zwischen Tür und Rahmen und versuche, mich durch den Spalt zu drücken, während sie von der anderen Seite dagegendrückt und versucht, mich zu zerquetschen.

Dann tritt Allie einen Schritt vor, und ich falle beinahe in den Klassenraum.

»Sorry«, flötet Allie. »Hab dich nicht gesehen.«

Mr Payne schaut aus dem Fenster und stochert mit zwei Fingern in seiner Hemdtasche herum. Er merkt gar nicht, dass ich auf den letzten Drücker hereingestolpert komme. Ich schleiche mich auf meinen Platz hinter Amber Mackey. Amber ist meine beste Freundin und hat wunderschöne Schwimmerschultern.

Hinter denen man sich super verstecken kann.

Mr Payne zieht einen silbernen Laserpointer aus der Hemdtasche. Ein neues Accessoire. Er liebt technischen Schnickschnack. Mr Payne tippt auf die Spitze des Laserpointers, eine scharfe rote Linie zerschneidet die Luft über unseren Köpfen, und am anderen Ende des Raums huscht ein roter Punkt über die Wand.

»Also dann«, sagt er. »Ruhe bitte, Leute.«

Widerwillig wird die Lautstärke bis auf ein Gemurmel gesenkt.

»Ich habe ein paar Ankündigungen über die Messe für Jungunternehmer zu machen«, sagt Mr Payne. »Wir haben mehrere Stände in der Ausstellungshalle reserviert. Wie Sie wissen, nimmt jede Highschool der Provinz an dem Wettbewerb teil. Und normalerweise holt Holy Heart den ersten Preis. Ich weiß, es wirkt so, als hätte das Schuljahr gerade erst begonnen, aber Weihnachten kommt schneller, als man denkt. Die Jungunternehmermesse ist der krönende Abschluss Ihres letzten Schuljahrs. Sogar die Presse wird vor Ort sein.«

Das Gemurmel wird lauter, bis alle durcheinanderreden und lachen. Allie Jones macht ein Selfie von sich, während sie Lippenstift aufträgt. Elaine Power kritzelt etwas in ihr Notizheft. Chad Yates-O'Neil rollt einen Basketball über seinen ausgestreckten Arm, die Schulter, hinter dem Kopf entlang und den anderen Arm hinunter. Dann lässt er ihn gegen Allies Hinterkopf prallen.

»Mr Payne«, jammert Allie.

»Blitzlichter, Kameras, Action«, sagt Mr Payne. »Chad, den Ball, bitte. Regionale und überregionale Unternehmen werden ganz genau hinschauen, wer gewinnt, Leute.«

Chad faltet sich aus seinem Stuhl und dribbelt den Ball nach vorne. Er lässt ihn ein paarmal unter jedem Knie hindurchspringen, rollt ihn dann in die Ecke des Raums und geht zurück an seinen Platz.

»In der Vergangenheit wurden unseren Gewinnern Ferienjobs mit Spitzengehältern angeboten, sobald sie ihren Abschluss gemacht hatten«, sagt Mr Payne. Er schlendert zwischen den Tischen hindurch und nimmt Allies Handy in Verwahrung.

»Aber, Sir«, protestiert sie.

»Nach der Stunde, Miss Jones. Wir hatten sogar schon Anfragen aus Toronto. Das bringt mich zum nächsten Punkt. Ich habe bemerkt, dass einige von Ihnen sich etwas schwertun mit der Entscheidung, welches Produkt sie vorstellen sollen. Deshalb habe ich beschlossen, Sie in Zweierteams einzuteilen. Geschäftspartner.«

Augenblicklich werden alle still.

Er lässt die Spitze des Laserpointers kleine Kreise zeichnen. Dann richtet er sie direkt auf Mark Galway.

Ein zorniger roter Punkt schwirrt wie eine wildgewordene Hornisse über Mark Galways rechte Augenbraue. Marks Augenbraue zuckt.

Mark ist der Enkel eines der reichsten Typen Neufundlands, vielleicht sogar Kanadas und möglicherweise sogar ganz Nordamerikas – Mr Fred Galway, der Medienmogul.
Mr Galway gehören alle verfügbaren Sendefrequenzen in Neufundland. Er hat in den Siebzigern einen der ersten lokalen Fernsehsender gegründet. Angeblich war er selbst Captain Neufundland, der Superheld, der in den Neunzigern nach Mitternacht in einem Kapuzenumhang und einer Maske mit der Karte Neufundlands darauf auf dem Bildschirm erschien. Sein Umhang flatterte vor einem Hintergrund herumfliegender Kometen, und dazu ertönte Discofunk. Eine tiefe Stimme erklärte, der Captain sei *die Seele Neufundlands, die im Herzen eines jeden von uns lebt.* Man kann es sich immer noch auf YouTube anschauen.
Mit anderen Worten, Mark ist ein Nachfahre von Captain Neufundland, und selbstverständlich plant er irgendeine Mediengeschichte für seine Präsentation.
Der Laserpunkt tänzelt über Marks Gesicht.
Mr Payne sagt: »Sie.«
Mark Galway wirft schnell einen Blick über die eine Schulter, dann über die andere. Der rote Punkt rutscht auf sein Ohr, dann springt er zurück auf seine Wange. Schließlich lässt er sich auf seiner Nasenspitze nieder.
»Ich, Sir?« Für den Bruchteil einer Sekunde kreuzen sich Mark Galways Augen.
»Ja, Sie«, sagt Mr Payne. »Galway.«

»Ich würde lieber allein arbeiten.«
»Kein Mensch ist eine Insel, Galway, außer vielleicht Captain Neufundland. Sie sind aber nicht Captain Neufundland, oder, Galway?«
»Ich möchte keinen Partner, Mr Payne.«
»Und doch sollen Sie einen Partner haben, Mr Galway. Und zwar werden Sie der Partner von …«
Mr Payne schwingt den Laserpointer. Der scharfe Lichtstrahl durchtrennt mehrere Hälse in der ersten Reihe. Der winzige Punkt flitzt an die Decke und wieder herunter und zischt von einer Seite des Raums zur anderen.
»Wo ist Tyrone?«, frage ich Amber flüsternd. Sein Platz ist leer.
»Il n'est pas ici«, sagt Amber. *»Quelle surprise!«*
Amber und ich haben letztes Jahr Französisch belegt.
Mr Payne pikst sanft mit dem Laserpointer in die Luft, ungefähr in meine Richtung. Ich ducke mich hinter Amber. Der Laserstrahl fliegt über uns hinweg und landet auf Elaine Powers riesigem Drachenohrring. Der kleine rote Punkt trifft das winzige rote Glasstück im Auge des Drachen, und ich schwöre, er zwinkert.
Mr Payne sagt: »Und Sie, Miss Power, werden Mark Galways Geschäftspartnerin.«
»Aber Mr Payne, warum kann ich mir nicht selbst meinen Partner aussuchen?«, fragt Elaine. Elaine Power verabscheut Mark Galway.

Elaine hat einen Nasenring und trägt jeden Tag dasselbe schwarze, mit Sicherheitsnadeln zusammengehaltene T-Shirt. Ihre Fingernägel sind lang und schwarz, ihr Lippenstift ist schwarz und ihr Eyeliner ist schwarz, und oft hat sie einen Hauch von blauschwarzem Glitter auf den Wangenknochen.

Sie trägt schwarze Abendhandschuhe bis zu den Ellbogen mit ausgeschnittenen Fingern. Manchmal trägt sie über dem T-Shirt ein geschnürtes Ding, das golden angesprüht und mit großen Plastikjuwelen besetzt ist. Es sieht ein bisschen so aus wie ein Korsett, mit einem gekräuselten schwarzen Kragen wie von Henry VIII. Ihre Beine stecken in schwarzen Netzstrümpfen mit Löchern und rot-schwarz-gestreiften Stulpen. Ein roter Converse Sneaker und ein schwarzer. Die eine Hälfte ihres Kopfs ist rasiert und die andere Hälfte sehr schwarz gefärbt, und sie trägt die Haare auftoupiert und steif von Haarspray (obwohl sie immer fordert, dass Holy Heart eine geruchsneutrale Umgebung sein sollte!).

Elaine ist ein Mathegenie, nimmt an allen möglichen Wettbewerben teil und trifft sich in der Mittagspause mit Professoren von der Uni, um sich von ihnen Tipps geben zu lassen. Besser gesagt, die Professoren lassen sich von *ihr* Tipps geben. Als sie jünger war, hat sie einen internationalen Buchstabierwettbewerb gewonnen. Aber dann verkündete sie über die Durchsageanlage der Schule, dass Buchstabieren eine Form des Imperialismus sei. Sie habe die hässliche Fratze des Buchstabierens aus der Nähe gesehen, sagte sie, und es sei eine Fessel, von der sie sich befreit habe.

Keiner von uns verstand ein Wort, aber wir klatschten wie verrückt, dann folgte ein Knacken und Rascheln, und die Sekretärin übernahm das Mikrophon und machte irgendeine Ankündigung zum Busfahrplan.

Wir wissen nur, dass Elaine die schlauste Schülerin in der gesamten Geschichte der Schule ist. Deshalb darf sie auch anziehen, was sie will. Wir anderen müssen uns an die Vorschriften halten. Keine Baseballkappen für Jungs, keine sichtbaren BH-Träger oder nackten Bäuche bei Mädchen. Elaine hat uns gezeigt, wie man rebelliert, indem sie ihren BH über dem T-Shirt trug.

Und sie hat ihr Projekt für den Kurs bereits entwickelt und einen Testlauf gemacht. Eine App, die Online-Petitionen sekundenschnell auf der ganzen Welt verbreitet. Die Petitionen haben zum Ziel, jeden Monat eine andere gefährdete Schmetterlingsart zu retten. Elaine hat Kontakte in siebenundzwanzig Länder hergestellt, die ihre Petitionen umgehend in siebenundzwanzig Sprachen übersetzen, und als Test hat sie letzte Woche einen Protest organisiert, um den britischen Wiesenschmetterling zu retten, insbesondere den blauen Schmetterling, der vom Aussterben bedroht war, sich jetzt aber voraussichtlich wieder verbreiten wird, was zum Teil Elaines Verdienst ist.

Ist doch nebensächlich, dass Elaines App nicht wirklich ein verkäufliches Produkt ist, was ja die wichtigste Anforderung der Aufgabe ist. Mr Payne hat vorgeschlagen, Elaine solle sich überlegen, wie sie ihr Produkt *zu Geld machen* könne. Elaine hat nur eine ihrer sehr schwarz nachgezogenen Augenbrauen hochgehoben.

»Es würde mir nicht im Traum einfallen, mit bedrohten Arten Geld zu machen«, erklärt sie.

»Und mir würde es nicht im Traum einfallen, Sie so bestehen zu lassen«, sagt Mr Payne. Elaine sieht ihn mit zusammengekniffenen Augen an.

Mark Galway hingegen würde seine eigene Oma zu Geld machen, wenn er könnte. Er fährt immer mit dem dicken Geländewagen seines Opas zur Schule.

»Ich brauche keinen Partner«, sagt Elaine.

»Schlau zu sein bringt gar nichts, wenn man nicht mit seinen Mitschülern zusammenarbeiten kann«, erwidert Mr Payne.

»Würden Sie das auch zu einem Jungen sagen?«, fragt Elaine. »Ich will das alleine machen.«

»Pech, Miss Power. Sie sind jetzt die Partnerin von Mark Galway.«

»Bitte, Mr Payne«, sagt Elaine.

Aber Mr Payne macht schon weiter. Der Laserpunkt schwirrt durch den Raum.

»Sie«, sagt Mr Payne. Er zeigt auf Gary Bowen.

»Oh-oh«, flüstert Amber. Sie macht sich so groß, wie sie kann.
Okay, Sekunde. Ein Wort zu Amber, denn das ist nicht ihre Sternstunde. Amber hat geschwollene schwarze Ringe um die Augen, weil ihr immer die Schwimmbrille auf die Augenhöhlen drückt, und sie riecht nach Chlor und muss im Unterricht alle fünf Minuten angestupst werden, weil sie sonst einpennt.
Aber es gibt ein Video von ihr auf YouTube von einem Schwimmwettkampf letztes Jahr in England.
Amber kommt aus der Umkleide auf die weiße Fläche neben dem Schwimmbecken und bleibt stehen, um einen Blick auf die Menge zu werfen. An den Wänden hängen Flaggen aus der ganzen Welt. Sie trägt einen rot-weißen Trainingsanzug mit einem großen Ahornblatt auf dem Rücken der Jacke. Sie trägt ihre Brille und ihre rote Badekappe. Ganz kurz flattern ihre Hände über ihre Badekappe. Über ihre Ohren, wie die Flügel eines Kolibris.
Es ist nur ganz kurz, aber als ihre beste Freundin weiß ich, was das bedeutet, dieses Fingerflatterding. Nervosität. Sie hat ihr Leben lang auf diesen Wettkampf hingearbeitet.
Sie hebt einen Arm hoch über den Kopf. Stellt sich auf die Zehenspitzen. Sie winkt der Menge zu. An einer Stelle auf der Tribüne sieht man viele kleine kanadische Flaggen zurückwinken. Ich weiß, dass sie nach ihrem Vater Ausschau hält, Sean.

Sean ist derjenige, der sie um fünf Uhr früh zum Training fährt. Er ist es, der jeden Morgen mit der Stoppuhr am Beckenrand auf und ab rennt. Er ist es, der schreit, *Los, schneller, weiter, ja, ja, Amber, ja!*

Ambers Mutter ist Alkoholikerin. Eigentlich ist ihr Vater auch Alkoholiker, aber er ist seit sechzehn Jahren trocken.

In dem Video schwenkt die Kamera über alle Schwimmerinnen, als sie aus ihren Trainingsanzügen schlüpfen. Die Amerikanerin kratzt sich am Kinn. Die Japanerin lässt die Arme seitlich herabhängen und schüttelt ihre Hände aus. Ambers Finger flattern noch einmal über ihre Badekappe.

Sie steigen auf die Startblöcke. *Auf die Plätze.* Das Signal ertönt. Sie fliegen von den Blöcken. Wirklich, sie fliegen. Dann sind sie unter Wasser. Sie sehen gar nicht menschlich aus, sie sind zu schnell für Menschen. Aber sie sind auch keine Maschinen. Was sind sie?

Sie sind Silberpfeile, sie sind Aale, sie sind schwarzglänzende Lakritze, sind Lycra, sind Muskeln, sind *wollen* und *nicht wollen* und *sein wollen* und *gewinnen wollen.* In den ersten Sekunden sind sie alle Gewinner und Gewinner und Gewinner, und dann sind sie *nicht können* und *müssen* und *nicht sein werden* und *nicht.*

Amber schaut sich das Video immer wieder an und sucht nach der verlorenen Sekunde. Irgendwo hat sie einen Schlag verloren. Eine stecknadelkopfgroße Zeiteinheit. Sie zwingt auch mich, es mir anzusehen.

Das Video hat 120 000 Klicks, und ich schwöre, die meisten davon sind von Amber und mir.
Sie wurde Zweite. Amber hat nicht gewonnen, wie sie es ihrem Vater versprochen hatte. Sie hat nicht gewonnen, wie sie es ihrer Schule versprochen hatte. Sie hat nicht gewonnen, wie sie es ihrem Land versprochen hatte. Sie hat nicht gewonnen, wie es geplant worden war, seit ihr Vater sie als Baby mit an einen See genommen und sie hat strampeln und planschen lassen und irgendwann ihr Gesicht ins Wasser getaucht hat, damit sie auf ihre Instinkte aus der Zeit der Trias vertraut, aus der Zeit, als wir unsere Kiemen gegen Füße eintauschten und den Ozean verließen und an Land krabbelten, diesen Instinkt, der uns sagt, wann wir die Luft anhalten müssen.
Die Japanerin hat gewonnen. Die Japanerin hat Amber mit weniger als einer Sekunde geschlagen.
Man muss das Lächeln der Japanerin gesehen haben. Das ist es wert, das Video 120 000 Mal zu sehen, nur dieses Lächeln.
Aber es kommt noch ein besserer Moment.
Warte, gleich kommt er.
Da ist Amber. Sie schießt aus dem Wasser, einen Schwall Blasen und Schaum um die Taille. Ich glaube, in diesem Augenblick denkt sie noch, dass sie gewonnen hat. Die Menge jubelt und klatscht, und die Trainer kommen an den Beckenrand, und da sind Reporter mit Kameras und Blitzen und die digitale Zeitanzeige.

Sie sieht auf der Anzeige, dass sie weniger als eine Sekunde hinter der Japanerin liegt. Dann dreht sie sich zu der Japanerin um.

Und jetzt kommt es.

Amber streckt die Arme über die Trennleine und umarmt die Japanerin. Ambers Gesicht blickt in die Kamera. Es ist aufrichtig.

Ein aufrichtiges Lächeln.

So ist Amber.

Sie ging geradewegs zurück zum Training. Jeden Morgen um fünf ins Becken, außer sonntags. Sonntags darf sie bis sieben schlafen.

Dann kommt sie in die Schule und pennt mit dem Kopf auf dem Tisch ein.

Wenn ein Lehrer ihren Namen sagt, reißt sie den Kopf hoch, schnaubt wie ein Pferd und spult abschließend eine der ungefähr zehn Antworten ab, die sie für eine solche Gelegenheit parat hat.

Antworten wie: »Photosynthese, Sir.«

Oder: »Ein Charakterzug, der dem Protagonisten Leid zufügt oder ihn in den Untergang führt.«

Oder: »Das Attentat auf Erzherzog Franz Ferdinand.«

Oder: »Eine imaginäre Linie um die Erde, die von beiden Polen gleich weit entfernt ist.«

Mit dieser Technik kommt sie durchschnittlich auf eine korrekte Antwort von dreien. Sie spuckt sie aus, dann sinkt ihr Kopf wieder auf die Tischplatte, und sie schnarcht sanft weiter.

Schwimmen ist alles, was sie wollte, oder woran sie je dachte.

Bis Gary Bowen kam.

Plötzlich heißt es: »Schwimmen? Wen interessiert's?«

Okay, ich übertreibe. Sie macht sich noch was aus dem Schwimmen, aber, Mann, sie ist echt abgelenkt.

Es war beim Flaschendrehen bei Jordan Murphy in der ersten Woche nach den Ferien. Wir waren in Jordans Hobbykeller mit dem Pooltisch und dem Malen-nach-Zahlen-Bild eines sich bäumenden Hengstes, das Jordans Mutter gemacht hat (außerdem noch einen weinenden Clown, einen gefrorenen Fluss mit Steinbrücke und ein laminiertes 1000-Teile-Puzzle der Mona Lisa).

Gary hatte fünf Bier an Jordans Mutter vorbeigeschmuggelt. Jede Flasche in seinem Rucksack steckte in zwei schwarzen Sportsocken, damit sie nicht klirrte. Es gab Pizza und Musik von Kanye West, und dann haben sich alle in einen Kreis gesetzt. Gary hat sein Bier ausgetrunken und sich vorgebeugt und die Flasche in die Mitte gelegt. Erst taten alle so, als hätten sie es nicht bemerkt. Dann verpasste Gary der Flasche einen guten festen Dreh.

Sie drehte sich auf den Fliesen, und als sie liegenblieb, zeigte sie auf Amber.

Einige Tropfen Bier waren aus der Flaschenöffnung gelaufen,

und meine Socke wurde nass. Alle machten: »Uuuhhhhhh, Amber.«
Amber saß ganz still. Röte stieg ihr den Hals hoch und verteilte sich über das ganze Gesicht bis zum Haaransatz, *wusch.* Ihre Hand fuhr an ihren Kopf, um das Kolibri-Geflatter zu machen, doch dann strich sie sich nur die Haare zurück und schob die Hände unter die Beine, um sie stillzuhalten.
Ein paar Jungs begannen zu singen, *Ga-ry, Ga-ry.*
Jordan legte Daumen und Zeigefinger in die Mundwinkel und pfiff so laut, dass es in meinem Ohr kitzelte.
Moira Kennedy streckte die Beine aus, stützte sich auf die Ellbogen und trommelte mit den Fersen auf den Boden, genau wie wir es früher im Kindergarten gemacht hatten, wenn Miss Stephanie sagte, dass wir durch ein Gewitter im tropischen Regenwald wanderten.
Brittany Halliday streckte ebenfalls die Beine aus, Brittany Bishop auch, und schließlich alle Mädchen. Und alle Jungs pfiffen. Als der Lärm seinen Höhepunkt erreichte, krabbelte Gary Bowen auf Händen und Knien durch den Kreis zu Amber. Er legte ihr die Hände auf die Schultern, beugte sich vor und küsste sie auf den Mund.
Mit einem Mal hörte alles auf.
Die Jungs hörten auf zu singen.
Die Pfiffe hörten auf.
Der tropische Regensturm hörte ganz plötzlich auf, bis auf

Moira Kennedy, die mit nur einem Fuß langsam trommelte, ebenfalls wie damals im Kindergarten, damit es klang wie ein einzelner Regentropfen, der nach dem Sturm von einem Blatt aufs nächste perlt.
Sie küssten sich immer noch. Sie küssten sich in äußerster Stille. Sie küssten mit Zunge. Sie vergaßen, dass sie in einem Kreis saßen und alle ihnen zuschauten. Sie vergaßen das laminierte Puzzle der Mona Lisa, die auf sie herabsah, und es war schwer zu sagen, was sie davon hielt. Sie küssten sich, bis Jordan Murphy den Augenblick kaputtmachte, indem er rief: »Sucht euch ein Zimmer, Mann!«
Seit diesem Kuss ist Amber völlig verwirrt und benebelt. Alles, was man ihr mitteilen will, muss man zweimal sagen. Letzte Woche war sie Erste in einem Vorentscheid für die Landesmeisterschaften. Aber sie hat ein paar Sekunden ihrer Bestzeit verloren, und es schien ihr gar nichts auszumachen. Und sie hat seitdem nicht wieder von den Landesmeisterschaften gesprochen. Sie rührt die ganze Zeit mit der Spitze ihres kleinen Fingers in einem Töpfchen Lipgloss. Der runde Deckel des Lipglossbehälters zeichnet sich auf der sehr engen Hinterntasche ihrer Jeans ab, wie ein Talisman.

Mr Payne sagt: »Und Gary Bowens Partner ist ...«
Der kleine rote Punkt des Laserpointers hält hier und da inne. Einen Augenblick lang verweilt er auf Tiffany Murphys Gesicht. Er setzt sich auf ihr Kinn.

»Nicht Tiffany Murphy«, flüstert Amber. »Bitte nicht Tiffany Murphy.«

Aber der Punkt springt weiter zu John Mercer. John bekommt den Punkt genau ins Auge und muss sich das Auge reiben. Der Punkt hüpft weg, bevor er ihn dauerhaft erblinden lässt.

Schließlich landet der kleine rote Punkt mitten auf Ambers Lippen. Eine direkte Linie verbindet Mr Paynes Laserpointer mit Ambers Lippen, als wäre sie ein Fisch, den er gerade einholen will.

»Ich glaube, du bist es«, flüstere ich. Aber der Punkt von Mr Paynes Laserpointer verlässt Ambers Mund. Der Punkt springt über den Gang zwischen den Tischen und landet auf Gus Wongs Adamsapfel.

»Gus«, sagt Mr Payne. »Sie und Gary …«

Plötzlich springt Amber über den Gang vor den roten Laserpunkt. Sie wirft sich auf Gus Wongs Tisch, als der kleine rote Punkt ihre Wange trifft.

»Miss Mackey, also bitte«, sagt Mr Payne.

»Tut mir leid, Sir«, sagt Amber. »Ich habe meinen Bleistift fallen lassen.« Und tatsächlich hat sie es irgendwie geschafft, ihren Stift auf Gus' Tisch zu werfen. Sie hebt ihn auf und wedelt damit herum, damit Mr Payne ihn sehen kann.

»Tut mir leid. Er ist mir einfach aus der Hand geflogen, Sir.«

»Nun gut«, sagt Mr Payne. »Mal sehen. Gary Bowen und Amber Mackey sind Partner.«
Amber dreht sich zu mir um, und da ist wieder dieses Lächeln.
In dem Augenblick öffnet sich knarrend die Klassentür, und ein Junge schiebt sich herein, schwarze lockige zerzauste Haare, große braune Augen, schlaksig (okay, dünn), groß, und die wunderschöne, abgewetzte Jeansjacke mit dem Aufnäher auf dem Rücken, auf dem steht, *ARMS ARE FOR HUGGING*, auf dem Kragen ein Button mit einem Marihuanablatt und ein winziger Weihnachtsmannanstecker mit einem kleinen Bändchen, das, wenn man daran zieht, die rote Plastiknase zum Leuchten bringt, sowie ein Aufnäher von The Clash, aus einem alten T-Shirt ausgeschnitten und mit grünem Garn in schiefen kleinen Stichen aufgenäht.
Eine Jacke, von der ich mir liebend jeden Quadratzentimeter eingeprägt habe.
Der Junge schlendert den Gang entlang und gießt sich auf den freien Stuhl.
Alle Köpfe drehen sich in seine Richtung.
Mr Payne sagt: »Ah, wer beehrt uns mit seiner Anwesenheit!«
Tyrone O'Rourke ist da.
Mit einem Mal knipst Mr Payne seinen Laserpointer aus und lässt ihn in die Hemdtasche gleiten. Er nimmt ein

Klemmbrett und studiert es. Anscheinend hat er sowieso schon alle eingeteilt, und der tanzende Laserpunkt war nur Show.

Er trägt monoton seine Liste vor. Dann kommt er zu mir. »Flannery Malone, Sie arbeiten mit Tyrone O'Rourke.«

Das klingt wie die Nachricht aus einem Glückskeks, ein Ehegelübde. Fast erwarte ich, dass Mr Payne fragt, ob irgendjemand der Anwesenden einen Grund sieht, warum diese beiden Menschen nicht verbunden werden sollten, und im Falle dessen dazu auffordert, jetzt zu widersprechen oder für immer zu schweigen.

Tyrone dreht sich zu mir um, hebt seinen Stift an die Schläfe und tippt sie an, wie ein militärischer Gruß. Er wackelt mit den Augenbrauen. Ich bin sicher, dass ein paar Mädchen hinter mir enttäuscht aufstöhnen.

Bumm. Bumm, bumm, bumm, bumm.

»Okay, Leute«, sagt Mr Payne. »Bis zum 30. September müssen Sie Ihren Businessplan einreichen. Nach meinem Feedback ist der überarbeitete Plan am 14. Oktober fällig. Für jeden Tag Verspätung werden Ihnen zwei Prozent abgezogen. Ich schlage Ihnen ganz einfach vor, sich überhaupt nicht zu verspäten. Auf geht's!«

Es läutet, und wir laufen über den Gang zur Treppe. Tyrone ist auf dem Treppenabsatz über mir, und er beugt sich über das Geländer und sagt: »Flan, ich weiß, welches Produkt wir machen sollten.«

Er wird von einer Welle Schüler auf dem Weg zum nächsten Kurs durch die Tür gedrückt.

»Ich habe eine brillante Idee«, ruft er.

Aber dann ist er hinter der Tür, und als ich es die Treppe hinauf und zum Matheraum geschafft habe, wo er eigentlich auch sein sollte, ist er verschwunden.

3

In der ersten Klasse arbeiteten wir an einem Projekt, das *Alles über mich* hieß. Wir sollten unser Aussehen beschreiben, unseren Berufswunsch, unsere Geheimnisse, unsere Familien, unser Lieblingsessen, unser Lieblingstier – jedes Thema auf einem neuen Blatt Papier mit Platz darüber für eine Buntstiftzeichnung. Alle Blätter kamen in einen Hefter, und vorne wurde unser Foto aufgeklebt.

Meine Druckbuchstaben überragten die Linien und drängten sich schief zusammen wie die Verlierermannschaft beim Tauziehen. Als die Lehrerin sich bei Miranda beklagte, dass meine Schrift nicht in die Zeilen passe, erwiderte Miranda: »Dann machen Sie eben die Zeilen größer.«

Aber meine Buntstiftzeichnungen waren Meisterwerke. Sie waren wahnsinnig emotional. Ich fand es herrlich, dass auf allen Stiften Namen aufgedruckt waren. Die Namen waren entweder extrem dramatisch (Bananenwahn, Laserzitrone, Coelinblau, Atommandarine) oder rätselhaft schlicht (Mittelrot).

Bei der Arbeit an *Alles über mich* wurde mir zum ersten Mal bewusst, dass ich keinen Vater hatte.
Das heißt, ich wusste natürlich schon vorher, dass ich keinen hatte. Aber mir fiel jetzt zum ersten Mal auf, dass fast alle anderen einen hatten.
Auf der Seite, die für meinen Vater bestimmt war, beschrieb ich schließlich einen Typen namens Phil, der zwei Monate lang im Haus nebenan wohnte und einen Dobermann hatte.
Der Dobermann bellte und bleckte hinterm Wohnzimmerfenster die Zähne und saute die Scheibe mit Speichelfäden aus seinen rosa-schwarz-getupften Hängebacken ein, wann immer jemand den Bürgersteig entlangging.
Einmal schenkte Phil mir einen Seifenblasenzauberstab. Damit konnte man riesige wabernde Blasen machen, so groß wie mein Kopf, die in einer Dunstwolke zerplatzten. Der Seifenblasenzauberstab schien Phil für Seite sechs in meinem Ordner zu qualifizieren, die Seite für *Dad.*
Der Dobermann tritt auf der Seite »Mein Lieblingstier« in Erscheinung, ein Porträt in Türkisblau und Purpur, und die Nieten auf seinem Halsband malte ich mit meinem teuersten und niemals zerbrochenen Buntstift: Silber.
Zwei Tage, nachdem er mir den Seifenblasenzauberstab geschenkt hatte, zog Phil aus, und wir sahen ihn nie wieder.
Wenn ich heute noch einmal ein *Alles-über-mich*-Buch ma-

chen müsste, einschließlich der Buntstiftzeichnungen, was würde darin stehen?

Name: Flannery Malone

Wie ich aussehe:

1) Sommersprossen (Gebranntes Siena)
2) Helle Haut (Silber)
3) Grüne Augen (Seegrün) …
4) … mit kleinen braunen Sprenkeln (Rohes Siena)
5) Schlaffe, schnurgerade orangefarbene Haare bis zu den Schultern (Sonnenglanz)
6) 1,70 auf Zehenspitzen
7) Dünn, bis auf die Brüste, die, ich glaube, das kann man so sagen, dick sind.

Geheimnisse: Ich habe das Schulglockenspiel unter meinem Bett versteckt, seit ich in der fünften Klasse aus dem Schulorchester ausgetreten bin. Ich bin ausgetreten, weil ich dem Glockenspiel nicht gerecht wurde und die Lehrerin mir die Triangel angedroht hatte.

Ich habe es so lange nicht zurückgegeben, dass ich mich irgendwann nicht mehr traute, es überhaupt zurückzugeben. Es ruht unter meinem Bett in seinem Glockenspielsarg, eine schwere, mit Samt ausgekleidete Kiste der Schuld (die Farbe des Futters liegt irgendwo zwischen Purpur und Mittelrot).

Sonst: Ich bin sechzehn, habe keinen Freund, bin aber

schrecklich verliebt in Tyrone O'Rourke. Die schlimmste Sorte Liebe. Unerwiderte Liebe.

Ich gehe in die Holy-Heart-Highschool in St. John's in Neufundland. Ich habe noch keinen Führerschein, aber eine Fahrerlaubnis in Begleitung. Ich hatte mal einen Mathenachhilfelehrer, der mir erzählt hat, dass Wale Adern haben, die so groß sind, dass ein Mensch darin schwimmen kann, und viele andere interessante Fakten, die mich mit Ehrfurcht erfüllten.

Ich bin ein Mensch, der gerne mit Ehrfurcht erfüllt ist.

Ich backe auch gerne Pfannkuchen und buchstabiere den Namen meines Bruders mit dem Teig. Und damit wären wir bei …

Meiner Familie: Miranda (Mutter), Felix (Halbbruder) und zwei Goldfische, Spritzi und Glitsch.

Miranda (siehe oben) hätte diese Goldfische viele Male beinahe getötet, aber sie sind echte Soldaten. Sie vergisst, sie zu füttern, wenn sie an der Reihe ist, und füttert sie, wenn eigentlich ich dran bin, und sie lässt ihr Wasser verdunsten, bis sie beinahe auf dem Trockenen liegen.

Einmal ist Glitsch von der Suppenkelle gehüpft, als Miranda die Fische umfüllte, um das Goldfischglas zu reinigen. Sie stand da und ruderte mit den Armen und schrie: »Flannery, tu was! Tu was!« Und ich musste den armen alten Glitsch aufheben und praktisch Mund-zu-Kiemen-Beatmung machen, bevor ich ihn zurück in die Schüssel warf.

Einmal fand ich nach einer Party eine Zigarrenkippe, die auf dem Wasser schwamm. Spritzi und Glitsch kletterten auf den Stumpen, einer an jeder Seite, stellten sich auf die Flossen und versuchten sich an dem traditionsreichen Sport des Baumstammrollens. Mit geschickten Schlägen ihrer Schwanzflossen ließen sie die Zigarre hin und her rollen, genau wie die stoppelbärtigen Holzfäller aus längst vergangener Zeit.

Okay, das haben Spritzi und Glitsch nicht wirklich getan. Aber sie haben einen oder zwei Tage damit verschwendet, den durchweichten Zigarrenstumpen von der einen Seite des Glases zur anderen zu schieben.

Sie sind ein Vorbild an Stärke und Ausdauer.

Vater: Ich habe ein einziges Andenken an die Es-war-einmal-Episode zwischen meiner Mutter und meinem Vater. Ein einziges Souvenir in Form eines herzförmigen, in leuchtendrotes Stanniolpapier verpackten Schokoladentäfelchens, das in einem Schmuckkästchen unter meinem Bett versteckt ist.

Kurz nachdem mein Vater weg war, nachdem er fortsegelte und St. John's für immer verließ, stellte Miranda fest, dass sie keine Kontaktdaten von ihm hatte – dass sie nicht mal seinen Nachnamen richtig mitbekommen hatte. Und bevor ich geboren wurde, hatte sie sich schon in einen anderen verliebt. Und dann in einen anderen. Und so weiter.

Der Vorname meines Vaters war Xavier. Das weiß sie immerhin. Ein französischer Name. Deshalb habe ich letztes Jahr Französisch belegt – ich dachte, sollte ich meinen Vater jemals kennenlernen, wäre es nett, ein paar Worte in seiner Muttersprache zu sprechen. Vatersprache. *Xavier.* X ist die unbekannte Variable in einer mathematischen Gleichung. Wenn meine Mutter Y ist, mit ihrer Tiara, ihrer Liebe für Gerechtigkeit und Feminismus, ihrer *joie de vivre*, ihrer Unfähigkeit, Rechnungen zu bezahlen, ihren Blogs und ihren inexistenten häuslichen Fähigkeiten, und wenn ich das Ergebnis bin, dann muss mein Dad X sein, richtig?

Deshalb nenne ich ihn – meinen Vater – gerne X. In meinem Kopf, meine ich, da ich in Wirklichkeit natürlich nicht mit ihm reden oder ihn irgendwie nennen kann, weil Miranda, wie gesagt, die Kleinigkeit vergessen hat, ihn nach seiner Adresse zu fragen oder nach seinem Nachnamen oder seiner Blutgruppe oder genetisch bedingten Erkrankungen in der Familie oder besonderen Begabungen, oder ob er einen starken Geruchssinn hat, so wie ich, oder ob er gut Glockenspiel spielen kann, oder ob er Schokolade liebt, oder ob es Tanten oder Onkel oder sogar andere Kinder gibt. Brüder und Schwestern.

Woran sie sich erinnern kann, passt in einen Fingerhut. Er hatte 1) braungrüne Augen, 2) rote Locken, 3) er war einen Meter neunzig groß, 4) er war umweltbewusst, 5) er lachte viel und sie blieben in der schicksalhaften Nacht meiner Empfängnis bis zum Morgen wach und tranken und badeten im Schutz der Dunkelheit nackt im Ozean, und kurz nach diesem eiskalten Bad in der Ursuppe wurde ich erschaffen.

Abgesehen davon, tja, kein Vater. Dafür muss ich mich mit einer größeren Portion Mutter herumschlagen als die meisten Leute.

Lieblingsdinge: Ich liebe Stroboskoplicht, den Geruch von Nelken und über dem Feuer gerösteten Marshmallows und wie sich meine Zähne nach einer Zahnreinigung anfühlen (wenn auch natürlich nicht den Besuch beim Zahnarzt selbst).

Ich liebe lange Bäder, ohne dass jemand an die Tür klopft, besser gesagt, ich bin ziemlich sicher, dass ich solche Bäder lieben würde, wenn es je dazu kommen sollte.

In Wirklichkeit kann ich froh sein, wenn ich mir die Badewanne nicht mit einer Gummiente teilen muss oder einem Aufziehkrokodil, das mit dem Schwanz wedelt und mit dem Kiefer schnappt, oder einem oder zwei Feuerwehrautos.

Ich liebe es, abends auf einem See eiszulaufen, auch wenn ich nicht besonders gut darin bin, aber ich liebe es, wenn Amber mich übers Eis zieht, ich halte das eine Ende eines langen Schals und Amber das andere, und es ist dieser Moment, wenn man weiß, dass es Zeit ist, nach Hause zu gehen, wenn es bald dunkel wird und das Eis an den Bäumen im Wind klirrt und der Mond und die Sonne gemeinsam am Himmel stehen und Amber schwungvoll abbremst und Schnee von ihrer blitzenden Kufe stäubt. Sie stemmt den vorderen Teil der Kufe ins Eis und nutzt ihn als Drehpunkt, und ich gleite in weiten Kreisen um sie herum, und dann lässt sie ihr Ende des Schals los, die Fliehkraft schleudert mich auf den dunkelnden Horizont zu, und ich fliege.

Das sind einige meiner Lieblingsdinge.

Und Tyrone.

Natürlich.

4

Es ist Donnerstagabend, und Miranda und ich sind auf dem Parkplatz vor dem Einkaufszentrum. Weiter sind wir noch nicht gekommen.

Ich habe den Motor ausgeschaltet, aber meine Mutter klammert sich immer noch ans Armaturenbrett, wie sie es die ganze Fahrt über getan hat, als würde sie sonst durch die Windschutzscheibe fliegen.

»Du hast keinen Grund, so weiß wie ein Blatt Papier zu sein«, sage ich.

»Habe ich schon erwähnt«, fragt meine Mutter, »wie sehr ich Einkaufen hasse?«

»Du musst nicht einkaufen. Warte einfach, bis ich fertig bin, damit ich nicht mit dem Bus zurückfahren muss. Außerdem hast du selbst gesagt, dass ich die Fahrpraxis brauche. Du kannst die Hände übrigens runternehmen. Der Motor ist aus.«

»Ich warte nur ab, bis mein Puls sich normalisiert«, sagt sie.

»Ich habe doch bloß ein paarmal auf die Bremse getreten. Woher sollte ich denn wissen, dass der Typ vor mir so plötzlich anhält?«

»Das Stoppschild«, sagt Miranda, »wäre ein Hinweis gewesen. Ich mag Einkaufszentren nicht, habe ich das schon erwähnt?«

»Das hast du erwähnt«, erwidere ich.

»Habe ich schon gesagt, dass wir in Nordamerika versuchen, unserem Leben durch übermäßigen Konsum Bedeutung zu verleihen? Wir kaufen, also sind wir. Dieses Verhalten kommt der spirituellen Vernichtung gleich.«

»Das hast du schon gesagt.«

»Habe ich dir schon erzählt, wie es war, als ich sechzehn war, vor gar nicht so langer Zeit? Wenn ich shoppen gegangen bin, habe ich das mit meinen Freundinnen gemacht. Du solltest mit deinen Freundinnen einkaufen gehen. Nicht mit deiner Mutter. Habe ich das schon erwähnt?«

»Ja, du hast gesagt: ›Dafür sind Freundinnen da.‹«

»So ist es. Das ist die Aufgabe von Freundinnen. Und ich habe dich darauf hingewiesen, dass ich nicht deine Freundin bin. Ich bin deine Mutter. Mütter können nicht die Freundinnen ihrer Töchter sein. Sie sind ihre Mütter. Höchstens später im Leben, wenn die Mutter eine alte Dame ist und ein kleines trübes Glas mit ihrem Gebiss auf dem Nachttisch hat und die Tochter selbst sechs Töchter hat, dann können sie vielleicht Freundinnen sein. Aber nicht, wenn die Tochter sechzehn ist. Wenn ein Kind sechzehn ist, ist eine Mutter eine Mutter. Ich bin sicher, dass ich das schon erklärt habe.«

»Es wird nicht lange dauern, Miranda.«

»Ich will da nicht rein, Flannery.«

»Wir gehen jetzt ins Einkaufszentrum«, sage ich. »Ich kaufe den Badeanzug. Du sitzt auf einer Bank oder gehst in einen Buchladen. Oder du holst dir was zu essen. Ich komme mit meinem Badeanzug aus dem Badeanzugladen, und wir verlassen das Einkaufszentrum. Wir setzen unsere Fahrstunde fort. Ist das zu viel verlangt, Miranda? Kannst du mir ein bisschen entgegenkommen?«

»Das ist unnatürlich. Habe ich das schon gesagt? Mütter und Töchter, die zusammen einkaufen. Total unnatürlich.«

So geht es weiter. Sie will nicht aussteigen. Laut Miranda hassen alle alleinerziehenden Mütter Einkaufszentren. Sie sagt, Einkaufszentren seien erfunden worden, damit die alleinerziehende Mutter sich schlecht fühlt. *Die alleinerziehende Mutter* ist sie. Sie ist immer noch angeschnallt und kratzt sich wie verrückt am Handgelenk.

»Siehst du«, sagt sie und hält mir ihr gerötetes Handgelenk unter die Nase.

»Du bekommst schon keine Nesselsucht«, sage ich.

»Bekomme ich doch«, sagt sie. »Guck.«

»Okay, Mom. In Ordnung«, sage ich. Ich nenne sie nur Mom, wenn ich so richtig genervt bin.

Sie lässt das Kinn in den Kragen ihres Mantels sinken, den voluminösen falschen Leopardenfell-Fummel, ein echter Fund im Secondhandladen aus der Zeit, als sie auf der Kunsthochschule war. (Meine Mutter nennt alle ihre Kleidungsstücke »Fummel«.) Jetzt gerade sitzt sie mit krummen Schultern in ihrem Leopardenfell-Fummel und schmollt mit gerunzelter Stirn.

»Tu das nicht mit deiner Stirn«, sage ich. »Sonst brauchst du Botox.«

Miranda beginnt vor sich hin zu summen. Es könnte *Come As You Are* von Nirvana sein.

»Hör zu«, sage ich. »Willst du, dass ich mit Felix schwimmen gehe, während du Sport machst, ja oder nein? Dafür brauche ich den blöden Badeanzug. Mein alter passt nicht mehr, und an manchen Stellen ist er schon durchsichtig. Ich habe nicht genug Geld, um den Bus zurück zu nehmen, und außerdem brauche ich die Fahrpraxis. Wenn du willst, kannst du im Auto bleiben. Warte einfach hier auf mich.«

Aber ich weiß schon, während ich es sage, dass sich Miranda niemals darauf einlassen wird. Sie hasst es, stillzusitzen, und das Einzige, was noch schlimmer ist als das Einkaufszentrum, ist der Parkplatz vor dem Einkaufszentrum.

»Also gut«, sagt meine Mutter. »Du hast es so gewollt.« Sie lässt das Handschuhfach aufschnappen und wühlt darin herum. Zieht ihre Tiara heraus und knallt sie sich schief auf den Kopf.

Sie wirft die Tür auf, so dass sie im Scharnier zurückfedert, und ihr Gurt schnellt zurück wie eine sich aufbäumende Schlange. Schon ist sie draußen und schreitet zielstrebig über den Parkplatz. Das rote Futter ihres Leopardenfell-Fummels flattert um ihre Knie.

Vielleicht hätte ich Miranda doch hier raushalten sollen? Aber jetzt bin ich schon ausgestiegen und renne hinter ihr her.

Ich lasse sie vor dem Maniküresstudio einer unglaublich zierlichen Koreanerin zurück, in deren Auslage künstliche Nägel mit winzigen falschen Edelsteinen und Gemälden von Palmen im Sonnenuntergang und flauschigen Kätzchen liegen.

Mirandas Miene hellt sich auf. »Flannery, schau mal. Kleine Meisterwerke!«

Im Gegensatz zu meiner Mutter liebe ich das Einkaufszentrum. Einige meiner schönsten Erinnerungen stammen von hier.

Als ich zwölf war, haben wir immer den Bus zum Einkaufszentrum genommen und hier herumgehangen. Miranda dachte, ich sei beim Malkurs. Miranda glaubt nicht, dass das Einkaufszentrum eine gesunde, kreative Umgebung für Mädchen oder junge Frauen ist.

Meine Mutter, Miranda Malone, glaubt, dass alle auf dieser Welt die Pflicht haben, kreativ zu leben.

Wenn sie gewusst hätte, wie kreativ wir im Einkaufszentrum waren!
Wir haben Sekundenkleber bei Walmart gekauft und Kondome auf den Boden geklebt. Wir haben ein Stück Angelschnur an ein Portemonnaie gebunden und uns hinter einem Pfeiler versteckt, und immer, wenn jemand das Portemonnaie aufheben wollte, haben wir an der Schnur gezogen. Wir haben uns alle in den Fotoautomaten gequetscht und die Zeigefinger in die Ecken unseres Grinsens gehakt, es breitgezogen und dabei geschielt. Bei jedem dritten Bild waren unsere Augen wegen des Blitzes geschlossen.
Wir gingen in den Restaurantbereich und tranken Milchshakes, vom Lachen so schwach, dass wir die Becher kaum heben konnten, deshalb beugten wir uns über den Strohhalm und saugten kräftig, um sehr laute Strohhalm-in-leerem-Becher-Geräusche zu machen.
Und Weihnachten. Das laute, überfüllte Einkaufszentrum an Weihnachten mit den großen Leuchtkugeln, die von den Dachsparren herunterhingen, den neuen Lederstühlen bei Starbucks und dem Weihnachtselch, der in seinem großen Plüschanzug durchs Einkaufszentrum trottete, einen Korb mit Zuckerstangen am Vorderhuf. Wir flitzten überall herum und spielten Verstecken, die ganze Bande – Brittany Halliday und Brittany Bishop und Amber und Elaine Power und Jordan und David und alle. Rannten vor den Männern vom Sicherheitsdienst weg, die es nicht gerne sa-

hen, dass wir dort herumlungerten. Manchmal, wenn die Wachmänner Pause hatten, waren wir einfach faul, kamen, noch halb blind, aus einer Matineevorstellung im Kino und gingen ins Kaufhaus und besprühten uns die Handgelenke mit Parfumproben – egal, ob für Männer oder Frauen. Düfte mit Namen wie »Irish Tweed«, »Truth« oder »Midnight Poison«. Wir sprühten, bis wir nichts mehr riechen konnten.

So ist das Einkaufszentrum, wenn man nichts kaufen *muss*. Einen Badeanzug zu kaufen, ist etwas völlig anderes.

Einen Badeanzug zu kaufen, ist ein traumatisches Erlebnis, wenn man Brüste hat, die das Wort »üppig« beanspruchen. Die ganze Aktion ruft mir einige unschöne Erinnerungen an frühere Besuche im Einkaufszentrum ins Gedächtnis. Wie als ich mit Miranda herkam, um meinen ersten BH zu kaufen.

Die Verkäuferin fragte Miranda, wie alt ich sei. Ich war elf.

»Das ist die Milch«, blökte die Verkäuferin, so dass es jeder im Geschäft hören konnte. »Die Hormone in der Milch und im Rindfleisch. Die Kinder entwickeln sich zu schnell.«

Ich hatte Miranda ausdrücklich gebeten, keine Verkäuferin hinzuzuziehen.

»Kann ich den Damen behilflich sein?«, fragte die Frau.

»Oh, ja, bitte«, flötete Miranda.

Die Verkäuferin hatte silberne Haare, eine Lockenmähne,

die zu einem großen Pompon auf ihrem Kopf geknotet waren. Ihre eigenen Brüste waren spitz wie Eiswaffeln, und ihre schiefergrauen Augen durchbohrten mich. Sie rückte mir mit dem Maßband zu Leibe, das sie um den Hals trug, zog es zwischen den Händen stramm und ließ es mehrmals einschnappen.

»Dann wollen wir mal sehen, womit wir es hier zu tun haben«, sagte sie.

»Ich glaube, das ist nicht nötig«, sagte ich.

»Hände hoch, dass ich sie sehen kann«, sagte sie. Ich hob die Hände in die Luft. Sie beugte sich vor, legte mir das Band um den Rücken und zog mich näher zu sich. Sie führte die Enden des Maßbands genau zwischen meinen Brüsten zusammen. Der Schock über die Information, die das Maßband enthüllt hatte, stand ihr ins Gesicht geschrieben. Sie schnalzte mit der Zunge und schüttelte den Kopf, als hätte ich mir absichtlich so große Brüste wachsen lassen.

Ich muss die Unterhose anbehalten, während ich den Badeanzug anprobiere. Da bin ich, in einer Wurstpelle aus violettem Lycra, während mein weißer Baumwollslip unter dem hohen Beinausschnitt hervorguckt und die dünnen Träger etwa so viel Halt bieten wie verkochte Spaghetti.

Aber der nächste Anzug, ein heißer pinkfarbener Fummel, ist gar nicht so übel und außerdem reduziert.

Dann bin ich auch schon wieder draußen, mit meinem

neuen Badeanzug in einer Plastiktüte, und halte nach Miranda Ausschau.

Sie ist nicht mehr in dem Manikürestudio.

Endlich entdecke ich ein Leopardenmuster in der Menge vor mir. Ich dränge mich mit den Ellbogen durch eine lose Menschentraube, und in der Mitte steht Miranda unter einem riesigen Flachbildfernseher. Sie dreht sich auf dem Absatz um und umklammert mit beiden Händen eine Fernbedienung, ihre Arme sind ausgestreckt und zeigen direkt auf mich. Dann höre ich ein lautes Summen, etwas knallt gegen meine Stirn, und da ist auch schon mein Kopf auf dem monströs großen Bildschirm.

Es ist eine Spielzeugdrohne mit Videokamera, die jetzt durch die Dachsparren flitzt, die Aufnahmen auf dem Bildschirm schaukeln wild hin und her, Köpfe und Wände wackeln, und die Fahrstühle scheinen nach links und rechts zu schwingen wie Hängebrücken. Ich sehe weitere Drohnen in Kartons mit Plastikfenstern, die das flackernde Deckenlicht widerspiegeln. Sie sind sehr hoch in zwei Türmen hinter Miranda aufgestapelt.

Der Verkäufer erklärt, wie man mit dem Handy aufnehmen und während der Aufnahme per Livestream in die ganze Welt senden kann.

Die Drohne schwirrt abwärts, hebt sich ruckelnd wieder höher und dreht sich, während Miranda die Fernbedienung über dem Kopf schwingt, mit den Armen kreist und sie heftig zur Seite wirft. Das Video auf dem Flachbildschirm zeigt Menschen, die auf und ab geschleudert werden, wie in einem Erdbeben, und sich aus dem Weg des Hubschraubers ducken.

Nach mehreren Drehungen und Überschlägen rast der Hubschrauber mit Vollgas auf Mirandas Gesicht zu.

Dann ist Miranda auf dem Bildschirm, lachend, außer Atem, die wilden blonden Locken offen über den Schultern, das breite Grinsen mit der Zahnlücke zwischen den Schneidezähnen und ihre Sommersprossen. Ihre Tiara glitzert und wirft Pfeile aus rosafarbenem und blauem Licht in die Luft. Dann friert das Bild ein – nur Mirandas Tiara ist zu sehen, vergrößert, riesig wie ein Eisberg, Miranda duckt sich und die Drohne prallt gegen den Kartonstapel hinter ihr, und die Kartons fallen auf den Boden.

Alle klatschen.

Miranda rückt ihre Tiara zurecht und macht einen kleinen Knicks. Sie reicht die Fernbedienung dem Verkäufer, der sich gebückt hat, um die Teile des zerbrochenen Hubschraubers einzusammeln. Der kleine Motor läuft stärker und schwächer, summt und erstickt und wird schließlich ganz still.

»War das ein Spaß«, sagt Miranda, während sie mit großen Schritten auf den Ausgang zusteuert. »Und ich habe die Tiara auf den Bildschirm bekommen, hast du das gesehen? Hast du deinen Badeanzug?«

Miranda nennt die Tiara ihre Denkkappe. Sie trägt sie überall. Das ist Teil eines Konzeptkunstprojekts. Sie muss die Tiara ein ganzes Jahr lang jeden Tag wenigstens für eine Weile tragen und Fotos von sich an verschiedenen Orten machen. Sechs Frauen auf sechs verschiedenen Kontinenten nehmen an dem Projekt teil, jede von ihnen trägt die Tiara ein Jahr lang und macht täglich ein Foto von sich.
Miranda hat im Anzeigenteil einer feministischen Zeitschrift von dem Projekt erfahren und sich als Teilnehmerin aus Nordamerika beworben.
Miranda behauptet, sie sei wegen ihrer feministischen Ideale ausgewählt worden und weil sie alleinerziehend ist und wegen ihres künstlerischen Talents und ihres Ehrgeizes und ihrer Kreativität und ihres Einsatzes für die Umwelt. Meine Theorie ist, dass sich sonst niemand aus Nordamerika beworben hat.
Von der Antarktis nimmt niemand teil, obwohl sie, ebenfalls meine Theorie, wahrscheinlich ein talentiertes, ehrgeiziges, umweltfreundliches, feministisches Pinguinweibchen hätten finden können, wenn sie nur gründlich genug gesucht hätten.

Wir laufen eilig zu der Rolltreppe nach unten – es ist kurz vor halb sieben, Zeit, um Felix vom Karateunterricht abzuholen –, vor uns sind jede Menge Leute, und Miranda löchert mich ziemlich laut wegen des Badeanzugs. Was er gekostet hat, und ob ich einen mit starkem Halt gefunden habe, und sie hofft, dass er keinen Bügel hat, weil sie gelesen hat, dass Bügel Brustkrebs verursachen, und gerade, als ich mir wünsche, sie würde aufhören, das Wort *Brust* so laut in der Öffentlichkeit zu sagen, sehe ich eine gewisse Jeansjacke mit einem The Clash-Aufnäher auf dem Rücken die Rolltreppe hochfahren. Mein Herz macht einen Sprung wie die Gazellen in der mongolischen Steppe, die ich mir gestern Abend auf YouTube angeschaut habe, als ich eigentlich Mathehausaufgaben machen sollte.

Ich bin drauf und dran, Tyrone hinterherzurufen – wir *müssen* schließlich über unsere Präsentation für Betriebswirtschaftslehre reden. Den Businessplan müssen wir bis Ende September einreichen, und heute ist schon der 19. Ich habe ihm eine Nachricht über Facebook geschrieben und versucht, ihn anzurufen, aber er hat nicht reagiert und war die ganze Woche nicht in der Schule.

Dann bemerke ich ein Mädchen einen Schritt hinter ihm. Sie trägt braune Wildledermokassins und einen Vintage-Leder-Patchwork-Mantel. Sie sieht toll aus mit ihren wilden Haaren, papageienbunt gefärbt mit orangenen, pinkfarbenen und rosa Strähnen, und ist sie oder ist sie nicht mit Tyrone O'Rourke unterwegs?

Tyrone und ich sind wie Schiffe, die sich nachts begegnen. Ich verrenke mir den Hals, während Miranda darüber quasselt, wie oft sie an Oben-ohne-Stränden war, wo man nur ein Bikinihöschen braucht, was sehr vernünftig ist, weil man dann auch die Brust bräunen kann, aber FKK-Strände sind natürlich noch besser, weil man dann die Pobacken bräunen kann, und ich versuche zu sehen, ob das schöne Mädchen sich *tatsächlich* an Tyrone lehnt, wonach es ein bisschen aussieht, und sie kaut Kaugummi und macht eine Riesenblase, und Tyrone dreht sich um, weil sie ihn mit der Schulter angestoßen hat, um ihm die Blase zu zeigen, und er schaut ihr wortlos in die Augen und pikst mit dem Finger in die Blase.

Sie sind zusammen!

Die Blase platzt.

Und Miranda sagt: »Männer müssen schließlich auch nicht ihre Brust bedecken!«

Die Blase hängt über dem Kinn des Mädchens, und Tyrone dreht sich um und verlässt mit einem Sprung die Rolltreppe. Sie folgt ihm, und sie verschwinden – in den Kinokomplex, wie es aussieht.

Ich bin überrascht, dass meine Nase kribbelt. So fühlt es sich immer an, wenn mir die Tränen kommen. Ich schniefe sie weg. Ich werde jetzt nicht im Einkaufszentrum heulen.

»Und warum sollen wir überhaupt unsere Brust bedecken?«, fragt Miranda. »Also außer wenn wir frieren.« Sie geht mit großen Schritten vor mir her, ihr Leopardenfell-Fummel schwingt um ihre Knie, und das rote Futter leuchtet.

»Ich finde, wir sollten rebellieren und unsere Brüste überall herumhüpfen lassen, meinst du nicht auch? Und jetzt lass uns mal Gas geben, Flan. Letztes Mal, als ich Felix zu spät abgeholt habe, hat er mit einem Karateschlag ein Tetrapak Apfelsaft erledigt und alles vollgespritzt. Sensei Larry hat gesagt, der Turnhallenboden habe wochenlang geklebt.«

Da erst bemerke ich die Einkaufstüte in Mirandas Hand.

»Was ist das?«

»Was ist was?«

»Miranda, das ist nicht dein Ernst.«

»Ich weiß einfach, dass Felix diese Helikopterdrohne lieben wird, Flan. Ich konnte nicht anders. Und du hast einen neuen Badeanzug bekommen! Wir können doch nicht etwas für dich kaufen, und dein armer kleiner Bruder kriegt nichts.«

»Miranda, wir brauchen das Geld für die Miete.«

»Die ist doch erst in zwei Wochen fällig.«

Ich verdrehe die Augen. »Und was ist mit meinem Biobuch?«, frage ich. »Ich *will* diesen Badeanzug nicht mal haben, Miranda. Ich brauche ihn nur, damit ich *dir* helfen kann, schon vergessen? Und Felix hat schon eine Tonne ferngesteuerte Autos.«

»Das ist kein ferngesteuertes Auto, Flannery. Das ist ein Helikopter. Etwas ganz anderes, und er hat eine Kamera.«

»Dafür musst du das Konto geplündert haben.«

»Stell dir doch mal sein Gesicht vor, wenn er das Ding losfliegen sieht. Und es wird schon wieder Geld reinkommen, Flannery. Um Himmels willen! Sei nicht so ein Spielverderber.«

5

Am Montag zieht unser Mathelehrer Mr Green wieder mal eine Show ab. »Kyle Keating behauptet, die Lösung von Aufgabe 26 sei 35.«

Eine schreckliche Stille legt sich über die Klasse. Mr Green schreitet den Mittelgang entlang und nimmt Kyle in den Schwitzkasten.

Kyle hält ganz still. Vielleicht denkt er an den Ratschlag, man solle sich tot stellen, wenn man von einem Bären angegriffen wird. Mr Green presst seine Fingerknöchel gegen Kyles Schädeldecke und reibt kräftig. Die Geste soll spielerisch wirken, aber Mr Green beißt vor Anstrengung die Zähne zusammen.

Kyle, vermutlich in Atemnot, hämmert mit den Fäusten auf die Tischplatte. Vielleicht versucht er auch, eine andere Lösung zu finden, die wohlwollender aufgenommen wird.

»Kann irgendjemand Mr Keating weiterhelfen?«, ruft Mr Green.

»34«, sage ich, obwohl Kyle mich im Augenblick höchstwahrscheinlich nicht hören kann.

»O Gott«, sagt Mr Green. Er lässt Kyle los und schüttelt sich. Kyle ist dunkelrot und atmet schwer. Seine Augen tränen, und seine Dreadlocks sind plattgedrückt. Eigentlich sieht er ganz süß aus.

»Ein Mädchen«, sagt Mr Green mit gespielter Empörung. »Ein *Mädchen* hat die richtige Lösung gefunden, Mr Keating.«

Kyle blickt in die Runde und scheint sich zu fragen, wer seine Retterin war. Er berührt probeweise seinen Hals, als wolle er herausfinden, ob er noch funktioniert.

»Ein Mädchen!«, brüllt Mr Green. Er legt die Hände über die Ohren, steht einen Augenblick lang so da und starrt auf den Boden, als werde dort ein Film abgespielt. Er flüstert zu sich selbst wie Hamlet: »Ein Mädchen, um Himmels willen!«

Es läutet, und Mr Green hebt den Blick, als wäre nichts geschehen.

»Also dann, Leute«, sagt Mr Green. »Gute Stunde, gute Arbeit, guter Versuch, Keating, wir sehen uns morgen. Und immer dran denken, Mathe vergrößert das Gehirn.«

Er hebt die Hände vors Gesicht, als würden sie ein Gehirn halten, und sagt dann leise *Peng*. Er öffnet die Hände und schaut schnell hin und her, als wäre das Gehirn explodiert und als würde Hirnmasse an den Wänden hinunterlaufen.

Mr Green ist ein Witzbold. Zumindest hoffe ich, dass er Witze macht.

Nächste Stunde: Weltreligionen. Ms Warren will, dass wir einen Aufsatz über unsere persönliche Philosophie schreiben – nach der wir leben.

Kyle Keating sagt, seine persönliche Philosophie sei der Existentialismus, was bedeute, dass er an gar nichts glaube, und deshalb solle er vielleicht ein leeres Blatt abgeben. Ms Warren sagt, das dürfe er gerne tun, dann werde sie seinen Aufsatz auch mit einem großen, dicken Nichts benoten.

Meine persönliche Philosophie ist ein tanzender Derwisch, der in meinem Herzen steppt, und seine festen Lederschuhe klopfen einen Rhythmus: *Tyrone, Tyrone, Tyrone.*

Heute ist der sechste Tag in Folge, an dem Tyrone nicht in der Schule war. Wenn ich ihn nicht letzte Woche im Einkaufszentrum gesehen hätte, würde ich mir Sorgen machen, dass er bei einem Motorradunfall gestorben oder abgehauen ist, um sich einer Sekte, einer Punkband oder einem Zirkus anzuschließen.

Ich weiß, ich sollte sauer sein, weil er meine Nachrichten wegen unserer Präsentation ignoriert. Ich sollte mich zwingen, daran zu denken, wie er das Mädchen mit den Papageienhaaren auf der Rolltreppe angeschaut hat, und mir den Gedanken aus dem Kopf schlagen, dass er meine Liebe je erwidern könnte.

Aber dann erfahre ich zufällig, dass die Bursting Bowls

am Freitagabend noch einmal für ein Best-of-Konzert im Kirk-Gemeindezentrum zusammenkommen. Die Bursting Bowls waren Tyrones Lieblingsband, bevor sie sich getrennt haben.
Unmöglich, dass er nicht kommt.

Am Freitag erklärt Amber, dass sie mit Gary zu dem Konzert geht, aber dass wir uns dort treffen können. Ich probiere jedes einzelne Kleidungsstück aus meinem Schrank an, lege die unterste Kleidungsschicht auf meinem Fußboden frei, durchsuche den Kleiderberg am Fußende meines Betts, mache vor dem Spiegel Fotos von jedem möglichen Outfit und schicke sie Amber, aber sie schreibt nicht zurück. Vielleicht wurde eine Extra-Trainingseinheit angesetzt. Amber antwortet nur dann nicht auf Nachrichten, wenn sie gerade schwimmt.
Das Kirk ist von unserem Haus aus nur die Straße hoch, aber ich fühle mich komisch, als ich allein über den Parkplatz gehe. Vor der Tür steht eine Menschenmenge, und ich hänge mich an eine Gruppe Mädchen. Sie vergleichen ihre Leuchtarmbänder und schwingen die Arme durch die Luft.
Am Himmel stehen die Sterne, es ist dunkel, die Band spielt schon, und es ist total voll.
Ich quetsche mich durch die Tür und stelle mich an, um meine fünf Dollar zu zahlen – das Konzert ist eine Spenden-

aktion für Oxfam –, und es sind noch etwa vier Leute vor mir, als ich Amber sehe.

Sie steht am Bühnenrand auf der anderen Seite der Halle. Die Leute tanzen und springen auf und ab. Die Bursting Boils sind eine Riesennummer, und es sind Leute von verschiedenen Schulen aus der ganzen Stadt da. Und Leute, die viel älter sind als wir, vielleicht schon Ende zwanzig, und ein paar Kids von der Mittelschule.

Die Halle bebt im Beat der Punkmusik. Carl Cole, der einen rasierten Kopf und einen Bart bis zur Brust hat, hält den Bass wie ein wildes Kaninchen, das er bändigen muss, und springt über die Bühne. Selbst von hier kann ich die Schweißtropfen von seinem Gesicht fliegen sehen. Bubs McCarthy, der Leadsänger, macht einen Salto und landet auf den Füßen. Die Menge kreischt.

Einige Zuschauer werfen händeweise kalte Spaghetti durch die Luft und schütteln Bierdosen und besprühen sich damit, und mehrere Leute haben Eier mitgebracht, um die Band damit zu bewerfen, wenn es so richtig losgeht, was früher bei Konzerten der Bursting Boils Standard war.

Gary tanzt inmitten einer Gruppe und ruft Amber etwas zu, aber ich kann ihn natürlich nicht hören. Ihre Hände flattern ganz kurz neben ihren Ohren.

Gary macht eine pumpende Bewegung mit der Faust. Anscheinend ermuntert er sie, zu springen. Er steht am äußeren Rand eines Moshpits und versucht, sich mit den Ell-

bogen hineinzudrängen, aber er wird immer wieder von der Menge ausgespuckt. Gary würde überhaupt nicht in der Nähe sein, wenn sie springt. Sie könnte niedergetrampelt werden. Was zum Teufel macht sie da?
Dann breitet Amber die Arme aus wie Flügel. Ihre Finger flattern immer noch. Sie steht ganz vorn an der Bühnenkante. Ich mache einen Satz, bereit, zu ihr zu laufen und sie aufzufangen, aber Kyle Keating beugt sich über den Tisch am Einlass und hält mein Handgelenk fest. Ich hatte ihn gar nicht gesehen.
»Hey«, sagt er. »Zahlen, bitte. Und danke, dass du mich in Mathe gerettet hast.«
Ich gebe ihm die fünf Dollar, und er rollt einen Gummistempel über meinen Handrücken. *Rindfleisch erster Güte*, steht in roter Tinte darauf.
In diesem Augenblick springt Amber in die Menge.
Ihr Körper fällt, und ein Schrei ertönt aus dem Kreis. Die Körper in der Mitte gehen nach unten, kollabieren, eine kurze Implosion, wie eine Qualle, die sich zusammenzieht, bevor sie in der Dunkelheit pulsiert. Dann erhebt sich das Zentrum des Kreises wieder, und Ambers Körper schwebt, als wäre er schwerelos, über die ausgestreckten Hände der Menge. Es sieht aus, als würden unzählige Fingerspitzen sie weitertragen.
Ambers Beine zappeln und ihre Arme sind gestreckt. Sie schwimmt auf den Rand der Menge zu. Sie wird weiter-

gereicht und am Ende des dichtgedrängten Kreises sanft abgesetzt, genau vor Gary. Sie schlingt die Arme um ihn und vergräbt ihr Gesicht in seinen Haaren, und die Menge schließt sich über ihnen.

In dem Augenblick schrillen Sirenen durch die Halle, und alle rennen zu den Notausgängen an den Seiten des Gebäudes. Ein Notarztwagen und ein Feuerwehrauto und zwei Polizeiwagen sind da. Ella Sloan ist auf der Wiese vor der Halle ohnmächtig geworden, und die Rettungssanitäter legen sie auf eine Trage. Ihre Arme hängen schlaff unter einem weißen Tuch hervor, als sie hinten in den Notarztwagen geschoben wird.

Ich schaffe es nach draußen, bevor die Polizisten reinkommen und die Halle leeren, und laufe den Berg runter. Da höre ich das Trappeln von Turnschuhen hinter mir und das Klappern von Dosen in einem Rucksack.

Tyrone taucht keuchend in der Dunkelheit auf. Das Mädchen mit den Papageienhaaren ist nirgends zu sehen.

»Das war krass«, sagt Tyrone. »Ich hab das Bullenauto mit Eiern beworfen.«

»Hast du nicht«, sage ich. Er hat noch den leeren Eierkarton in der Hand und wirft ihn in die Zweige eines Baums. Dann werden wir von einer Gruppe Mädchen überholt, die den Berg runterrennen.

»Hi, Tyrone«, zwitschert eine von ihnen, und alle kichern und laufen an uns vorbei, und ihre Neonarmbänder leuchten und blinken, bis sie um die Ecke in die Queens Road biegen.

»Wir sollten über unseren Businessplan reden«, sagt Tyrone, als wäre ihm der Gedanke gerade erst gekommen.

»Für unsere Präsentation in BWL«, fügt er hinzu. Er ist unter einer Straßenlaterne stehengeblieben.

Eine Stockung.

Ein Polizeiauto verlangsamt und schleicht neben uns her. An der Spitze des Scheibenwischers klebt ein unversehrtes Eigelb. Das Auto kriecht im Schritttempo, und Tyrone und ich gehen weiter, die Blicke auf den Bürgersteig gerichtet, die Fäuste tief in unseren Taschen.

Dann beschleunigt das Polizeiauto und lässt uns hinter sich. Die roten Lichter des Feuerwehrautos leuchten immer noch durch die Ahornbäume auf dem Parkplatz oben auf dem Hügel. Ich gehe ein Stück vor ihm, aber Tyrone zieht an meinem Jackenärmel, und wir bleiben stehen. Tyrone hat silbernen Glitzerstaub in den Haaren und Wimpern und auf den Wangen.

Er ist wirklich groß. Er schaut nach unten in meine Augen. Er schaut nicht nur, sondern er gießt sich irgendwie in mich. Er macht eine ruckartige Bewegung mit dem Kinn, als würde er mein ganzes Wesen abrufen. Wer ich auch bin, er will mich sehen, genau hier auf dem Bürgersteig, mit seinem Glitzerstaub im Gesicht, während die Menge aus dem Kirk strömt.

»Ich finde, wir sollten Zaubertränke machen«, sagt er. »Wie damals, als wir klein waren. Weißt du noch? Wir haben Zaubertränke bei euch im Garten gemacht. Als Spaßartikel, so wie Nebel in Dosen oder Haustiersteine. Die Leute werden verrückt danach sein. Nur ein Schluck, und peng, los geht's. Weißt du, was ich meine? Du schaffst das Meisterwerk deiner Träume. Oder du wirst reich. Oder unsichtbar für deine Feinde. Oder ein Trank, um zu schrumpfen und durchs Schlüsselloch zu fliehen, wenn es brenzlig wird. Oder um dich in den Erstbesten zu verlieben, der dir vor die Augen kommt. Wir bräuchten einfach nur Wasser und Lebensmittelfarbe. Ein Spaß, weißt du. Aber damit ließe sich richtig Profit machen. Das würde Payne garantiert gefallen.«

Eine weitere Mädchengruppe kommt den Berg hinuntergerannt, und Tyrone blickt auf und grüßt Lily Parsons.

»Hey, Lily«, sagt er. Er dreht sich um und sieht ihr nach.

»Hey, Tyrone«, ruft sie, ohne sich umzuschauen.

Ein Hauch Frost liegt in der Luft, und eine kalte Brise weht vom Hafen herauf. Sie lässt die Ahornbäume über uns rascheln und macht aus Lily Parsons' Rock eine Glocke, als sie am Fuß des Hügels um die Ecke biegt. Eine Menge Leute haben gefälschte Ausweise und ziehen weiter zu einem Club. Ein einsames gelbes Blatt landet in der Nähe unserer Füße.

»Ich muss los«, sagt Tyrone. Er wirft sich seinen Rucksack

über die Schulter. Wieder höre ich die Dosen. Er will anscheinend noch irgendwo in der Stadt sprayen. Sein neuester SprayPig-Schriftzug war vor einigen Tagen in der Zeitung – leuchtend pink und silbern, das »S« eine große Boa constrictor, die alle anderen Buchstaben zusammendrückt. Es gab Kommentare im Internet und einen Leitartikel im Regionalteil. Er hatte die Bank von Montreal besprayt. Die Leute waren empört.

»Denk drüber nach«, sagt er. »Zaubertränke.« Als er schon halb den Berg runter ist, dreht er sich um und läuft rückwärts.

»Die Leute werden uns das Zeug aus den Händen reißen«, ruft er. »Wir könnten ein Vermögen machen, Flannery. Vor allem, wenn sie anfangen, daran zu glauben.«

Dann ist er weg.

Am Montag sitzen Amber und Gary zusammen in der Cafeteria, und sonst ist niemand an ihrem Tisch. Aus irgendeinem Grund gehe ich nicht mal in ihre Nähe. Obwohl ich jeden Tag mit Amber zu Mittag gegessen habe seit – wann, der Vorschule? – ist es, als hätten die beiden ein unsichtbares Kraftfeld um sich herum. Ich stehe ratlos mit meinem Tablett da.

Noch eine Stockung.

Schließlich bringe ich Laura Linegar dazu, mir am Ende eines großen Tischs Platz zu machen, an dem ein paar Leute

aus dem Theaterclub, ein paar Zehntklässler und einige Leute aus meiner Klassenleiterstunde sitzen. Ich habe mein Schinken-Käse-Sandwich bereits ausgepackt, als ich merke, dass ich Elaine Power und Kyle Keating gegenübersitze.
Elaine ist eine dieser Personen, die vor viele ihrer Bemerkungen das Wort »interessanterweise« setzen. Sie erzählt Kyle, dass, interessanterweise, sich der ausgewachsene Monarchfalter von Nektar ernährt, der ganz tief aus den Blumen kommt.
Kyle zwinkert mir zu, wackelt mit den Augenbrauen und wiederholt das mit einem gespielten sexy britischen Akzent. »Nektar von *ganz* tief aus den Blumen.«
»Und der Limenitis archippus schlägt häufiger mit den Flügeln als der Monarch und gleitet«, sagt Elaine, »wenn er sich ausruhen will.«
»Hey, Flan, wir haben uns gerade über den Monarchfalter unterhalten«, sagt Kyle. »Es gibt so viel Zeug, das die meisten Leute einfach nicht wissen.«
Anscheinend war die Spendenaktion mit den Bursting Boils Kyles Idee. Sie hatten schon 1500 Dollar verdient, als die Polizei kam.
»Heute Nachmittag bringe ich das Geld bei Oxfam vorbei«, sagt Kyle. »Kommst du mit, Flan?«
In dem Augenblick bemerke ich Tyrone, der in der Tür zur Cafeteria steht. Er unterhält sich mit jemandem. Lily Parsons.

»Nee«, sage ich. »Aber danke, Kyle. Ich muss mal mit meinem BWL-Projekt anfangen.«

»Anfangen?«, wiederholt Elaine. »Willst du damit sagen, du hast noch nicht mal *angefangen*?«

6

Habe ich schon erwähnt, dass ich meinen Bruder liebe? Das tue ich wirklich. Oder wenigstens versuche ich es. Erstens, weil Miranda sagt, dass ich muss, egal was passiert. Sie sagt, wir sind eine Familie, nur wir drei, und wir müssen füreinander da sein.

Er ist sechs, rotzfrech und total verzogen. Er hat meine Perlenketten kaputtgemacht, weil er sehen wollte, wie die einzelnen Perlen die Holztreppe runterspringen.

Felix, kreischend: »Auf geht's, ihr Perlen. Rettet euch, solange ihr könnt!«

Letzten Sommer hat er meinen Walkman (eine Antiquität) für fünfzig Cent an ein paar Kinder auf der Straße verkauft. Er wurde eindeutig zu lange gestillt (bis er dreieinhalb war und im Café herumschrie: »Ich will Brustmilch!«), und er hatte die Dreistigkeit, zehn Jahre nach mir auf die Welt zu kommen, gerade als ich mir sicher war, der Mittelpunkt des Universums zu sein.

In dem Augenblick, als er aus der Klinik nach Hause kam,

wurde ich vom Kind Nummer eins zum Windelwechsler Nummer eins degradiert.

Felix Malone hat goldene Löckchen und das Gesicht eines Engels – rosige Wangen und blaue, unschuldige Augen. Aber davon darf man sich nicht täuschen lassen. Dieser Junge stieg im Alter von zweieinhalb aus seinem Kinderstuhl, nahm ein sehr großes Glas Orangensaft, trug es vorsichtig den ganzen Weg durchs Zimmer, ohne einen Tropfen zu verschütten, und als ich gerade nicht guckte, kippte er mir den gesamten Inhalt hinten in die Jeans.

Und in letzter Zeit brüllt er sich vor der Supermarktkasse die Seele aus dem Leib, wenn Miranda sagt, dass er kein Eis bekommt, oder er wirft sich vor dem Spielzeugladen auf den Bürgersteig und strampelt mit den Beinen, weil sie ihm nicht den Minikaugummiautomaten kauft, der im Schaufenster steht.

Diese öffentlichen Wutausbrüche haben Miranda zu der Einsicht bewogen, dass er Selbstdisziplin lernen muss. Sie hat ihn zum Karateunterricht angemeldet, der donnerstagabends in der Turnhalle von Holy Heart stattfindet. Ich habe keine Ahnung, wie Miranda auf die Idee kommt, wir könnten uns Karateunterricht leisten. Es ist die dritte Schulwoche, und wir konnten immer noch nicht das Biobuch kaufen, das alle anderen längst haben und das, nebenbei bemerkt, *obligatorisch* ist – wenn auch nicht gerade ein Pageturner, trotz des hochgelobten und zweifellos vor-

trefflichen Kapitels über den sicheren Gebrauch von Bunsenbrennern, das zu lesen ich noch nicht das Vergnügen hatte.
Aber ich kann verstehen, warum Miranda die Karatestunden zahlt, wenn ich sehe, wie Felix in seinem kleinen Ninja-Outfit durch die Turnhalle flitzt, sein rosiges Gesicht freudestrahlend, während er einen hohen Karatesprung macht und *hiiiiii-jaaaaa* schreit. Ich kann ihm einfach nichts missgönnen. Nicht den Karateunterricht, nicht das Eis, nicht die Helikopterdrohne, nicht mal, dass er geboren wurde.

Andererseits. Andererseits hat Felix in letzter Zeit Vergnügen daran gefunden, sich in sensiblen Momenten an mich anzuschleichen, mit beschlagener Schwimmbrille und einer Tarnkappe, aus der an der einen Seite der Kopf eines Kabeljaus herausragt und an der anderen Seite der Schwanz. Und einem Sheriffabzeichen und einer Lederweste mit Fransen und einem Halstuch, das nach Bankräuberart die untere Hälfte seines Gesichts verdeckt. Und einer karierten Tischdecke um die Schultern, unter der er seine Riesenwasserpistole versteckt hat. Obwohl es quasi Oktober und draußen echt kalt und die Zeit der Riesenwasserpistolen lange vorbei ist.
Ein Beispiel, was ich mit einem »sensiblen Moment« meine.

Ihr wisst schon, wenn ihr vorm Spiegel steht und versucht, möglichst lange nicht zu blinzeln, und euch in die Augen starrt?
Das Zimmer hinter dir wird dunkel, und dein Gesicht verändert sich. Wenn du lange genug starrst, ohne zu blinzeln, zerfließt dein Gesicht und verzieht sich und ist gar nicht mehr dein Gesicht.
Und vielleicht schaust du noch weiter in den Spiegel und beginnst dich zu fragen, mit jedem Atom deines Wesens, ob irgendjemand auf dieser verdammten verrückten Welt dich je lieben wird.
Und plötzlich stellst du dir dann vor, jung zu sterben.
Das ist so ein sensibler Moment.
Ein Blick in den Abgrund. Du schleichst auf Zehenspitzen um den Abgrund der Einsamkeit. Schaust hinein. Höhenangst. Dir wird schwindlig und übel, und niemand liebt dich. Okay, das ist vielleicht ein bisschen übertrieben.
Aber was, wenn du auf irgendeine schreckliche Weise sterben musst, bevor die Liebe dich findet?
Vielleicht stellst du dir vor, wie du auf eine befahrene Straße rennst, um ein Kleinkind vor einem Bus zu retten. Da ist der Bus. Da ist das Kleinkind. Einsatz der Streicher, dein Gesicht in Zeitlupe, deine Haare fliegen dir über die Schulter, deine Augen sind vor Schreck geweitet, und du rennst los. Du rennst wie durch einen Fluss aus Sirup – langsam, elegant, schön –, reißt das Kind in deine Arme und schleuderst ihn

oder sie oder es gerade noch rechtzeitig zur Seite, aber ach, es ist zu spät, um dich selbst zu retten.
Der Bus rammt dich ins Jenseits.
Schnitt, Aussetzen der Streicher.
Äpfel und Orangen springen aus deiner Einkaufstüte und rollen den Berg hinunter. Die Leute auf dem Bürgersteig schreien entsetzt.
Alles wird dunkel. Der Tod hat seinen großen schwarzen Schlund geöffnet, um dich zu verschlingen. Du bist bereit, zu gehen. Gute Nacht, denkst du. Gute Nacht, Mond. Gute Nacht, Milchschale, gute Nacht Katze, gute Nacht Tyrone O'Rourke.
Aber warte! Du bemerkst Tyrone, der durch göttliche Vorsehung und reinen Zufall in dem Bus gesessen hat, der dir zum Verhängnis wurde. Er ist zur Windschutzscheibe gerannt und hämmert mit den Fäusten gegen das Fenster. Zum ersten Mal in deinem gleich so-tragisch-früh-beendeten Leben bemerkt er dich. Endlich bemerkt er dich. Bemerkt deine schüchterne Schönheit, deine große Seele, die langsam aus deinen halbgeschlossenen Augen weicht …
Tyrone, Tyrone, flüsterst du. Aber es kommt kein Geräusch.
Er sieht dich auf der Straße liegen und denkt daran, dass ihr euch schon immer kennt. Tyrone war gerade auf dem Heimweg vom Einkaufszentrum, ist Zeuge des Unfalls geworden und hat eine Erleuchtung.

Tyrone O'Rourke liebt dich.
Du bist erledigt, fast. Schicht im Schacht. Die Streicher haben wieder eingesetzt, sie geben alles. Aber Tyrone hämmert weiter gegen die Fensterscheibe und brüllt, *Lasst mich raus, lasst mich raus*, und merkt im Schock und in der Eile vielleicht nicht, dass die Bustür sich nach *innen* öffnet und er einen Schritt zurücktreten muss, wenn er raus will, um dich erfolgreich zu retten.
Aber dann tritt er zurück, endlich, und die Tür öffnet sich mit einem Zischen, und er steht auf der Straße, seine dunklen Haare glänzen in der Sonne, und er hat Tränen auf den Wangen. Tyrone O'Rourke neben dir, kurz davor, dich zu küssen, nachdem er gerufen hat: *Holt denn niemand einen Krankenwagen?*
Er weiß, das Ende ist nah, er nimmt dich in die Arme, und in diesem stillen, tastenden Moment fährst du vor Schreck fast aus der Haut und stößt dir am besten noch den Kopf am Medizinschränkchen, weil eine täuschend echt klingende Maschinengewehrsalve ertönt und eine Super Soaker auf deinen Hintern zielt.
Felix Malone hat sich die ganze Zeit hinter dem Duschvorhang versteckt. Eine Überwachungsleistung, die eine Geduld erfordert, wie sie nur ein Meisterverbrecher aufbringen kann.
Ein Schuss aus der Super Soaker, und deine Jeans ist klitschnass. »Du kleiner Spitzel, du Stinker, du, du, du.«

Du greifst nach ihm. Du versuchst, den Fischschwanz zu packen, der aus seinem Kopf ragt, aber er ist schon durch die Badezimmertür, die Treppe runter, aus der Haustür raus und den Bürgersteig entlang, und du stehst da mit einer Handvoll Nichts.

Und so geht es dir regelmäßig.

7

Tyrone kommt! Hierher! Heute! Er kommt zu mir, damit wir zusammen den Businessplan schreiben können. Schließlich müssen wir ihn Montag abgeben. Er hat gesagt, er werde gegen vier kommen, deshalb bin ich nach der Schule nach Hause gerannt und habe wieder jedes mögliche Outfit anprobiert und Amber wieder Fotos geschickt, und sie hat *wieder* nicht geantwortet. Ich schicke ihr eine letzte Nachricht – *AMBBBBEEERRR?????????* – aber nada. Also entscheide ich mich für meine Jeans und mein Ramones-T-Shirt.

Dann fange ich an, alle Kleiderberge in meinem Zimmer aufzusammeln und in den Wäschekorb zu stopfen. Nach etwa zehn Minuten kann ich tatsächlich einen Großteil der Dielenbretter sehen. Unter dem Bett waren ein paar Teller mit eingetrocknetem Ketchup und eine alte Chipstüte, die aussah, als hätte sich eine Maus darüber hergemacht. Und ein zerbrochenes Glas und drei Dollar in Münzen.

Miranda geht an meinem Zimmer vorbei, als ich gerade Lidschatten auflege.
»Du siehst gut aus«, sagt sie. Ich erzähle ihr, dass Tyrone vorbeikommt, und versuche, beiläufig zu klingen.
»Tyrone O'Rourke?«, fragt sie.
»Für unser Projekt«, erkläre ich. »Er ist mein Partner in BWL. Wir machen Zaubertränke. Seine Idee.«
»Wie früher!«, sagt Miranda.
»Ja, vielleicht einen Liebestrank oder irgendwas für Reichtum oder ewige Jugend.«
»Soll ich die Törtchen aus dem Eisfach holen?«, fragt Miranda. »Und ein bisschen Sahne schlagen? Mit Erdbeerkonfitüre?«
»Ich dachte, die wolltest du für dein Bewusstseinserweiterungs-Dings aufheben«, sage ich. »Dein Feministentreffen oder was es war.«
»Die wären doch ein schöner Imbiss für Tyrone und dich«, sagt sie. »Während ihr an eurem Projekt arbeitet. Bei geöffneter Zimmertür.«
Ich schaue so schockiert wie nur möglich.
»*Natürlich* bei geöffneter Zimmertür, Miranda«, sage ich. »Es ist ein Schulprojekt, um Himmels willen.« Ich klimpere unschuldig mit meinen pfauenblauen Augenlidern.
Sie hüpft die Treppe runter – wobei sie absurderweise den Hochzeitsmarsch summt –, um die Törtchen aus dem Eisfach zu nehmen. Ich mache mein Bett und schüttle die Kis-

sen auf. Ich räume meinen Schreibtisch frei und stopfe alle Papiere unters Bett. Verspritze ein bisschen Parfüm, für den Fall, dass es hier nach alten Chips oder der leeren Pizzaschachtel riecht, die ich im Schrank gefunden habe, mit ein paar verschrumpelten Peperoni, die an der Pappe klebten. Ich beschließe, dass ich Musik auflegen sollte. Letztes Jahr hat Miranda mir einen Plattenspieler zu Weihnachten geschenkt, den sie im Secondhandladen gefunden hat. Es waren drei Schallplatten dabei: Cat Stevens, Beyoncé und Michael Jackson.

Ich habe in meinem Zimmer eine dieser Retro-Uhren mit Zahlen auf kleinen Plastikplättchen, die jede Minute umklappen. Die Plättchen machen dabei jedes Mal *wischklick.*

Um 16.47 Uhr lege ich Cat Stevens auf, und aus irgendeinem Grund bringt der Song *Katmandu* mich zum Weinen. Die Zeile über *strange bewildering time.* Allein das Wort *bewildering.* Warum muss alles so verwirrend sein? Außerdem ist der Lidschatten in mein linkes Auge gekrümelt, und jetzt ist es rot und gereizt.

Miranda taucht mit einem großen Teller voller Törtchen in meiner Zimmertür auf.

»Wenn du glaubst, dass ich heule, weil Tyrone nicht gekommen ist, irrst du dich«, sage ich zu ihr.

»Das habe ich keine Sekunde lang angenommen«, sagt Miranda.

»Ich mache mir nur Sorgen um unser Projekt, denn wie es aussieht, werden wir zu spät fertig, und der doofe Mr Payne zieht uns für jeden Tag Verspätung zwei Prozent von der Note ab, und ich mache mir tatsächlich was aus meinen Noten, okay?«

»Aber unbedingt«, sagt Miranda. »Greif zu.«

Ich nehme ein Törtchen und stopfe es mir in den Mund.

»Ich bin nun mal eine verantwortungsbewusste Person«, sage ich.

»Ich weiß«, sagt Miranda. »Manchmal haust du mich regelrecht vom Hocker.«

»Ja, aber nicht zu verantwortungsbewusst, oder? Also, ich bin nicht langweilig.«

»Ganz sicher nicht«, sagt Miranda. Sie setzt sich neben mich aufs Bett und nimmt sich ein Törtchen.

»Ich kann auch rebellieren«, sage ich.

»Sind die nicht lecker?«, fragt sie.

»Ehrlich, ich könnte einfach sagen, scheiß auf die blöde Präsentation, wie ein paar andere Leute, aber dann würde ich durchfallen. Und Tyrone auch. Würde ihm allerdings recht geschehen.«

»Flannery, du bist schön. Weißt du das? Im Ernst, du bist wirklich sehr schön. Das sage ich nicht nur, weil du meine Tochter bist. Auch wenn du meine feinen Gesichtszüge geerbt hast.«

Und da weine ich wirklich und huste außerdem wegen

eines großen Sahneklumpens, der mir in den falschen Hals geraten ist.

»He, ich hatte fast schon vergessen, welche Farbe dein Fußboden hat«, sagt Miranda. Dann hängt die Cat-Stevens-Platte plötzlich. Miranda stemmt sich hoch, hebt vorsichtig die Nadel an und pustet ein winziges Staubflöckchen weg. Anschließend stellt sie den Plattenspieler aus.

»Hör zu, Mädchen-Kind«, sagt sie, »ich lasse dir die Törtchen hier. Ich gehe jetzt runter und schaue, ob ich was Richtiges zum Abendessen finde. Warum nutzt du nicht die Zeit für deinen Businessplan?«

»Das werde ich wohl«, sage ich. Sie macht die Tür hinter sich zu. Ich setze mich mit Stift und Papier an den Schreibtisch. Und schreibe wie verrückt. Um 18.17 Uhr, als Miranda zum Abendessen ruft, ist das Ding fertig. Ich habe das ganze Projekt umrissen. Tyrone und ich werden Liebestränke, Tränke für ewige Jugend, einen Reichtumstrank, einen Trank, um im Traum die Zukunft vorherzusehen und einen Unsichtbarkeitstrank herstellen.

Und wenn ich *Tyrone* sage, dann meine ich damit, dass ich am Ende des Businessplans auch für ihn unterschrieben habe.

Obwohl er nichts getan hat.

Obwohl ich für ihn Lidschatten aufgelegt habe und ihm nicht mal eine Absage per SMS wert war.

Obwohl vermutlich die ganze Zeit irgendwelche Mädchen

so etwas für Tyrone machen, weil er so gut aussieht und so charmant ist und alle sich in ihn verlieben. Flannery Malone und Tyrone O'Rourke, ganz vorne auf dem Deckblatt unseres Exposés. Ich bin ziemlich sicher, dass wir die volle Punktzahl bekommen.

Am Montag will ich Amber von ihrem Film-Kurs abholen. Sie hat mir nicht wegen der Outfits zurückgeschrieben, und wir haben das ganze Wochenende nicht telefoniert – das muss eine Premiere sein. Aber da in vierzehn Tagen die Qualifikationen für die Landesmeisterschaften sind, nehme ich an, dass sie ein paar extra Trainingseinheiten eingelegt hat.

Sie redet zwar nicht darüber, aber ich weiß, dass sie diesmal ziemlich unter Druck steht. Nur weil sie es letztes Mal zu den Landesmeisterschaften geschafft hat, heißt das nicht, dass es dieses Jahr automatisch wieder so ist. Und ich weiß, dass die Kollegen ihres Vaters Wetten abgeschlossen und eine Menge Geld auf sie gesetzt haben.

Deshalb habe ich beschlossen, sie in Ruhe zu lassen. Obwohl ich sie fast angerufen *hätte*, als mir klar wurde, dass Tyrone nicht kommen würde, weder um 16.47 Uhr, noch sonst irgendwann.

Aber etwas hielt mich zurück. Ich kenne Amber, und ich weiß, dass sie sauer auf Tyrone geworden wäre, weil er nicht gekommen ist. Und sie wäre definitiv dagegen gewesen, dass ich seinen Namen unter den Businessplan setze, wenn er keinen Finger dafür krumm gemacht hat. Sie würde wahrscheinlich nicht verstehen, wie sein Leben ist. Vermutlich gab es eine Menge Gründe, warum er nicht aufgekreuzt ist.

Ich will aber, dass Amber und Tyrone Freunde sind, weil sie beide immer zu meinem Leben gehören werden.

Deshalb habe ich beschlossen, sie nicht anzurufen. Ich saß an einem Samstagabend in meinem Zimmer und las *Schlachthof 5*, aß Popcorn und lackierte mir die Zehennägel, und das Telefon lag genau neben mir auf dem Nachttisch, und ich habe es nicht mal angeschaut.

Aber wann rufe ich Amber *nicht* an, wenn mich etwas quält?

Ich habe das Telefon also doch angeschaut. Und dann habe ich es mir geschnappt und sie angerufen.

Aber sie ist nicht rangegangen. Ich habe ihr noch eine Nachricht geschrieben, sie hat nicht geantwortet.

Manchmal wird sie beim Training so sehr gefordert, dass sie danach zu Hause auf dem Sofa einpennt. Manchmal lassen ihre Eltern sie die ganze Nacht dort liegen, weil sie es nicht schaffen, sie zu wecken.

Sie war bestimmt im Koma, hat geschnarcht, dass die Wände wackelten, und deshalb nicht zurückgerufen. Nicht weiter schlimm.

Aber ich will unbedingt wissen, was sie und Gary in ihrer

Präsentation machen. Sie hat letzte Woche zu mir gesagt, die Sache sei *top secret* (komm schon, im Ernst?), bis sie ihren Businessplan eingereicht haben, aber sie werde es mir heute nach ihrem Film-Kurs erzählen, und ich würde es als Erste erfahren.

Die Klassentür fliegt auf und knallt gegen die Wand, und alle drängeln sich gleichzeitig nach draußen. Als Amber durch die Tür kommt, geht sie neben Melody Martin, die mit dem Schlagzeuger aus Garys Band zusammen ist. Melody hat pink gefärbte Haare und trägt eine pinkfarbene Strumpfhose und pinkfarbene Docs, die ihr bis zu den Knien gehen.

Sie beugen sich über Melodys Handy und schauen offenbar Fotos auf Instagram an. Amber kichert mit einer Hand vor dem Mund und macht große Augen.

»Warte, warte«, sagt Melody. Sie gehen einige Schritte weiter, und ihre Schultern stoßen gegeneinander, weil sie vor Lachen torkeln. Sie bleiben wieder stehen, weil Melody anscheinend bei einem anderen unglaublich komischen Foto angekommen ist, sie prusten und krümmen sich, und Amber reißt affektiert den Kiefer auf.

»Jetzt kommt das Beste«, sagt Melody. »Bist du bereit? Ich weiß nicht, ob du dafür bereit bist.«

»Zeig her, los«, sagt Amber. Melody hält das Handy eine Armlänge vor sich, direkt vor Ambers Gesicht.

»Wahnsinn«, sagt Amber.

»Hab ich doch gesagt«, ruft Melody Martin. »Ich hab's dir gesagt, oder nicht?«

»Amber«, sage ich.

Sie blickt verwirrt auf.

Ich merke, dass ich Angst habe, sie könnte einfach durch mich hindurchsehen, als würde ich nicht existieren. So ein Gefühl hatte ich bei Amber noch nie. Ich weiß nicht, welchen Gesichtsausdruck ich gerade habe, aber er fühlt sich vorwurfsvoll und einsam an.

Ich habe auch noch nie gesehen, dass Amber sich so verhält, dass sie fast vor Lachen umkippt wegen eines blöden Fotos, das irgendwer auf dem Handy hat. Ich habe sie vorher noch nicht mal so lachen gehört. Es ist ein neues Lachen, hoch und zitternd.

Und seit wann ist sie so eng mit Melody Martin befreundet? Es liegt wahrscheinlich daran, dass ihre Freunde in einer Band spielen.

Aber dann kommt das Amber-Lächeln. Sie erstrahlt. Ihr ganzes Gesicht grinst. Sie ist froh, mich zu sehen. Sehr froh.

»Hey, Flannery«, sagt sie. »Guck mal!« Sie nimmt Melody das Handy aus der Hand und zeigt es mir. Es ist ein Bild von Amber und Melody und Brittany Bishop und Gary Bowen und Jordan und den Füßen von irgendwem und den Armen von irgendwem, alle übereinandergestapelt, alle mit einem Bier in der Hand, das sie für das Foto ausstrecken.

Erst denke ich, dass jemand Amber mit Photoshop in das

Bild eingefügt haben muss. Sie geht nicht auf Partys mit diesen Leuten. Wir unterhalten uns kaum mit ihnen.

Dann fällt mir ein, dass ich ihr Samstagabend geschrieben habe und sie nicht geantwortet hat.

Ich kann nicht fassen, dass sie mir nichts von der Party erzählt hat. Sie hat absichtlich nichts gesagt.

»Cool«, sage ich.

»Ja«, sagt Melody. »Cool.« Sie nimmt ihr Handy und lässt es in ihre Hinterntasche gleiten.

»Wir sehen uns beim Spiel, Amber«, sagt Melody. Und damit stolziert sie davon.

»Welches Spiel?«, frage ich.

»Das Basketballspiel heute Abend«, sagt Amber.

»Weil dich das neuerdings interessiert«, sage ich.

»Ja, tut es. Ich mag Basketball.«

»Musst du nicht zum Training?«, frage ich. Ich klinge wie Ambers Dad. Aber ich dachte, sie hätte mir wegen ihres Trainings nicht geantwortet. Jetzt begreife ich, dass sie mich einfach ignoriert hat.

Das ist eine verblüffende Erkenntnis. Obwohl ich es oft genug erlebt habe, wenn ihre Mom angerufen hat. Sie schaut nach, wer es ist, dann stellt sie das Handy stumm, legt es aufs Display und redet ein Dezibel lauter, um das gedämpfte *bwwww* zu übertönen. Sie benimmt sich, als gäbe es das Handy gar nicht.

»Ich schwänze das Training«, sagt sie.

Jetzt ist es an mir, den Kiefer aufzureißen.
»Ich muss nicht jeden Tag meines Lebens trainieren, nur weil mein Vater den Traum hat, dass ich bei Olympia schwimme«, sagt sie. »Und noch was. Wenn ich mit meinem Freund zu einer Party gehen will, muss ich dich nicht um Erlaubnis fragen. Das war ein Date, okay? Ich war eingeladen. Ich konnte nicht einfach alle möglichen Leute mitschleppen. Ich dachte, du würdest dich für mich freuen, Flannery. Dass ich so einen Spaß hatte.«
»Das habe ich gar nicht gedacht!«, sage ich.
»Ich habe deinen Blick gesehen.«
»Ich hatte keinen Blick«, sage ich.
Aber ich weiß, dass ich doch einen gehabt haben muss, weil mein Magen sich umdreht. Ist sie sauer auf *mich*?
Ich weiß nur, dass ich mich nicht mit Amber streiten will. Wir streiten uns nie. Ich verstehe nicht, was hier gerade passiert, aber ich will auf keinen Fall, dass sie wütend abzieht.
»Also, was macht ihr? Für eure Präsentation? Gary und du?«, frage ich.
Amber zögert. Ich sehe, dass sie immer noch aufgebracht ist, aber sie will auch über Gary reden. Sie kann nicht anders.
»Wir machen ein Musikvideo für seine Band«, sagt sie. »Wir verkaufen DVDs und stellen das Video auf iTunes. Wenn es richtig gut wird, können wir vielleicht ein Label auf sie

aufmerksam machen. Ich habe den Businessplan gestern Abend fertig gemacht, während Gary gespielt hat. Ich muss sagen, ich bin ziemlich stolz darauf.«

Und plötzlich lächelt sie wieder. Das Amber-Lächeln.

»Das wird echt cool, Flannery. Alle machen mit, und meine Eltern schießen uns die Fixkosten vor. Ich will, dass du uns mit den Kostümen hilfst.«

Sie holt ihr Handy raus und scrollt durch ein paar Bilder. Da ist eine Liste von Leuten, die an der Produktion mitarbeiten: ein Kameramann, ein Redakteur, ein Soundtechniker – und unter Kostüme sehe ich meinen Namen neben dem von Melody Martin.

Ich bin zu erleichtert, nicht ausgeschlossen zu sein, um sauer zu werden, dass sie mich nicht erst gefragt hat.

»Wir haben an ein Gangster-Setting gedacht«, sagt sie. »Schwarz-weiß, viel Nebel, viele Schatten.«

Dann bekommt Amber eine Nachricht.

»O nein«, sagt sie. Sie schlägt sich tatsächlich mit der flachen Hand gegen die Stirn. »Ich habe Gary warten lassen. Er wird *nicht* erfreut sein.«

Und sie rennt einfach so den Gang entlang und lässt mich stehen.

»Hey«, rufe ich. »Telefonieren wir nach dem Spiel?«

Aber sie biegt um die Ecke und läuft die Treppe runter. Sie hat nicht mal gefragt, was Tyrone und ich in unserer Präsentation machen.

Ist vielleicht auch besser so. *Fixkosten?* Dieses Wort hat es nicht mal in mein beziehungsweise unser Exposé geschafft.

Mir fällt ein, was Tyrone gesagt hat – *nur ein bisschen Lebensmittelfarbe und Wasser, nur Einnahmen, keine Ausgaben* – und fühle mich ein bisschen besser.

Aber dann kommt mir der Gedanke, wo zum Teufel wir diese leuchtendbunten profitablen Tränke eigentlich reinfüllen sollen: Ich habe die Verpackung völlig vergessen!

8

Die finanzielle Situation meiner Familie in einem Wort: düster. Im Augenblick sieht es düster aus.

Die Dads – mein Dad und Felix' Dad – haben nie irgendeine Art von Unterhalt gezahlt (was meinen Vater angeht, tja, man kann ihm keine Vorwürfe machen, da er gar nicht weiß, dass er Vater ist, und was Hank betrifft, tja, der weiß es auch nicht).

Was zu dem Dilemma beiträgt, in dem wir uns derzeit befinden – nämlich, dass wir uns mit einem Anruf des Stromversorgers auseinandersetzen müssen.

Miranda hat die Stromrechnung nicht bezahlt. Es gab drei Benachrichtigungen, dass uns der Strom abgestellt wird. In der dritten stand in etwa: »Sie haben auf unsere Versuche, Sie zu kontaktieren, nicht reagiert. Wir schicken einen Außenmitarbeiter, der Sie vom Netz nimmt.«

Ich sehe Miranda zu, wie sie die dritte Benachrichtigung zu einem Fächer faltet und darüber hinweg mit den Wimpern klimpert.

»Ein Außenmitarbeiter, das klingt spannend«, sagt sie. »Glaubst du, er trägt einen Werkzeuggürtel? Bei Werkzeuggürteln werde ich immer schwach.«

In der dritten Benachrichtigung steht: »Sie werden Ihren eigenen Atem sehen, wenn Sie morgens über dem Toaster stehen und darauf warten, dass der Toast herausspringt.«

»Wissen Sie was?« steht da in großen roten Buchstaben. »Vergessen Sie den Toast. Es wird keinen Toast geben. Wir haben den Strom abgestellt. Verbrennen Sie die Küchenstühle, damit Sie sich die Hände über den Flammen wärmen können.«

Dann steht da: »So schlimm ist es nun auch wieder nicht. Wahrscheinlich kommen bald ein paar Sozialarbeiter und bringen deinen strampelnden und kreischenden kleinen Bruder ins Kinderheim. Du wirst nie wieder deine Kekse mit ihm teilen müssen. Sie werden ihn an hungrige Löwen verfüttern.«

In der dritten Benachrichtigung steht: »Haben Sie schon mal von der dunklen Seite des Mondes gehört?«

Und: »Kennen Sie das Märchen ›Das Mädchen mit den Schwefelhölzern‹? Die Kleine muss bei Minusgraden draußen in der Kälte herumstehen und zündet ein Streichholz nach dem anderen an, und jedes Streichholz bringt eine Erinnerung zurück, zum Beispiel an Brathähnchen oder an die arme Mutter des Kindes, die unter ein paar Kartoffelsäcken an Schwindsucht starb, oder an einen reichen Mann in einem glänzenden Wams, der ihm einmal eine Goldmünze hingeworfen hat, und dann hat es keine Streichhölzer mehr und verwandelt sich in einen menschlichen Eiswürfel. Am nächsten Morgen wird das kleine Mädchen tot in einem Hauseingang gefunden. Kennen Sie das? Tja, also, dann wissen Sie ja Bescheid.«

Miranda hat uns nie »Unfälle« genannt. Sie nennt uns lieber »Überraschungen«. Meine Mutter liebt Babys. Und sie sagt, sie liebte unsere Väter.

Ich weiß, es stimmt, dass sie Felix' Vater liebte, weil ich weiß, wer er ist. Bevor Felix geboren wurde, hat er mehrere Jahre lang bei uns gewohnt.

Hank weiß nicht, dass er Felix' Dad ist. Und Felix weiß es auch nicht. Miranda *tut* so, als wisse sie es nicht. Wir dürfen nicht darüber reden.

Aber ich weiß es. Mit diesem Wissen muss ich fertigwerden. Es fühlt sich an wie ein Stein, der unter meinen Rippen steckt. Das Problem ist, dass ich Hank eine Zeitlang vielleicht auch als meinen Vater betrachtet habe.

Über *meinen* Vater – *X* – redet sie gern. Obwohl sie nur diesen einen Abend mit ihm verbracht hat, bevor er nach Frankreich zurückreiste, und bevor sie merkte, dass ihre Periode ausblieb. Ta-daaa.

Eine Sache habe ich vergessen zu erwähnen: *X* kam in St. John's auf einem Segelboot an, das aus Müll gebaut war. Styroporteile und Autoreifen und Metallstangen von der

Müllhalde. Er war einer von sechs Umweltaktivisten, die um die Welt segelten, um gegen die Praxis zu protestieren, Müll in Entwicklungsländer abzuschieben, weil wir ihn sonst nirgends loswerden.

Die Art Müll, den die Leute glauben haben zu wollen, weil sie um ein Uhr nachts Dauerwerbesendungen gucken, in denen sich Frauen in Turnanzügen vibrierende Gürtel anziehen, durch die sie angeblich 20 Pfund in zwei Tagen verlieren, und die nur 22 Dollar 99 kosten, oder die Art Müll, den wir in BWL erfinden sollen.

Und in Afrika sind die Strände voll von Kühlschranktüren und gebrauchten Tampons und Kräckerpackungen, alten Schuhen, Mikrowellengehäusen mit eingeschlagenem Glas, Autobatterien, aus denen neongrüner Saft sickert, der einem beim bloßen Anblick die Augen verätzt, alles bedeckt vom Schleim der Maden, die sich in der Hitze drehen und winden, zusammengepresste Autos, die zu bunten Pfannkuchentürmen gestapelt sind – Berge von diesem Zeug an weißen Stränden, Berge, die auf den Dschungel hinter dem Strand zuwanken und sich ins Landesinnere vorschieben.

Das hat meinen Vater auf die Palme gebracht.

Deshalb haben *X* und seine Freunde ein Boot aus Müll gebaut und sind damit um die Welt gesegelt.

Von meinem Dad ist also nicht gerade das Genmaterial vom Jungunternehmer des Jahres zu erwarten.

Und dann ist da meine Mutter. Miranda ist Künstlerin, aber sie macht Konzeptkunst und Installationen, und nichts davon verkauft sich. Es *soll* sich auch nicht verkaufen. Letzten Winter hat sie zum Beispiel eine Reihe Eisskulpturen gemacht. Ihr letztes Werk war eine Eisbärmutter mit ihrem Jungen, die auf einer Eisscholle auf dem Wasser trieben.

Sie bearbeitete das Eis mit Kettensäge, Bohrer und Meißel und polierte es mit einem Gasbrenner. Sie trug eine Schutzbrille, einen Schneeanzug und ihre Stiefel mit den Stahlkappen. Zog die Leine der Kettensäge in einer Wolke aus blauem Rauch. Legte die Kettensäge an den Eisblock, und ein Wirbel aus Eissplittern flog in den Himmel.

Ich weiß nicht, wie sie die Form in dem Eisblock erkennen konnte, aber sie umkreiste ihn, nahm etwas Abstand und kam wieder näher. Sie kratzte ein paar Linien in die Oberfläche. Dann kreischte die Säge, noch mehr Eis flog, und nach und nach kam die Schulter einer schwerfälligen Eisbärenmama zum Vorschein, die Oberfläche raute sich auf wie Fell, der große Kopf schwang zur Seite, um nach ihrem Jungen zu sehen, und die dem Untergang geweihte kleine Familie erschien im Abendlicht.

»Das Tauen gehört dazu. Es ist eine Anspielung auf die Erderwärmung«, sagte Miranda.

Das ganze Kunstwerk – zwei Bären auf einer Eisscholle – wurde auf Holzstämme gebaut, damit es auf dem Meer schwimmen konnte. An dem Abend, an dem das kleine Floß aufs Wasser gesetzt wurde, machten wir ein großes Freudenfeuer. Alle ihre Freunde kamen. Es fühlte sich an, als wäre halb St. John's zu Gast. Ambers Mom und Dad waren auch da. Amber und ich warfen regelmäßig neue Holzscheite ins Feuer und halfen den Kindern, Marshmallows und Würstchen zu rösten.

Es gab einen Artikel über Miranda in der Zeitschrift *Canadian Art* mit vielen Bildern und einen weiteren in *Border Crossings*, Galerien aus ganz Kanada meldeten sich bei ihr, und einige boten ihr eine Ausstellung an. Die Sache war also ein Riesenerfolg. Aber natürlich kann man eine schmelzende Eisbärin und ihr Junges nicht verkaufen.

Diesen Sommer machte sie eine Installation mit Skulpturen aus ölverschmierten Vogelkörpern – ein beeindruckender Kommentar zu den Gefahren der Ölindustrie, aber vermutlich ebenfalls nicht die beste Idee zum Geldverdienen.

Miranda schreibt auch einen Erziehungsblog und hofft darauf, Anzeigenkunden gewinnen zu können, sobald sie eine ausreichend große Leserschaft hat. Sie *hat* mal gekellnert und Schichten bei Sunny Horizons gemacht, einem Unternehmen, das sich um Säuglinge kümmert, die in öffentlichem Gewahrsam sind. Aber sie musste dafür die ganze Nacht im Säuglingsheim bleiben, und die Babys waren manchmal misshandelt worden, und es war schwierig, sich mit dem Job richtig um Felix zu kümmern. Letztes Jahr musste ihr dann eine Zyste am Eierstock entfernt werden, und als sie nach sechs Tagen im Krankenhaus wieder draußen war, fühlte sie sich zu schwach, um weiter dort zu arbeiten, und beantragte Sozialhilfe.

So ist die Lage. Früher wurden wir mal als der armen Arbeiterschicht zugehörig bezeichnet, aber jetzt sind wir nur noch arm. Denn dass Miranda jeden Tag für ihren Blog schreibt und ehrenamtlich in der Eastern Edge Gallery arbeitet und die ganze Zeit Kunst macht, scheint nicht als richtige Arbeit durchzugehen.

Wir sind also ein Sozialfall. Miranda sagt, manchmal müsse man eben um Hilfe bitten, und dafür müsse man sich nicht schämen.

Aber ich sehe selbst, dass es ihr peinlich ist, den Scheck vom Sozialamt im Supermarkt einzulösen, wenn wir Lebensmittel einkaufen. Würde sie den Scheck in der Bank einlösen, würden sie ihn einbehalten.

Es ist auch den Kassiererinnen peinlich. Erst unterhält sich Miranda mit ihnen über das Wetter oder sie fragt, wie lang ihre Schicht noch geht, aber sobald sie den Scheck und ihren Ausweis rausholt, wird alles still. Miranda versucht immer, bei derselben Kassiererin zu landen, eine Frau namens Cheryl, so steht es auf ihrem Namensschild. Cheryl lässt Mirandas Scheck so schnell in der Schublade verschwinden, als würde sie einen Zaubertrick vorführen. Aber Cheryl ist nicht immer da.

An wen Miranda gar nicht gerne kommt, ist Tracy, die zwar keine Vorurteile gegenüber Sozialhilfeempfängern hat, aber sehr langsam und etwas begriffsstutzig ist.
Tracy hebt ihre Brille, die sie an einer Kette um den Hals trägt, und schiebt sie auf die Nasenspitze. Sie runzelt konzentriert die Stirn und hält den Scheck in Armeslänge Abstand in der einen und Mirandas Führerschein in der anderen Hand.
Dann ruft sie die Kassenleiterin. Zu dem Zeitpunkt hat sich meistens schon eine lange Schlange hinter uns gebildet. Endlich kommt die Kassenleiterin, Tracy legt den Scheck auf den kleinen Tresen, und sie studieren ihn gemeinsam. Dann hebt die Kassenleiterin, auf deren Namensschild Joanne steht, den Scheck hoch und betrachtet ihn von beiden Seiten und legt ihn wieder hin und streicht ihn glatt. Dann nickt sie bedauernd.
»Ja, Mädchen, ist schon richtig«, sagt Joanne.
Zu ihrem Erziehungsblog sagt Miranda (abgesehen von »Du wirst schon sehen, Flan, bald schwimmen wir in Anzeigenkohle!«), dass Erziehung etwas ist, was sowieso jeder kann. Aber man werde zu sehr unter Druck gesetzt. Die Leute brauchten Ermutigung, um auf sich selbst zu hören.
Angeboren ist eins von Mirandas Lieblingswörtern. Sie hat ein *angeborenes* Talent für Erziehung, sagt sie. »Sieh doch nur, was aus dir geworden ist, Flannery«, sagt sie. »Du bist mein Meisterwerk.«
Als wäre ich selbst völlig unbeteiligt daran.

Auf Felix Malone verweist sie in diesen Reden nicht, denn er ist nicht das beste Beispiel für gutes Benehmen.
Also, der Blog. Selbstverständlich wird mein Privatleben, wie sie es nennt, »ihr Material«, in niedliche, peinliche Geschichtchen fürs Internet verpackt, ohne jegliche Rücksicht auf meine Intimsphäre. Meine Existenz als reale Person mit Menschenrechten steht Mirandas Recht auf Redefreiheit gegenüber.
Normalerweise argumentiert sie so: »Ich habe dich *in* mir getragen. Ich habe *Schwangerschaftsstreifen.* Ich habe alles für dich aufgegeben. Da darf ich doch sicher ein paar Worte über diese Erfahrung schreiben.«
Felix lässt die Helikopterdrohne in der Küche fliegen. Er betätigt einen Hebel an der Fernbedienung, und die Drohne senkt sich genau vor mein Gesicht. Das rote Lämpchen blinkt und verrät mir, dass er ein höchstwahrscheinlich wenig schmeichelhaftes Video davon macht, wie ich mit Miranda streite. Ich schlage mit dem Geschirrtuch nach der Drohne.
Er steuert den Helikopter um mich herum und lässt ihn durch die Küche schwirren, wo er über dem Telefon in der Luft stehen bleibt, das seit mehreren Minuten klingelt.
Wir wissen alle, dass es die Neufundland-Strombetriebe sind, und ich weigere mich, abzuheben.
»Geh ran, Flannery.«
»Ich gehe nicht ran.«

»Geh ans Telefon, Flannery.«
»Ich lüge nicht, Miranda.«
Miranda streckt den Arm aus und zeigt auf das Telefon.
»Flannery, geh augenblicklich an das Telefon«, sagt sie.
»Hör zu, Miranda«, sage ich. »Ich werde dem Geldeintreiber nicht sagen, dass meine Mutter leider in einer Feuersbrunst gestorben ist und zwei Waisenkinder hinterlassen hat.«
»Ich sage es!«, ruft Felix. »Ich kann ans Telefon gehen.«
Der Helikopter schwirrt über den Kühlschrank und zurück über das klingelnde Telefon. Miranda ist bestürzt, sie sagt, dass ich mich sklavisch und unkritisch auf die Seite des einen Prozents, der Elite, der gesichtslosen Strommakler, dieser verdammten Stromgesellschaft stelle, statt um Himmels willen die Partei der Mittellosen zu ergreifen, alias Miranda.
»Dein eigen Fleisch und Blut«, sagt sie.
»Das ist kein Witz, Miranda. Die stellen uns den Strom ab«, sage ich.
»Dann erklär es ihnen.«
»Ich finde es wichtig, die Wahrheit zu sagen.«
»Die Wahrheit ist differenziert«, sagt sie.
»Differenziert?«, schreie ich. »Was ist daran *differenziert*, wenn ich den Tod meiner Mutter vortäusche?«
»Das war ein Witz«, sagt sie.
»Oh, haha. Meine Mutter ist verbrannt, total komisch.«
»Dann sag, dass ich nicht da bin. Okay, sag ihnen einfach,

dass die Situation ungerecht ist, Flannery. Ich tue mein Bestes und komme trotzdem nicht über die Runden. Ist das gerecht? Sorgen wir wenigstens dafür, dass sie ein schlechtes Gewissen bekommen.«

»Ich gehe nicht ans Telefon, Miranda. Es ist peinlich, dass wir nicht zahlen können. Mir ist das peinlich, okay?«

Sie versichert mir, dass es in ihrem Blog einen Eintrag über meinen Verrat geben wird. Dann nimmt sie den Hörer ab. Und natürlich sind es die Neufundland-Strombetriebe. Sie hört eine Weile zu und sagt: »Mmmhmm, ja. Mmmhmmm. Verstehe. Ja. Natürlich. Mmmhmm.«

Die Helikopterdrohne ist durch den Raum geflogen und schwebt über der Salatschüssel. Heute Abend gibt es Käsemakkaroni, Felix' Lieblingsessen, aber der Salat könnte alles kaputtmachen. Er isst nur weißes Essen. Weißbrot, Nudeln, hellen Käse, Vanillekuchen. Die Drohne summt wütend über dem Blattsalat.

»Wenn Sie sagen, dass ein Außenmitarbeiter kommt und uns den Strom abstellt, werden Sie das sein?«, fragt Miranda. »Denn ich hätte nichts dagegen, wenn Sie uns besuchen. Wir könnten uns an einen Tisch setzen und von Mensch zu Mensch über die Ungerechtigkeit der Situation reden. Und Sie haben so eine nette Telefonstimme.« Ich verdrehe die Augen, und Miranda zuckt die Schultern. Sie gibt Salat auf zwei der drei Teller auf dem Tresen.

Miranda hat vor einer Weile von der Theorie gehört, man

solle von allem ein bisschen auf den Teller eines Kindes geben, dann würde sich langsam sein Geschmack entwickeln.

Diese Theorie widerspricht allem, woran meine Mutter glaubt: zu tricksen, damit ein Kind tut, was man selbst will, es zu bestechen oder hungern zu lassen, damit das Essen in unwillige Speiseröhren gerät.

Mag sein, dass dies die Inspiration für ihren Erziehungsblog war.

»Ich verstehe«, sagt Miranda. »Also, was ist der Mindestbetrag, den ich zahlen muss, damit Ihr Außenmitarbeiter nicht kommt und den Strom abstellt? Es ist nämlich kalt. Und ich habe zwei Kinder. Wir haben Mühe, etwas zu essen auf den Tisch zu kriegen.« Miranda reißt Tücher von einer Küchenrolle als Servietten ab und stellt die Ketchupflasche sowie ein Glas eingelegte rote Beete auf den Tisch.

»Ja, okay, das kann ich zahlen«, sagt sie. »Bis zum zehnten Oktober, haben Sie gesagt. Ja, ich verstehe. Ja, ich habe Ihre Briefe bekommen. Sie sind sehr verständnisvoll.« Sie stellt das Rote-Beete-Glas auf den Tisch, zeigt mit dem Finger in ihren Hals und tut so, als müsste sie kotzen. Ich schiele.

»Du wirst die Stromrechnung *bezahlen*?«, frage ich, als sie schließlich aufgelegt hat.

»Du hast es doch gehört, Flan. Sie stellen uns die Heizung ab. Den Strom. So weit kann ich es nicht kommen lassen.

Mach dir keine Sorgen, bis dahin müsste ich den Scheck von der Kunstförderung haben.«

»Und dann können wir auch mein Biobuch kaufen?«

»Wir müssen abwarten, wie hoch der Scheck ist, Flannery. Du wirst dir noch eine Weile das Buch bei jemandem ausleihen müssen.«

In diesem Moment saust die Helikopterdrohne kopfüber ins Waschbecken, das voll Spülwasser ist.

»Absturz!«, schreit Felix. Er rennt zur Spüle und zieht den tropfenden Helikopter aus dem Wasser. Der ist wohl hinüber. Wir hätten ihn im Leihhaus verkaufen sollen, als er genug von ihm hatte. Vielleicht hätte es gerade so für mein Biobuch gereicht.

»Ich brauche ein Schulbuch«, schreie ich. »Ist das zu viel verlangt?« Ich ziehe die Schranktür auf und lasse sie gegen die Wand schlagen, hole meine Windjacke raus, stopfe die Füße in meine Turnschuhe und knalle die Tür hinter mir zu.

Magisches Muttersein mit Miranda

Dein Kind weiß, was sein Körper braucht. Vertrau deinem Kind. Hör auf das, was es dir sagt. Hör wirklich zu. Sag nicht Brokkoli, wenn dein Kind Schokoriegel sagt. Wir vermurksen das angeborene Gespür des Kindes für seine Nährstoffbedürfnisse, indem wir unschuldigen Geschmackspapillen nasses, schlappes, haariges, verkochtes Gemüse und unreifes Obst andrehen. Manche Kinder ekeln sich vor der schleimigen Textur einer Banane. Es heißt, das Kalium in der Banane sei gut für sie. Wenn dein Kind keine Bananen mag, sage ich, vergiss das Kalium!

Denk an die Möhre in der untersten Schublade im Kühlschrank. Denk an die schwitzende Plastiktüte, in der sie liegt, bräunlicher Saft in den Plastikritzen, der Geruch nach Erde, wenn man die Tüte öffnet. Das könnte einem Kind ein Leben lang den Appetit verderben.

Beleidige nicht die Intelligenz deines Kindes. Rohe Möhren sind kein toller Snack. Nicht mal mit Erdnussbutter. Wer will so was essen? Wer hat sich ausgedacht, einen Sellerie-Stick mit Schmelzkäse und Rosinen »Ameisen auf dem Baum« zu nennen? Dein Kind weiß, dass es durch den Namen »Ameisen auf dem Baum« nicht besser schmeckt.

Und hier noch ein Rat: Wenn dein Kind keine Brotrinde mag, schneide sie ab.

Warnung: Ein einziger Rosenkohl enthält in seinen dicht geballten Blättern genügend Verzweiflung und Einsamkeit, um eine Kindheit für immer zu zerstören.

Tu es nicht.

Gib deinem Kind keinen Rosenkohl. Dein Kind wird vor deinen Augen verkümmern.

Nächste Woche: Das Übel einer Auszeit.

9

Es ist sehr kalt. Ich trage nur einen Kapuzenpulli und eine Windjacke, und es ist schon dunkel. Meine Ohren brennen. Ich laufe so schnell ich kann, bis ich ruhiger werde. Ich sehe Sterne über den weißen Öltanks auf den Southside Hills. Die Digitaluhr am Rathaus zeigt 19.06 Uhr, und die Temperatur beträgt minus fünf Grad.

Ich bin wütend auf alle – wütend auf Amber, wütend auf Tyrone. Wütend auf Miranda, weil sie die Helikopterdrohne gekauft hat statt mein verdammtes Biobuch. Auch wenn Felix damit ein paar ziemlich gute Videos gemacht hat.

Und ich bin wütend auf den Stromversorger. Sollten Heizung und Elektrizität nicht einfach gratis sein? Hat nicht jeder ein Recht auf Obdach? Das gehört doch dazu.

Ich überquere die Straße und schlage die Richtung zum Wasser ein, an der großen Baustelle vorbei. Die Tiefbagger stehen um diese Uhrzeit verlassen da, aber sie glänzen hellgelb im Flutlicht der Baugrube.

Ich jogge am Antiquitätengeschäft, dem Blumenladen und

den alten schäbigen Kneipen vorbei, wo die Motorradfahrer rumhängen. Ich bin an der Westseite des Wassers, gegenüber vom neuen Parkhaus, neben dem alten Bahnhof.
Auf der anderen Straßenseite fährt ein Auto vorbei und plötzlich – *bumm* – sehe ich das Graffito. Auf dem Spanplattenzaun, der die Baustelle umgibt. Die Scheinwerfer des Autos huschen über das Bild und bringen es zum Leuchten.
Die Schneekönigin. Tyrone hat den ganzen Herbst über eine Reihe zorniger Schneeköniginnen gemalt, aber dieses Bild ist das Ausgefallenste, was ich bislang von ihm gesehen habe. Es erstreckt sich über den ganzen Block.
Die Schneekönigin ist silbern und aquamarin, ihre Haare fliegen ihr in silbernen Strähnen um den Kopf, sie hat hohe, comichafte Wangenknochen und trägt eine Art silbernes Schuppenmieder, dazu einen wehenden Umhang. Außerdem sind da mehrere Pferde und Blitze und ein Drache mit silbernen Schuppen, wie die auf dem Mieder der Schneekönigin.
Das alles taucht in den wenigen Sekunden, in denen die Scheinwerfer des Autos über den Bauzaun gleiten, aus der Dunkelheit auf, und am Ende der Wand, mit einer Spraydose in der Hand, steht Tyrone. Ich sehe ihn und meine, die Kugeln in der Dose zu hören, die wie verrückt durcheinandertanzen, als er sie schüttelt.
»Hey!«, rufe ich. Ich springe wie ein Hampelmann und ver-

schränke die Arme über dem Kopf. »Hey«, rufe ich wieder.
Sein Arm hebt die Spraydose. Er sprüht das linke Nasenloch der Schneekönigin.
Noch ein Auto, und noch eins. Sein Schatten erhebt sich weit und sinkt wieder nach unten, die Hengste bäumen sich auf, das Weiße in ihren Augen wird sichtbar, die Klauen des Drachen glitzern. Das Mural ist wie ein Lebewesen, es strotzt vor Energie.
Jetzt verlangsamt ein Auto auf meiner Straßenseite und kommt neben mir zum Stehen. Der Motor läuft im Leerlauf. Zwei stämmige Typen sitzen darin, der eine hat stoppelige graue Haare, die im Licht der Straßenlaterne leuchten. Der andere hat einen schwarzen Schnurrbart und ist so groß, dass sein Kopf die Wagendecke berührt.
Ich halte in meinen Hampelmannsprüngen inne.
Die Männer starren mich an. Was sehen sie? Eine sommersprossige Sechzehnjährige mit üppiger Oberweite springt in einem trostlosen Stadtteil wie ein Hampelmann, um jemanden auf sich aufmerksam zu machen ... Wen?
Ihre Köpfe drehen sich gleichzeitig zur anderen Straßenseite, und sie sehen das Graffito.
Tyrone verpasst der Schneekönigin geblähte Nasenlöcher, fast wie Mirandas, wenn sie den Kühlschrank saubermacht und eine Packung verflüssigten Spargel findet. Das kommt vor, denn wer hat Zeit, den Kühlschrank sauberzumachen,

wenn er Eisbären aus Eisblöcken haut, um gegen die Erderwärmung zu protestieren?
Oder wenn die Rohre einfrieren und sie mit dem Gasbrenner in den Keller muss.
In diesen Momenten haben Mirandas Nasenlöcher ihren Einsatz. Sie werden flach und breit und zittern mit der Entschlossenheit eines Irrwischs.
Apropos Mütter, Tyrones gesprühte Schneekönigin sieht seiner eigenen Mutter ziemlich ähnlich, nur dass die Schneekönigin im Augenblick statt zweien nur ein geblähtes Nasenloch aufweist.
Ich höre Tyrone wieder die Spraydose schütteln. Der Wind ist etwas abgeebbt, und ich kann wirklich über die vierspurige Straße, eine Verkehrsinsel und einige dürre Bäume hinweg das Klackern hören. Ich kann sogar das Zischen hören, als die silberne Farbe aus der Dose kommt.
Mit dem einen Nasenloch sieht die Königin aus, als hätte sie ihr Leben lang auf das andere Nasenloch gewartet. Für sie steht einiges auf dem Spiel. Ihre Augen treten fast schon aus ihren Höhlen über den dramatischen Wangenknochen hervor.
Tyrone trägt einen schwarzen Kapuzenpulli und schwarze Jeans und eine Maske – eine Art Gasmaske, damit er nicht die giftigen Dämpfe einatmet, und eine Taucherbrille, damit die Farbe nicht in die Augen kommt. Er sieht aus wie E.T. oder eine Grille.

Der silberhaarige Typ auf der Beifahrerseite beugt sich vor, sucht nach etwas im Fußraum und knallt eine Sirene aufs Armaturenbrett, sie heult los und wirft rote und blaue Lichtstrahlen aus, und der Wagen düst kreischend davon, um weiter vorne einen U-Turn zu machen.

Ich schreie: »Hau ab! Die Bullen!«

Tyrone dreht sich um und sieht mich und sieht die Bullen und bückt sich und packt seinen Rucksack voller Spraydosen und verschwindet um die Ecke der Baustelle.

Sie haben ihn meinetwegen gesehen.

Weil ich rumgesprungen bin und gewinkt habe wie eine Idiotin. Es ist meine Schuld.

Hinter der Baustelle liegen der Fluss und die Brücke. Tyrone sprintet schon über die Brücke, als die Cops an der Verkehrsinsel wenden, die die Straße unterteilt. Jetzt rennt Tyrone durch das Wäldchen an den Southside Hills, ich verliere ihn kurz aus den Augen, aber dann sehe ich Zweige, die ihre orangefarbenen Blätter schütteln, als er über den überwucherten Pfad läuft, der durch das Wäldchen führt.

Das Polizeiauto ist auf der anderen Straßenseite schlitternd zum Stehen gekommen, und die Polizisten sind aus dem Wagen gesprungen und verfolgen ihn zu Fuß, denselben Weg hinter der Baustelle entlang. Sie holen ziemlich schnell auf.

Dann ertönt Motorengeheul. Ich sehe den Strahl eines einzelnen Scheinwerfers durch die Baumstämme gleiten.

Er hat sein Motorrad! Die Cops kommen wieder um die Baustelle gerannt, springen ins Auto und wenden, die Sirene heult, und sie fahren in Richtung der Southside Hills.
Die Sirene ist laut und schrill, dann wird sie leiser. Ich stehe da und warte, aber es gibt nichts mehr zu sehen.
Die Schneekönigin blickt von der anderen Straßenseite auf mich herab. Stolzes Kinn und schmachtender Blick. Scharfe Kanten. Sie schafft es, arrogant und heimtückisch auszusehen, obwohl sie noch immer das Problem mit dem Nasenloch hat.
Tyrones Schneeköniginnen sind alle üppig, und das ist immerhin ein Trost. Wenn ich mich nicht irre, trägt Tyrones Königin Doppel-D.

10

Eine Nachricht von Amber! Sie will, dass ich nach der Schule mit ihr zum Kunst- und Kulturzentrum gehe. Sie hat die Erlaubnis bekommen, für Garys Video Kostüme aus dem Fundus auszuleihen. Aber die Ausleihe ist nur bis 17.00 Uhr geöffnet, und sie muss jede Menge Zeug aussuchen.

Sie braucht also dringend meine Hilfe.

Sie haben an zehn Tänzerinnen und fünfzehn Tänzer gedacht, und außerdem muss die ganze Band ausgestattet werden. Und am wichtigsten ist natürlich Gary, weil er der Sänger ist.

Ich soll sie gleich nach Schulschluss draußen an der Treppe treffen. Melody kann nicht. Sie muss nachsitzen. Gary hat Basketballtraining, aber er kommt nach, sobald er kann.

»Oh, Gott sei Dank«, sagt Amber, als sie mich die Treppe herunterkommen sieht. »Wir müssen uns echt beeilen.«

Ich muss mich anstrengen, um mit ihr Schritt zu halten, an der Mittelschule und dem Lions Club und dem Studentenwohnheim an der Allandale Road vorbei und über die Wiese

des Kunst- und Kulturzentrums, die von gelben und roten Blättern bedeckt ist.
Amber redet die ganze Zeit und macht kaum eine Pause zum Luftholen.
Gary sagt dies. Gary sagt das.
Garys Mutter bringt ihnen jeden Tag ein Tablett mit zwei Gläsern Limo und einer Schale Chips runter, und sie müssen immer auf das Geräusch der Kellertür oben an der Treppe achten, wenn sie rummachen.
Garys Keller ist ausgebaut, und er wohnt da unten, er hat eine kleine Bar und einen Flachbildfernseher, und Garys kleiner Bruder ist echt süß, und Garys Zwergspitz sieht aus wie ein Wischmopp.
Monique, Garys Zwergspitz, liebt Amber. Monique leckt ihr immer den Knöchel, und ihre kleine Zunge ist wie Sandpapier.
Garys Zwergspitz kitzelt Amber. Amber sagt zu Gary: »Dein Hund kitzelt meinen Knöchel«, aber was kann Gary da machen?
Und er ist hypoallergen und haart nicht, und Gary will, dass sie sich die gleichen Tattoos stechen lassen (Gary und Amber, nicht Gary und der Zwergspitz), und Garys Band gibt am Wochenende ein Konzert. Wegen der Band kann Gary sich dienstags und donnerstags und freitags nicht mit ihr treffen.
»Und das Video wird echt abgefahren, Flannery. Wir mie-

ten eine Limousine, und die Band steigt aus, und überall um sie herum ist ein Feuerwerk, nur Gary bleibt im Wagen sitzen, aber sein Fenster geht runter, und man sieht ihn mit einer Zigarre und schwarzem Hut und Sonnenbrille, und dann geht das Fenster wieder hoch. Den Teil hat Gary sich ausgedacht.«

Amber wird mit Garys neuer GoPro-Kamera filmen. Gary hat Monique die GoPro-Kamera auf den Rücken geschnallt und ein paar krasse Videos gemacht. Gary ist mit dem Mountain Bike den Signal Hill runtergefahren, und irgendeine alte Oma ist sauer geworden, weil er die Treppe runterfuhr, als ihr Enkelkind hochstieg, dabei wusste Gary, dass er das Kind nicht überfahren würde, aber sie haben ihm die GoPro-Aufnahme versaut. Und die Oma hat gekreischt und mit der Faust gedroht, und Gary meinte, es war echt witzig, diese kleine alte Dame mit der krummen Brille und dem klappernden Gebiss. »Du müsstest Gary mal auf dem Mountainbike sehen, er hat es echt drauf.«

Gary meint, Amber könnte ein oder zwei Pfund abnehmen, hier so, an den Hüften. Dann würde sie, na ja, *dünner* aussehen. Es würde Amber nicht überraschen, wenn Garys Band richtig groß rauskommt. Gary sagt, dass ein Plattenlabel sie kontaktiert hat, weil sie ein Konzert von Gary und seiner Band gesehen haben, und der Typ war echt nett. Der Typ hat gesagt, Gary hätte was. Der Typ will das Video sehen, wenn es fertig ist, deshalb brauchen sie wirklich gute Kostüme.

Gary will, dass sie sich ein Tattoo mit dem Namen seiner Band machen lässt. *The Squalls.* In einem Herz. Mit einem Pfeil drin. Also, nur ein Pfund oder zwei, weil Gary findet, dass sie ein bisschen dick wird.

Gary mag es nicht, wenn sie mit anderen Jungs redet, weil er wirklich sensibel und schüchtern ist und sich dann unwohl fühlt, und weil die meisten Typen Arschlöcher sind. Und niemand versteht Gary, weil er so begabt und sensibel ist.

Ohne Gary würde die Band auseinanderbrechen.

Gary hört richtig gute Musik. Und es ist nicht wahr, dass Gary ihr auf der Party verboten hat, mit Tony Heffernan zu tanzen, Tony hat sich blöd verhalten, und alle waren betrunken, und Gary hat sich nur Sorgen gemacht.

Gary hört gerade die White Stripes.

Gary überlegt, ob er sich die Haare wachsen lassen soll.

Gary hört gerade M. I. A.

Gary mag einige Rap-Songs wirklich gerne, aber nicht alle. Garys Oma ist taub, und manchmal kommt sie nach unten, wenn sie auf dem Sofa sind, und dann müssen sie sich ganz schnell hinsetzen. Gary mag Kunstfilme. Er hat alles von Kubrick gesehen.

Tony Heffernan hat sie im Kreis gewirbelt, und er und Amber haben eine Schrittfolge aus *Dirty Dancing* nachgestellt, und sie konnte sehen, dass Gary mit verschränkten Armen auf dem Sofa saß, auf dem Sofa mit dem kaputten Bein, und

er war echt sauer, aber sie hatten gerade so einen Spaß beim Tanzen.
Sie wusste, dass Gary zu viel getrunken hatte, deshalb wollte sie auch gehen. Er ist vom Sofa aufgestanden und hat sich in die Tür gestellt, okay, das stimmt, er wollte sie nicht allein nach Hause gehen lassen, weil es spät war. Schließlich ist das gefährlich. Nachts. Allein unterwegs zu sein. Für ein Mädchen.
Amber würde es nicht direkt schubsen nennen. Er hat ihr die Hand auf die Schulter gelegt. Er hat sie *nicht* geschubst. Da hat Elaine Power übertrieben. Elaine mit ihrem Feminismus in der dritten Generation, mit dem sie immer alle nervt.
Gary hat Elaines Geschrei mit der GoPro-Kamera gefilmt, und es ist echt komisch. Ihre Stimme ist total schrill, und vielleicht bringt Gary das ins Musikvideo, aber ohne Ton, nur Elaines weit geöffneten Mund.
Und Tony Heffernan hat übertrieben, und sie hätten das auf Facebook nicht schreiben sollen. Das hat es nur schlimmer gemacht. Gary hat ihn eine Schwuchtel genannt, das stimmt, ins Gesicht, eine Tunte, und es ist wahr, dass ihm dabei Spucke aus dem Mund flog und die Spucke in Tonys Gesicht gelandet ist, und Tony *ist* ja auch schwul, und er macht Ballett, und das war nicht nett von Gary, das stimmt, er hat die Beherrschung verloren, weil er so eifersüchtig war. Aber er hat sich hinterher bei Tony entschuldigt, »Tut

mir leid, Mann – Kumpels, ja?«, und okay, er ist nicht perfekt, er ist sehr sensibel und verliert manchmal ein bisschen die Beherrschung, weil er sie wirklich liebt, und Gary hat einen Song über Amber geschrieben, der ist echt total schön.

Gary, Gary, Gary, Gary.

Was für ein komisches Wort. Gary. Wenn man es die ganze Zeit hört. Es gibt nur ein Wort, das schlimmer ist als Gary.

Und dieses Wort ist *wir.*

Seit wann ist Amber ein *wir*, würde ich sie gerne fragen. *Ich* war mal ein Teil von *wir*, würde ich ihr gerne sagen. Ich wusste erst gar nicht, wen sie meinte, als ich sie es das erste Mal sagen hörte.

Wir müssen Bio lernen. *Wir* finden es ziemlich gruselig, was gerade im Nahen Osten abgeht. Wir haben beide 89 Prozent auf den Test bekommen. Wir finden, dass Alkohol gefährlich für Mädchen ist, weil er sie verletzlich macht. Also, was erwarten die Mädchen eigentlich, wenn sie sich betrinken? Wir finden sexuelle Übergriffe nicht okay, klar, aber, wie Gary sagt, wir finden, dass man auf sich achten muss. Du kannst nicht einfach bewusstlos umkippen. Und mal ehrlich, wer bitte geht in solchen Klamotten die George Street entlang? Tja, selber schuld. Wir finden es okay zu protestieren, keine Frage. Aber Graffiti zerstören öffentliches Eigentum. Ist Vandalismus plötzlich in Ordnung, oder was? Na schön, meinetwegen, aber irgendwer muss dafür bezahlen, Flannery.

»Amber, was ist mit deinem Gesicht los?«

»Bitte?«

»Dein Ausdruck, du siehst in letzter Zeit immer so überrascht aus. Warte mal, hast du dir die Augenbrauen gezupft?«

»Ich habe sie mit Wachs entfernen lassen. Na und?«

»Du hast sie mit Wachs entfernen lassen? Du hast dafür bezahlt? Du weißt, dass sie vielleicht nicht nachwachsen, oder?«

»Ich finde, es sieht gut aus. Gary hat es bezahlt, wenn du es genau wissen willst.«

»Lass mich mal raten. Gary waren deine Augenbrauen zu buschig?«

»Ehrlich gesagt, finden wir, dass du es auch machen lassen solltest. Deine Augenbrauen wachsen schon in der Mitte zusammen, Flan.«

Wir sind mittlerweile im Keller des Kunst- und Kulturzentrums, zwischen Tonnen und Tonnen und Tonnen von Kostümen. Es gibt Massen an riesigen weißen Zuckerfeekleidern mit Tüllröckchen und einer Menge Pailletten und Federboas und Stolas aus Kunstfell. Ich trage ein rotes Saloon-Kleid mit einem riesigen Reifrock hinten und Amber ein Meerjungfrauenkostüm. Sie steht vor einem riesigen, mit Glühbirnen umrahmten Spiegel und versucht, mit dem

Schwanz zu schlagen. Ich habe gerade einen Hut aufgesetzt, der mit einem großen Berg Obst geschmückt ist – Äpfel, Orangen, Birnen und Bananen. Ich hebe den Schleier, der von der Krempe hängt. Amber starrt sich an. Sie sieht so schön aus, aber irgendwie noch müder als sonst, die Ringe unter ihren Augen sind dunkler als früher.

»Wir packen das Zeug lieber wieder auf die Bügel«, sagt sie. »Es ist schon Viertel vor fünf. Ich sage der Dame, was wir ausleihen wollen. Sie muss Etiketten dranmachen, und dann holen wir alles ab, wenn wir das Video drehen.«

Ich lege alle Hüte zurück auf das obere Regalbrett, während Amber der Kostümfrau in ihrem Büro auflistet, was sie alles braucht.

Keine von uns erwähnt auf dem Heimweg, dass Gary nicht erschienen ist. Dafür will Amber darüber reden, dass man seine Jungfräulichkeit durchaus an jemanden verlieren kann, den man liebt, wenn man bereit ist, natürlich. Die Person, mit der man sein Leben verbringen wird. Kein großes Ding, oder?

»Klar, es muss natürlich nicht so sein«, sagt sie. »Ich meine, du musst den Typen oder das Mädchen oder wen auch immer nicht unbedingt lieben. Es kann auch ganz zwanglos sein. Einfach zum Spaß, weißt du. Hat Melody Martin gesagt. Aber wenn du zufällig den Typen gefunden hast, den du dein Leben lang lieben wirst, dann kann es ja auch er sein, oder?«

»Ich glaube, ich werde mein Leben lang in Tyrone verliebt sein«, sage ich.
»Tyrone ist nur eine vorübergehende Sache«, sagt sie. »Ich spreche von Liebe.«

11

Ich war fast neun, und Tyrone war gerade zehn geworden. Sieben Jahre ist das her. Felix war noch nicht geboren. Noch war nichts geschehen. Oder fast nichts.

Tyrone war ein dünner, schon damals zu großer Junge mit großen Augen und dunklen Wimpern und schwarzen Locken und fuhr zum ersten Mal Wasserski.

Er war weit draußen auf dem spiegelglatten See. Das Boot schaukelte in glitzerndem weißem Schaum. Tyrones Stiefvater Marty war nur als Silhouette zu sehen, weil die Sonne als große Cocktailkirsche hinter ihm am Himmel stand und schnell unterging.

Ich sah Tyrones Kopf über dem Wasser und die Spitzen der weißen Ski und die Linie, die das Seil auf dem Wasser zog. Der Tag war fast vorbei, und bald würden die Hochzeitsgäste helfen, die Stühle auf der Wiese zusammenzuräumen, und anfangen zu tanzen.

Ein weißer Glitzerteppich hatte sich auf dem Wasser vom Motorboot bis zu mir entrollt. Ich saß auf dem Steg und plantschte mit den Füßen im Glanz, und es sah aus, als könnte ich aufstehen und übers Wasser laufen, bis zu Tyrone und dem Boot.

Man hatte uns schon Wochen vorher gesagt, dass die Kinder bei der Hochzeit Wasserski fahren dürften. Die Karte hatte in geschwungener goldener Schrift dazu aufgefordert: *Kinder, bringt eure Badesachen mit!!!* Miranda meinte, sie hätten es mit den Ausrufezeichen etwas übertrieben, aber sonst sagte sie nichts zu der Einladung.

Wenn es sie quälte, dass Hank so schnell nach ihrer Trennung heiratete, dann zeigte sie es jedenfalls nicht. Ich glaube, sie hatte beschlossen, zur Hochzeit zu gehen, um zu beweisen, dass es ihr nichts ausmachte, sitzengelassen worden zu sein – was definitiv nicht der Fall war. Vielleicht musste sie auch hingehen, um sich selbst zu beweisen, dass es wirklich vorbei war.

Tyrones Stiefvater war einer der Trauzeugen. Er hatte Hank versprochen, sich um die Wasserskigeschichte zu kümmern. Marty fuhr das Boot, die eine Hand am Steuer, in der anderen Hand eine Bierflasche, noch immer im Smoking, mit einer rosa Nelke am Revers.

Tyrone war von der Wasserskisache besessen, seit er davon Wind bekommen hatte. Er war noch nie Wasserski gefahren. Aber er und ich hatten uns YouTube-Videos angeschaut und Tipps gelesen und darüber gesprochen, wie es sich anfühlen musste, übers Wasser zu gleiten.

Am Tag der Hochzeit hatte Tyrones Aufregung die Spannung von einer Million Megawatt erreicht.

»Man darf nicht um jeden Preis versuchen, den Winkel zu verringern«, erklärte Tyrone jedem, der ihm zuhörte (auch den Erwachsenen, die nicht die Absicht hatten, die Bar gegen den See einzutauschen).

»Man muss die Schultern über die Knie halten«, sagte er. »Das ist ganz wichtig, damit man nicht ins Wasser fällt.«

Sobald Marty das Motorboot aus dem Bootshaus geholt hatte, bildeten alle Kinder, die alt genug waren, eine Schlange. Tyrone war der Erste in der Schlange, aber Marty ignorierte ihn die ganze Zeit und nahm das Kind hinter ihm dran und dann das Kind dahinter.

»Okay, wer kommt als Nächstes?«, fragte Marty immer wieder. Alle Hände schossen in die Höhe, und die Kinder hüpften auf und ab und schrien »Ich! Ich!«.

Tyrone war schwimmen gewesen, und ich konnte die Wassertropfen wie Perlen auf seinen nackten, sonnenverbrannten Schultern sehen. Er zitterte. Sein Blick war voller Vorfreude. Er ließ das Boot nicht aus den Augen, und er hüpfte nicht wie die anderen. Er hielt die Hand weiter in die Höhe, während Martys Augen über ihn hinwegglitten.

Die Eltern kamen runter an den Steg, um Marty zu danken, stellten sich an den Anleger und feuerten ihre Kinder an. Marty war der beste Freund aller Kinder: »Onkel Marty hilft dir mit der Schwimmweste!«

Aber Marty ließ Tyrone bis zum Schluss warten. Tyrone hatte alle beeindrucken wollen, doch die anderen Kinder waren längst zitternd und mit blauen Lippen nach oben zum Haus gelaufen, um sich umzuziehen. Tyrone würde nur noch einen Zuschauer haben. Mich.
Bald würde der Tanz eröffnet werden. Marty sah auf die Uhr. Auf dem Rasen hatte sich eine vierköpfige Band aufgestellt und spielte sich ein. Das Saxophon klang wie ein röhrender Elch. Marty war betrunken und musste lange auf die Uhr starren, bis er die Zeit errechnet hatte. Dann sagte er, er wisse nicht, ob noch Zeit für Tyrone sei.
»Ich mache das schon den ganzen Nachmittag«, sagte Marty. »Jetzt will ich mir auch mal einen richtigen Drink holen.«
Tyrone sagte nichts. Sie sahen sich nur an. Tyrone auf dem Steg, Marty auf dem Sitz des Bootes. Marty war seit fünf Jahren Tyrones Stiefvater, aber vielleicht war es das erste Mal, dass sie die Hoffnungslosigkeit der Situation erkannten. Marty kippte sein Bier hinunter und warf die Flasche in die Büsche.
»Aber nur kurz«, sagte er. »Du musst es gleich beim ersten Versuch schaffen. Mir reicht's.«
Und dann waren sie endlich auf dem Wasser.
Marty ließ den Motor leerlaufen, während Tyrone seine Ski in Position brachte. Eine blaue Rauchwolke hing in der Luft.

Jede von Martys Bewegungen war bedächtig und langsam. Er hatte im Boot ein Sixpack geleert.

Die untere Kante der Sonne stand sehr dicht über dem Rand des Sees. Der Himmel hatte ein Flamingogefieder. Tyrone trieb hinter dem Boot und sagte nichts.

Marty ließ den Motor aufheulen, und das Boot schoss los. Das Seil sprang in einer geraden Linie aus dem Wasser, und Tropfen stoben in die Luft.

Ich sah zu, wie Tyrone sich aus dem weißen Kielwasser erhob. Der Bug klatschte hart nach unten.

Marty beschleunigte. Er schien absichtlich zu schnell zu fahren.

Aber Tyrone stand. Er beugte sich vor, und sein kleiner Po ragte nach hinten, und dann lehnte er sich zurück, als versuchte er mit aller Kraft, das Boot aufzuhalten. Dann fiel er fast kopfüber ins Wasser, die Knie in einer großen Woge aus Schaum, und dann stand er wieder.

Sie brausten einmal um den See. Sie flogen am Anleger vorbei, wo ich stand und hüpfte und klatschte, und als Tyrone an mir vorbeikam, hob er eine Hand von der Holzstange und winkte mir zu.

Ich konnte den Nervenkitzel erahnen und wie kühn es war, loszulassen, das schnellste Winken, das man je gesehen hat, und er legte die Hand schnell wieder auf die Stange, sein Körper krümmte sich, ein Ski kam aus dem Wasser, wackelig, schief, gebückt und kippend, und dann stand er wieder.

Er korrigierte seine Haltung. Er stand immer noch.
Marty hatte Tyrones kleines Winken gesehen. Er traute seinen Augen nicht. Dieses Winken muss ihn wütend gemacht haben.
Marty verlangsamte, bis das Seil schlaff wurde und Tyrone bis zu den Knien ins Wasser sank, fast schon bis zur Hüfte, und als er tief im Wasser war, brachte Marty das Boot wieder zu voller Geschwindigkeit, und es riss Tyrone so hart aus dem Wasser, dass sein Körper wie eine Peitsche aufschlug und seine Ski auf die harte Wasseroberfläche knallten und immer wieder hochsprangen.
Die Sonne stand so tief, dass ihre Spiegelung ein perfekter leuchtender roter Kreis auf der Wasseroberfläche war, und als das Boot die Richtung wechselte, zersplitterte der Kreis in tausend Teile, die auseinanderflogen und sich wieder zusammensetzten, bis der Kreis so rund wie zuvor war.
Tyrone stand noch immer. Es war, als wären seine Hände an die Holzstange geschweißt.
Anscheinend gab es nichts, was Marty tun konnte, um seinen zehnjährigen Stiefsohn abzuschütteln.
War das der Moment, in dem ich mich verliebt habe? War es das kleine Winken?
Er war einen Kopf größer als alle anderen in unserer Klasse, nur ein paar Monate älter als einige von uns, und der einsamste Mensch, den ich je getroffen hatte. Ein Clown, der um unsere Aufmerksamkeit bettelte. Seine Sommer-

sprossen. Seine Locken. Die Lücke zwischen seinen Schneidezähnen. Er glaubte, wenn er sich nur genug anstrengte, würden die Leute sehen, was für ein toller Kerl er war. Es war so wichtig für ihn, dass sie es sahen.

Ich glaube, ich war sein einziger Freund.

Marty und Tyrone hatten sich so ziemlich von Anfang an gehasst.

Warum das so war, versuche ich immer noch zu verstehen.

Warum Tyrone Marty hasste, war leicht zu verstehen. Tyrone hasste Marty, weil Marty zu Tyrone gesagt hatte, er solle beim Kauen den Mund zumachen.

»Ich will nicht sehen, was du kaust. Was bist du, ein kleines Schwein?« Das hatte Marty gesagt. Er hatte es vor mir gesagt und vor Jordan, der auch zum Mittagessen da war, und vor Chad Yates-O'Neill. Marty machte Tyrone nach, und wir kicherten, weil Marty es irgendwie geschafft hatte, genau wie Tyrone auszusehen.

Das Männergesicht hatte sich in ein Jungengesicht verwandelt, es war ein Zaubertrick, und Erdnussbutter und Brot hüpften in Martys Mund herum wie Kleidungsstücke im Trockner, und ein paar Krümel fielen auf seinen Teller.

Wir kicherten. Aber ich bereute mein Kichern sofort, weil Tyrone die Hand vor den Mund schlug und rot wurde.

Von da an stülpte Tyrone die Lippen immer so komisch vor,

wenn er kaute. Fast so, als würde er versuchen, seine eigenen Lippen zu sehen. Seine zu einer schmalen harten Linie aufeinandergepressten Lippen.
Und Tyrones Mom hatte einfach dagesessen und nichts gesagt.
Es war ein Moment, in dem sie für ihren Sohn hätte Partei ergreifen können gegen den Eindringling, der ihr Haus mit seinem Aftershave verpestete, das so stark war, dass allen die Augen tränten, der darauf bestand, beim Essen als Erster bedient zu werden, der sich Tyrones Computerspiele unter den Nagel riss und sagte, gib mir mal den Controller, und dessen Schweigen, wenn der Müll nicht rechtzeitig vor die Tür gestellt wurde, sich wie ein bedrohliches Tiefdruckgebiet anfühlte.
Und in der Schule wollten die Jungs in der Cafeteria nicht mit Tyrone an einem Tisch sitzen, weil sie behaupteten, es sei eklig, dass man das Essen sah, wenn er kaute, obwohl er jetzt mit aufeinandergepressten Lippen und ganz langsam kaute und manchmal nur einen Bissen aß, bevor er sein Sandwich wegwarf. Oder er wickelte nur die Frischhaltefolie ab und rührte es nicht an.
Aber die Jungs machten sich trotzdem über ihn lustig, und er musste sich zu den Mädchen setzen. Die duldeten ihn gerade so.
Er machte blöde Sachen. Er kippte Tamara Gordon ihren Pudding über den Kopf und musste zum Direktor. Das Se-

kretariat rief bei ihm zu Hause an und erklärte, es gebe eine Notfallbesprechung.

Ich wurde als Zeugin ins Büro gerufen, weil ich am selben Tisch gesessen hatte. Tamara war schon da. Sie hatte sich die Haare im Krankenzimmer gewaschen, aber sie waren noch nass. Außerdem waren Tyrone und die Konrektorin da, Ms Kearsey, und eine der Frauen, die in der Cafeteria das Essen ausgaben, noch mit Haarnetz und Plastikschürze.

Und Marty war da, und er übernahm das Reden. Er informierte uns, dass Tyrone zu Hause ganz genau so sei, dass er, Marty, und Tyrones Mutter nicht wüssten, was sie mit ihm machen sollten, aber er, Marty, würde Tamara und allen anderen im Raum versprechen, dass es für Tyrone für den Rest des Jahres keine Xbox mehr geben würde.

Er würde die Xbox aus dem Fenster im zweiten Stock werfen, sobald sie nach Hause kämen. Er wollte sehen, was Tyrone dann sagte.

Laut Marty würde es gar nichts mehr geben. Für den Rest des Jahres. Kein Taschengeld und kein Fußballtraining und keinen Kunstunterricht. Gar nichts.

Marty sagte, Tyrones Mutter sei zu weich. Das sei das Problem. Bei seiner Mutter würde Tyrone selbst mit Mord davonkommen. Was er bräuchte, sei eine Tracht Prügel.

»Aber das ist nicht mehr erlaubt«, sagte Marty. »Das ergibt zu viel Sinn.«

Tamara sagte: »Ich bin gar nicht sicher, ob es Tyrone war.«

»Aber du hast doch gerade noch behauptet, dass Tyrone dir den Schokoladenpudding über den Kopf gekippt hat«, sagte Ms Kearsey.

»Er war es gar nicht«, sagte Tamara. Natürlich wusste sie, dass er es gewesen war. Aber Marty hatte uns allen Angst eingejagt.

»Wer war es dann?«, fragte die Konrektorin.

»Ich hab's nicht gesehen«, sagte sie.

»Irgendjemand hat es aber gesehen«, sagte Marty. »Irgendjemand hat es verdammt nochmal gesehen.«

Die Frau aus der Cafeteria sagte, sie sei nur eine ehrenamtliche Helferin.

Die Konrektorin bat Tyrone und mich, das Büro zu verlassen.

»Ich muss ein paar Worte allein mit Tyrones Vater reden«, sagte sie.

»*Stief*vater«, korrigierten Tyrone und Marty sie gleichzeitig.

An diesem Tag auf dem See aber war Tyrone aus irgendeinem Grund immun gegen Martys Hass.

Sein Körper war wie ein Blitz aus Freude. Er konnte kaum glauben, wie gut er das Gleichgewicht hielt.

Marty auch nicht.

Miranda hat ihre Fehler. Sie gibt mir Erdnüsse und Kiwis in

die Schule mit, obwohl das verboten ist, weil manche Leute Allergien haben und wie Luftballons anschwellen und sich mit beiden Händen den Hals halten und auf dem Boden drehen und winden und sterben, wenn sie auch nur den Hauch einer Erdnuss oder einer Kiwi abbekommen. Als ich Miranda das erklärte, sagte sie: »O Gott, es ist doch nur eine kleine Kiwi, jetzt nimm sie schon mit.«

Sie hat mich keinen Klavierunterricht nehmen lassen, obwohl Felix Karateunterricht bekommt, und sie kann mir nicht das Biobuch für die zwölfte Klasse kaufen, das, wie ich vielleicht schon erwähnt habe, obligatorisch ist.

Aber sie hat mich von einer Wahrheit abgeschirmt, die ich da, im Gras, am Ufer des Sees, im Alter von neun Jahren, während ich Tyrone beim Wasserskifahren zusah, erkannte.

Erwachsene konnten böse sein.

Das Böse war etwas, das ich, dafür hatte Miranda gesorgt, bis dahin nicht gekannt hatte.

Es war eine Lüge durch Verschweigen.

Miranda hatte viele Freunde gehabt, aber jeder von ihnen war nett zu mir gewesen. Jeder von ihnen schnitt mir mein Steak oder trug mich auf den Schultern. Jeder von ihnen war so jemand gewesen, der mir blauen Zuckerguss auf die Nasenspitze schmierte, wenn wir einen Geburtstagskuchen aus der Konditorei hatten, den man billig bekam, weil er nicht abgeholt worden war und der Name einer anderen

Person in Zuckerguss darauf stand. Wir hatten Kuchen, auf denen *Happy Birthday Declan* stand oder *Raoul* oder *Jasprit* oder *Keira* oder *Fiona* oder *Sally* oder *Molly.*

Jeder dieser Freunde kam mit Miranda zum Sportfest meiner Schule und saß mit ihr und dem Picknickkorb auf der Patchworkdecke. Sie machten alle beim Eierlaufen mit, in meiner Mannschaft, banden für den Dreibeinlauf ihr Bein an meins und standen beim Tauziehen auf der Elternseite, wenn die Eltern gegen die Lehrer antraten.

Jeder von ihnen bezog mich ins Gespräch ein. Sie fragten mich, was ich dachte. Sie gebrauchten große Worte und erklärten sie mir. Sie redeten mit mir über Politik und erklärten, was Wahlen waren, obwohl ich dabei die ganze Zeit gähnte und manchmal sogar einschlief.

Ein Wort, das meine Beziehung zu jedem von Mirandas Freunden beschreibt: Komplizen.

Wir waren Komplizen.

Nie wirklich gegen Miranda. Aber wir taten so. *Ja, ich lese dir noch ein Kapitel vor, aber sag es Miranda nicht. Ja, du kannst den Brokkoli in den Müll werfen, aber warte, bis deine Mutter sich umdreht.* Bühnengeflüster, und Miranda war mit uns im Raum, aber tat so, als hätte sie es nicht gehört. Oder wenn Miranda unterwegs war und sie auf mich aufpassten: *Schnell, lass uns den Abwasch machen, bevor deine Mutter nach Hause kommt, dann freut sie sich.*

Aber am Ufer des Sees in der untergehenden Sonne mit meinen Zehen im Wasser und Tyrones Kopf über dem Boot, Tyrone, so voller Glück, und sein Stiefvater am Steuer, erkannte ich etwas. Marty war böse.

Bei der letzten Kurve drehte das Boot sich abrupt, und Marty rief Tyrone zu, er solle das Seil loslassen. Er schrie ihn an. Seine Stimme war heiser und zornig.

»Lass los!«, schrie er.

Tyrone kam zu schnell auf den Anleger zu. Vielleicht dachte sein Stiefvater wirklich, es wäre cool, wenn Tyrone eine trockene Landung hinlegte. Das behauptete er später. »Der Junge hat sich so gut geschlagen«, schrie er Tyrones Mutter an, »er ist ein verdammtes Naturtalent.«

In Wahrheit war meine Mutter auf der Hochzeit in Hank verliebt. Natürlich verstand ich das nicht genau in diesen Worten.

Gebrauche deine Worte. Ich gebrauchte diese Worte damals nicht. Ich war neun.

Verliebt.

Ich wusste nur, dass Hank früher bei uns übernachtet hatte. Hank war eine gefühlte Ewigkeit bei uns gewesen, aber es waren eigentlich nur drei Jahre. Ich hatte dank Hank das erste Mal Erdnussbutter und Honig erlebt. T-Shirts auf der hinteren Veranda gebatikt. Und den Geschmack von Oliven und Curry zu schätzen gelernt (nicht zusammen).

Manchmal las er mir abends vor. Er war nach *Wilbur und*

Charlotte auf der Bildfläche erschienen, das mir ein kurzlebiger Typ namens Dave vorgelesen hatte, Mirandas Freund vor Hank, aber er kam rechtzeitig zu *Harriet – Spionage aller Art.*

Ich durfte mich zu ihm aufs Sofa kuscheln, wenn Miranda lange kellnern musste, er trug mich aus dem Taxi, wenn sie von einer Party nach Hause kamen, einmal fiel dabei ein Regentropfen auf meine Stirn und weckte mich. Ich war in meine Mickey-Maus-Decke gewickelt, Hank roch nach Hank, Miranda bezahlte den Taxifahrer, sie waren beschwipst, und sie kam hinter uns her und beugte sich im roten Rücklicht des Taxis vor, um ihn zu küssen, und mein Kopf wurde zwischen ihren Oberkörpern eingequetscht.

Hank war nur drei Jahre da, aber es fühlte sich so an, als hätte ich nichts anderes gekannt, abgesehen von *Wilbur-und-Charlotte*-Dave, der auch nett war. Aber Dave war für Miranda keine Liebe.

Das war nur Hank.

Eine richtig ehrliche, schnapp-sie-dir, leb-sie, geh-darin-auf, gib-alles Liebe.

Miranda und Hank trennten sich etwa zu der Zeit, als der zweite *Harry-Potter*-Band erschien, weil Hank in Nova Scotia Jura studieren wollte und »zu Fernbeziehungen nicht in der Lage« war, wie er sagte. Miranda wollte nicht mitkommen, weil ich hier zur Schule ging, und vier Monate später heiratete Hank eine andere.

Eine, die keine Kinder hatte und mit ihm nach Nova Scotia gehen konnte und auch einen Platz für Jura bekommen hatte und die dunkle Haare und große Augen hatte und den Perlenverlobungsring trug, der Hanks Großmutter gehörte und den Hank vorher Miranda geschenkt hatte, aber Miranda hatte ihn Hank zurückgegeben, weil sie sich getrennt hatten, und sie hatte Butter nehmen müssen, um ihn abzubekommen, weil ihre Finger geschwollen waren, was dem bescheuerten Hank eigentlich hätte zu denken geben müssen.

Die Sonne war fast vollständig untergegangen, als Tyrone auf den Wasserskiern auf den Anleger zupflügte, und hinterließ einen letzten orangefarbenen Schimmer auf dem dunklen Wasser.

Ich fühlte mich komisch, weil ich zu viel Sonne abbekommen hatte. Seit den Worten »Sie dürfen die Braut jetzt küssen« hatte mich niemand mehr gefragt, wo mein Sonnenhut war oder ob ich mich eingecremt hatte. Den ganzen Tag war es so gewesen, als wären die Erwachsenen unter sich. Niemand kümmerte sich um mich. Niemand zählte, wie viele Gläser Orangenlimo ich trank, oder sagte mir, dass ich mir das Gesicht waschen sollte.

Aber Hank hatte mich hochgehoben und auf die Stirn geküsst. Dafür war ich natürlich zu groß.

Ich hatte ihm zugesehen, wie er sich fertigmachte. Er trug einen Smoking und stand vor einem mannshohen Spiegel

und war in die Nelke vertieft, die er sich ans Revers heftete. Steckte die Nadel ein. Mit herabgezogenen Mundwinkeln.
Ich hatte gesehen, wie Miranda ihm mit ihrer Lackledertasche auf die Brust klopfte. Sie tippte ihn damit an. Sie fragte, ob er trotzdem noch von Zeit zu Zeit ihre Zündkerzen wechseln würde.
Er sagte nur ihren Namen. Er sagte ihn sanft, aber er schob ihre Tasche weg von seinem weißen, weißen Hemd.
Ich war zufällig auf ihn gestoßen, als er sich die Nelke ansteckte, kurz vor der Trauung. Alle anderen waren draußen und saßen auf den weißen Stühlen in der Hitze, in Reihen auf dem leuchtendgrünen Rasen. Aber ich war durch die Hintertür ins Haus geschlüpft, weil wir schon so lange in der Sonne gesessen hatten, mir schlecht war und ich aufs Klo musste.
Da war er, im letzten Zimmer vor den Toiletten, und er sah mich im Spiegel am Türrahmen lehnen. Er drehte sich um und nahm mich hoch und umarmte mich. Ich hätte beinahe aufgeschrien, weil seine Hände auf meinem Sonnenbrand so weh taten. Er küsste mich auf die Stirn, und ich konnte mich wegen des Sonnenbrands nicht bewegen und weil ich wollte, dass er mich umarmte. Einer meiner Gummischuhe fiel runter. Er stellte mich wieder auf den Boden, und ich stand einen Augenblick lang nur da und sah ihm in die Augen. Ich versuchte, ihm mit den Augen etwas zu sagen. Ich

versuchte zu sagen: »Sind wir dir egal? Ich dachte, du liebst uns. Du verletzt die Gefühle meiner Mutter.«
Hank zeigte auf meinen Kragen und sagte: »Du hast gekleckert. Ist das Ketchup?«
Als ich nach unten schaute, stupste er mich unter die Nase. Darauf fiel ich jedes Mal rein.
»Sehr witzig«, sagte ich. Und dann spürte ich, dass mir die Tränen kamen, und es machte mich wütend, vor Hank zu weinen, und ich zischte ihn an: »Du siehst blöd aus in dem Anzug. Er ist dir zu klein.«
Ich schnappte mir den heruntergefallenen Gummischuh und rannte über den Flur zur Toilette und versuchte aus irgendeinem lächerlichen Grund, würdevoll und erwachsen auszusehen, nur dass ich hoppelte, weil ich nur einen Schuh anhatte.
Miranda trug an diesem Tag einen luftigen Fummel aus Chiffon, weit um die Taille, und sie weinte kein bisschen. Sie trank auch nicht. Überall waren Kinder, und der Kuchen war sensationell.
Ich aß fünf Stück, und das kleine Brautpaar aus Plastik hatte Surfbretter und steckte in weißen Badesachen, weil Hanks neue Schwiegereltern ihnen eine Hochzeitsreise nach Hawaii schenkten.
Vielleicht war das für Miranda der Tropfen, der das Fass zum Überlaufen brachte, denn sie hatte nicht mit Hank reisen können, als sie zusammen gewesen waren, weil sie

mich hatte und ich zur Schule musste und sie pleite war, und ihre Mutter jung gestorben war und ihr nichts hinterlassen hatte und ihr Vater, wie meiner, nie in Erscheinung getreten war.

Ich hatte das Gefühl, dass Hank Miranda verlassen hatte, weil er sich der Verantwortung für mich nicht stellen konnte. Wer will das Kind eines anderen aufziehen? Miranda hatte einen großen Kredit für ihre Studiengebühren zurückzuzahlen, aber nur einen Abschluss in Kunst und nicht gerade viele Perspektiven in finanzieller Hinsicht.

Meiner Meinung nach hatte es ihn eine Weile beeindruckt, dass sie Künstlerin war, dass sie in ihren Fummeln Tag und Nacht umwerfend aussah, dass sie jemanden kannte, der in einem Labor mit Schimmelkulturen und wissenschaftlicher Ausrüstung Gedichte züchtete, dass sie einen Topf auf der Töpferscheibe drehen und Partys schmeißen konnte, zu denen alle kamen und bis zum Morgengrauen in der Küche sangen, mit Banjo und Ukulele und Trommeln und Glocken und Löffeln und Gitarren, bei denen schreiend über Politik diskutiert wurde und die Kinder die Eltern Eintritt zahlen ließen, wenn sie aufs Klo wollten, und ein Vermögen machten, und die Erwachsenen bei Morgengrauen im Teich des Bannerman-Parks nackt baden gingen.

Aber etwas hatte Hank in die Flucht geschlagen. Er hatte einen Studienplatz für Jura an der Dalhousie University bekommen und mit dem Reparieren von Autos aufgehört.

Dann lernte er diese Frau kennen, deren Eltern eine Politikerin und ein Richter waren und eine Menge Geld hatten, und die einen Platz an derselben Uni bekommen hatte wie er. Die Frau war irgendwie kantig, mit bügelglatten Haaren und maßgeschneiderten Hosenanzügen und nagelneuer Wanderausrüstung, und sie ließ Miranda schäbig aussehen.

Neben dieser Frau verblasste Mirandas Glanz, und vielleicht war sie in Hanks Augen plötzlich einfach nur arm. Arm und heruntergekommen. Ich hörte ihn eines Nachts schreien, das alles sei ein schöner Traum gewesen, aber das sei es dann auch, ein *Traum.*

Ich hatte keine Ahnung, was er meinte. Es machte mir Angst, und ich kniff mich in den Arm, um sicherzugehen, dass ich existierte.

Dachte er, dass kein Geld zu haben die Menschen unwirklich machte?

Vielleicht hatte er recht. Vielleicht waren wir unsichtbar.

Tyrones Gesicht, als er auf den Anleger zuflog, nachdem er das Seil losgelassen hatte, war immer noch selig, zum allerersten Mal auf Wasserski gestanden zu haben. Ich glaube, das hat Marty sauer gemacht. Aber ich sah, wie sich die Freude in Panik verwandelte, kurz bevor er gegen den Anleger prallte. Die Kante brach eine seiner Rippen und zertrümmerte sein Schlüsselbein, in das danach eine Metallplatte und permanente Schrauben eingesetzt werden mussten, und in dem er vermutlich mit Mitte dreißig Arthrose bekommen wird.

Ich musste Hilfe rufen, aber ich fühlte mich kaum in der Lage, auch nur einen Pieps herauszubringen. Mir kam es vor, als würde ich flüstern, aber in Wahrheit muss ich ziemlich laut geschrien haben, weil ich schnell von einer Menschenmenge beiseitegedrängt wurde.

Tyrones Mutter bewegte sich am Rand der Traube, die sich um Tyrone gebildet hatte, dann sank sie einfach ins Gras, ihr Rock rutschte so weit hoch, dass man den Rand ihrer halterlosen Strümpfe sehen konnte, aber ihr Sektglas stand immer noch gerade. Sie umklammerte den dünnen Plastikstiel des Glases, den kleinen Finger abgespreizt. Sie hatte nicht einen Tropfen verschüttet.

Sie stürzte den Champagner hinunter, warf das Glas ins Gebüsch, rappelte sich wieder auf, glättete ihr Kleid und folgte der Menge nach oben zu dem großen Haus. Irgendjemand trug Tyrone auf den Armen, und Marty fluchte vor sich hin und versuchte, das Boot zurück ins Bootshaus zu steuern.

In meinen Armen und Beinen und in meinem Bauch stach es. Ich hatte Gänsehaut, und die Haare auf meinen Armen standen zu Berge.

Ich hatte das Böse verstanden. Ich hatte gesehen, wie gewöhnlich und dumm es war, und dass nichts Magisches oder Märchenhaftes daran war.

Es war ganz einfach ein Erwachsener, der seine Probleme an einem Kind ausließ. Weil sich ihm die Gelegenheit bot. Weil niemand ihn aufhielt.
Es war leicht, Tyrone zu hassen. Er war zu umarmungsfreudig. Er umarmte alle, und Marty war das zu mädchenhaft. *Lass das Umarmen. Werd erwachsen.* Er war linkisch, und wenn er lachte, kam ihm manchmal die Orangenlimo zur Nase wieder raus, und sein ganzer Körper bebte. Er johlte beim Lachen. Huu-huu-huu. Manchmal kaute er wirklich mit offenem Mund. Er hatte einen großen Wortschatz und Marty nicht. Ihm ging nie die Energie aus. Außer wenn sie ihm doch ausging, ganz plötzlich, und dann war es schwer, ihn zu wecken, weil er so fest schlafen konnte.
Alles, was er tat, war alles oder nichts.
Tyrone wurde übers Wasser geschleudert und verlor dabei die Ski, und er hatte Glück, dass er nicht mit dem Gesicht auf dem Anleger aufschlug, sonst hätte er jeden Zahn verloren, der in seinem Mund war.
Kurz bevor er gegen den Anleger prallte, schrie er.
Seine Sommersprossen, seine tiefbraunen Augen.
Nachdem sie ihn zum Haus getragen hatten, war ich allein. Ich beugte mich über das Wasser und erbrach alle Hotdogs, die ich hinuntergeschlungen hatte, und literweise Orangenlimo und ein Gurkensandwich. Ich habe seitdem nie wieder Hotdogs gegessen oder Gurke, und ich bin auf Zitronenlimo umgestiegen.

Könnt ihr euch die rosa-gräuliche Farbe erbrochener Hotdogs vorstellen, die, nun ja, auf dem See schwammen, und dazwischen leuchtende orangefarbene Schmelzkäsestückchen?
Ich war verliebt.
Ich wusste, dass ich in Tyrone O'Rourke verliebt war.
So hoffnungslos war die Situation. Ich glaubte noch an den Weihnachtsmann. Ich glaubte, dass mein Vater eines Tages aus heiterem Himmel wiederauftauchen würde, obwohl er nicht mal wusste, dass es mich gab.
Ich glaubte, dass meine Mutter eine Göttin war und immer recht hatte, und dass mit Hank etwas nicht stimmte, weil er uns verlassen hatte.
Wie konnte er Miranda und mich nicht lieben? Hank, der mich umarmt hatte, als meine Haut vom Sonnenbrand schmerzte. Wie sehr würde ich ihn vermissen.
Ich legte meine Milchzähne immer noch unter das Kopfkissen, aber ich hatte begonnen, an der Zahnfee zu zweifeln.
Ich wusste, dass Miranda das Geld unter mein Kissen legte, aber manchmal vergaß sie es, und einmal hatte ich einfach meine Hand mit dem Zahn ausgestreckt, und sie steckte die Hand in ihre Tasche und holte fünf Dollar heraus und drückte sie mir in die Hand und ließ den Zahn in ein kleines bernsteinfarbenes Pillenglas fallen, das sie auf dem obersten Brett im Küchenschrank aufbewahrte, hinter dem kaputten

Toaster. In dem Pillenglas waren auch alle meine anderen Milchzähne, aber ich hatte vergessen, aufzuhören, an die Zahnfee zu glauben. (Meine Mutter hatte vergessen, aufzuhören zu glauben, dass irgendjemand den kaputten Toaster reparieren würde.)

Nicht an etwas zu glauben, erfordert viel Anstrengung. Es ist leichter, zu glauben. Wenn ich einmal akzeptiert habe, dass etwas wahr ist, fällt es mir schwer, meinen Glauben daran aufzugeben.

Ich habe an Tyrone geglaubt, und ich werde immer an ihn glauben. Ich glaube, dass etwas in ihm ist, etwas, das ich nicht mal benennen oder in Worte fassen kann, das mich ihn lieben lässt, und es ist so unheimlich, jemanden zu lieben.

Es ist eine große, unkontrollierte Hampelmannliebe, die mich verrückt und einsam macht.

Natürlich ließ es nach, als er auf eine andere Schule kam. Ich machte bei der Theater-AG und der Schülerzeitung mit und war mit Amber beschäftigt, und dann wurde auch noch Felix geboren.

Vielleicht habe ich es aber auch einfach auf Eis gelegt. Denn wenn Tyrone O'Rourke den Raum betritt, fällt es mir schwer, nicht zu glauben, dass wir füreinander bestimmt sind, weil ich ihn in- und auswendig kenne, schon immer.

12

Mr Payne hat Teil zwei unseres Projekts vorgestellt. Wir müssen mit einer oder mehreren Personen aus der Geschäftswelt ein Interview führen und uns Tipps für Werbung und Verkauf unserer Produkte holen. Wir sollen dafür jemanden auswählen, der Marketingerfahrung in einem mit unseren jeweiligen Produkten verwandten Bereich hat.
Mr Payne tut so, als gäbe es da draußen massig Geschäftsleute, die nur darauf warten, ihre Zeit und ihre Verkaufsstrategien an eine Horde notenversessener Highschoolschüler zu verschwenden.
Und wir haben nur zwei Wochen.
Amber und Gary wollen irgendeinen großen Filmproduzenten interviewen, der zufällig gerade in der Stadt ist, um eine Kriegsszene für einen Dokumentarfilm über den Ersten Weltkrieg zu drehen. Sogar Elaine Power sah beeindruckt aus, als sie das hörte.
Aber wen soll ich bitteschön zum Thema Zaubertränke interviewen?

Zusätzlich zu dem Interview will Mr Payne, dass wir nächste Woche unsere überarbeiteten Businesspläne einreichen und bis zum 2. November Musterexemplare unserer Produkte anfertigen. Der Zeitrahmen ist so eng, sagt Mr Payne, damit wir lernen, wie man in der »echten« Welt etwas zustande bringt. Aber mein Plan mit den Zaubertränken schien ihm zu gefallen – ich meine natürlich *unser* Plan –, allerdings sagte er, das Projekt sei zu ambitioniert für ein Start-up-Unternehmen. »Nehmt nur eine Sorte«, riet er. »Später, wenn das Produkt ein Hit ist, könnt ihr die Palette immer noch erweitern.«

Es ist zwei Wochen her, dass Tyrone das letzte Mal in der Schule war. Er antwortet nicht auf meine Nachrichten und hat wahrscheinlich sein Handy verloren. Vermutlich übernachtet er bei irgendwelchen Studenten auf dem Sofa und schläft bis mittags, weil er die ganze Nacht Computerspiele spielt und sich zudröhnt.

Seine Mutter hat Miranda erzählt, dass sie jeden Tag automatisierte Anrufe von der Schule bekommt. *Ein Kind aus Ihrem Haushalt namens TYRONE …*

Sie sagt, er taucht jeden Tag auf, bevor Marty von der Arbeit nach Hause kommt, schmeißt ein paar Pizzataschen in den Ofen und verschwindet wieder auf seinem Motorrad, während sie ihm von der Haustür hinterherschreit, dass er seinen Helm aufsetzen soll.

Da Miranda mich das Handy nicht in die Schule mitnehmen

lässt (sie erwartet den Anruf eines Journalisten, der mit ihr über ihr neues Projekt reden will – sie arbeitet jetzt mit Neon), muss ich warten, bis ich zu Hause bin, um Tyrone zu schreiben.

Ich schreibe ihm nach dem Essen: *Payne sagt, wir sollen nur einen Trank nehmen. Was meinst du?*

Ich erwarte nicht, dass er zurückschreibt.

Doch bevor ich ins Bett gehe, gehe ich noch einmal nach oben in Mirandas Arbeitszimmer und schaue aufs Handy. Und da ist eine Zwei-Wort-Nachricht von SprayPig. Sie lautet: *Definitiv Liebe.*

Bumm bumm bumm.

Okay, ich weiß, das heißt nicht, dass Tyrone für mich definitiv Liebe empfindet. Ich *weiß* das. Ich weiß, das heißt nicht, dass die Sache mit dem Papageienmädchen, mit dem ich ihn im Einkaufszentrum gesehen habe, nichts Ernstes ist, oder dass sie nicht mehr zusammen sind.

Es heißt nicht, dass er in die Schule kommt, um mir bei unserem *Definitiv-Liebe*-Trank zu helfen. Es heißt nicht mal, dass er auch nur einen Finger krumm machen wird, damit wir eine gute Note auf *unser* Projekt bekommen. Ich bin ja nicht blöd!

Warum also schlägt mein Herz so heftig, als wollte es aus meiner Brust springen? Warum umklammere ich das Handy mit beiden Händen und presse es an mein so-unglaublich-laut-klopfendes Herz?

Tja, was soll man davon halten? Nach wochenlangem Schweigen – *Definitiv Liebe.*

»Was machst du in meinem Arbeitszimmer?«, ruft Miranda von unten.

»Nichts«, rufe ich zurück.

»Du klingst komisch«, erwidert sie.

»Wirklich?«, frage ich. Es besteht keine Gefahr, dass Miranda die Nachricht liest. Sie weiß nicht, wie man sie öffnet. Sie hat noch nie im Leben eine SMS geschrieben, obwohl ich angeboten habe, es ihr zu zeigen. Aber sie taucht geräuschlos in der Arbeitszimmertür auf.

»Was ist los?«, fragt sie. Sie kommt ins Zimmer und legt mir die Hand auf die Stirn.

»Du bist ganz rot«, stellt sie fest.

»Ich wollte gerade ins Bett«, sage ich. Ich trotte die Treppe runter und krieche unter die Decke und die Schichten schmutziger Wäsche auf meinem Bett und liege lange wach und denke im Dunkeln nach.

Es heißt eigentlich gar nichts, sage ich mir immer wieder.

Es heißt vermutlich nur, dass ich so richtig am Ar… bin, wie Miranda es formulieren würde, nur dass sie das Wort ausschreiben würde, was zu tun ich mich weigere.

Miranda glaubt, dass es keine schlimmen Wörter gibt, sondern nur den unpassenden Gebrauch von Wörtern in einer bestimmten Situation. Sie glaubt, dass Flüche, einschließlich einiger sehr abstoßender, eine radikale Kraft haben und

zimperliche, verklemmte Leute in Verlegenheit bringen, was Miranda generell für eine gute Sache hält.
Miranda glaubt, dass diese Art Leute im Allgemeinen zu brav für ihr eigenes Wohl sind und ein gut platzierter Kraftausdruck wie ein »Abführmittel für die Seele« wirken kann. Die ganzen Verstopfungen lösen. Das schreibt sie jedenfalls in ihrem Blog.
Ich weigere mich auch, das F-Wort zu benutzen, weil ich glaube, dass diese körperliche oder seelische oder emotionale Aktivität – egal, ob ich je die Gelegenheit dazu haben sollte oder nicht – etwas Schönes ist, oder zumindest das Potential dazu hat, und behandelt werden sollte wie ein Geheimnis und etwas Heiliges und definitiv nicht als Herabwürdigung benutzt oder beiläufig erwähnt werden sollte, ohne Respekt für seine Schönheit, und dass vielleicht überhaupt nirgends darüber gesprochen werden sollte.
Weil ich finde, dass es privat und wortlos sein sollte, wenn ihr wisst, was ich meine. Etwas zwischen zwei Menschen. Wenn man schon aus irgendeinem Grund darüber reden muss, dann finde ich *Liebe machen* noch die netteste Art, um Sex zu beschreiben.
Miranda hält das für eine sehr alberne Vorstellung. Ziemlich ironisch, wenn man bedenkt, dass sie, als es an der Zeit war, *mir* zu erklären, was Sex ist, spektakulär gescheitert ist.
Miranda setzte sich mit mir und einem Bilderbuch über Sex auf den Rand der Badewanne, als ich acht war. Ich weiß

nicht, warum ausgerechnet im Badezimmer. Aber da waren wir, auf dem Badewannenrand, und der durchsichtige Duschvorhang aus Plastik mit den Buntbarschen war aufgezogen, so dass es aussah, als ob die Fische eilig davonschwammen und dabei gegeneinanderprallten.
Mirandas Politik lautet, wenn Kinder fragen, antwortest du, und zwar mit der Wahrheit.
Sie hat alles über diese Theorie gebloggt, natürlich.
Ich hatte sie nach der Tamponschachtel im Schränkchen unter dem Waschbecken gefragt. »Was sind das für Dinger?« Mehr hatte ich vermutlich nicht gesagt.
Aus der Frage nach den Tampons folgerte Miranda, dass es an der Zeit für das Aufklärungsgespräch war.
Miranda hatte beschlossen, die Sache mit einem Buch aus der Bücherei anzugehen. Einem Bilderbuch. Ich war irritiert, als ich es in ihren Händen sah, weil wir doch schon richtige Bücher mit ganzen Kapiteln lasen.
Aber in dem kleinen Buch war eine Zeichnung von einem Mann und einer Frau. Der Mann lag auf der Frau. Sie küssten sich. Das Bild zeigte ihre Umrisse, aber auch, was in ihnen war, als ob ihre Körper durchsichtig wären.
Es zeigte den Penis des Mannes, der genau in die Vagina der Frau passte. Es zeigte kleine Höhlen in der Frau mit Linien zu Wörtern wie *Eierstöcke* und *Gebärmutter*, und das alles sah ziemlich schmerzhaft aus, als wäre nicht genug Platz in der Vagina der Frau für diesen hässlichen Penis, und

was zum Teufel machten die da überhaupt, warum lag der Mann auf ihr und zerquetschte sie fast? Wie hatten sich diese beiden Leute nur darauf einlassen können, das zu tun, wie waren sie ohne Kleider zusammen auf dem Bett gelandet, und wie lautete der sonderbare Wortwechsel, der dazu geführt hatte, dass sie diese Position einnahmen, mit seinem Penis in ihrer Vagina?

Ich war völlig verdattert. Das ist das Wort. Es ist ein Wort, das in den alten gelben Agatha-Christie-Ausgaben vorkommt, die man in den Sommerhäusern von Freunden im Schrank findet. In diesen Romanen wimmelt es von Engländern mit großen grünen Rasenflächen und Steinmauern, kleinen alten Damen, die Leute mit Arsen vergiften oder ihnen einen Eispickel in die Stirn rammen, fetten Butlern mit Doppelkinn und Köchen mit leuchtendroten Gesichtern und Rektoren, was auch immer die sind. Diese Art Menschen sind verdattert.

Und kleine achtjährige Mädchen auf dem Badewannenrand inmitten eines panischen Fischschwarms neben ihrer Mutter und einem Sexbuch aus der Bücherei.

Ich stellte mir vor, wie Miranda in die Kinderabteilung gegangen war, um dieses Buch auszuleihen. Die Unterhaltung, die sie und die Bibliothekarin geführt haben mussten.

Ich würde nie wieder in diese Bücherei gehen.

»Warum sollte irgendjemand so was tun?«, quiekte ich. »Warum?«

Ich fühlte mich betrogen. Ich hatte das Gefühl, dass es ein großes Geheimnis gab, und ich war sauer, dass man es vor mir geheim gehalten hatte, aber auch, dass man es mir verraten hatte.
Ich war stocksauer auf denjenigen, der diese verrückte Sache erfunden hatte. Ich wusste, ohne dass man es mir sagen musste, dass die Zeichnung in dem kleinen pastellfarbenen Buch mit den Organen und Eiern und küssenden Leuten eine Geschichte zur Verschleierung einer schrecklichen Wahrheit war, die nur eine verrückte Explosion von Gefühl und Seltsamkeit beinhalten konnte.
Es gab keinen Weg zurück. Jetzt, da ich es wusste, war es nicht mehr möglich, es *nicht* zu wissen.
Dann traf es mich.
So war ich selbst auf die Welt gekommen. Überall sitzen Leute auf kalten Badewannenrändern mit ihren Müttern und Büchern, die trügerisch mit einem Bild von Blumen und ein paar darüberschwebenden Bienen anfangen, heititei mit den hübschen Bildchen, mit einer Schachtel Tampons in ihren Badezimmerschränken neben dem gebogenen, kalten, schwitzenden Rohr, das aus dem Waschbecken kommt – das Rohr, in dem die Zahncremespucke verschwindet und die Bakterien und der ganze Schaum. Solche Situationen gibt es überall, weil alle diese Leute Mütter haben, die Sex hatten.
Deswegen existierte ich.

Miranda hatte diese schreckliche Sache getan.
Um mich entstehen zu lassen.
Bis zur siebten Klasse machte ich einen Bogen um jedes Buch, das mit diesem Thema zu tun haben könnte. Dann bekamen Amber und ich eine dicke Schwarte mit dem Titel *Die zärtliche Raserei der Liebe* in die Finger, kundschafteten die erotischen Stellen aus und lasen sie wieder und wieder. Kurz bevor etwas passierte – etwas Schärferes und anatomisch Komplizierteres als ein Kuss –, fiel die Heldin in Ohnmacht.
Soweit wir es uns zusammenreimen konnten, fiel sie wegen der extremen Zärtlichkeit des Kusses in Ohnmacht.
Erst kämpfte die Frau dagegen an. Sie warf den Kopf zur Seite, und alle ihre langen Locken flogen herum und bedeckten ihr Gesicht, ihre Schultern, ihren weichen, runden, bebenden Busen. Sie hatte viele Haare. Sie zerzausten und verknoteten sich, während sie um sich schlug. Aber der Held hielt ihre Arme mit festem Griff. Er war die Ruhe selbst.
Dann sah sie ihm zufällig in die Augen und vollführte eine emotionale Kehrtwende. Plötzlich war sie total für den Kuss. Sie konnte nicht genug bekommen.
Was zur Hölle, dachten wir.
Sie wollte den Kuss nicht. Sie wollte den Kuss. Dazwischen gab es nichts. Dann fiel sie in Ohnmacht.
Auf die Ohnmacht folgte dann meistens die Raserei, die im

Titel erwähnt wird. Aber der Teil mit der Ohnmacht war Liebe, die in voller Glorie heraufdämmerte.

Ich glaube ja, dass Liebe eher wie ein Blitz ist als wie Ohnmacht. Du wirst *getroffen*, so stelle ich mir das vor, so fühlt es sich mit Tyrone an. Getroffen von Bewunderung für jede einzelne Sache an ihm, seinen großen Armeerucksack, die Art, wie der Bund seiner Jeans hinten bis aufs Garn abgenutzt ist, seine großen Augen und schwarzen Locken und die Art, wie er geht, so viele lange Glieder, und wie groß er in der zehnten Klasse geworden ist, und seine Wimpern und seine Sommersprossen. Einmal, als er gerade auf die Holy Heart gekommen war und mich bei den Schließfächern sah, und wir uns unterhielten wie früher, als wir Kinder waren, als wäre keine Zeit vergangen, strich er meine Haare mit einem Finger zurück, nur eine lose Strähne hinter mein Ohr, und mein Ohr brannte, obwohl wir uns seit Kindersitzzeiten kannten und unsere Mütter nachmittags mit uns ins Kino gegangen waren und uns in der hintersten Reihe gestillt hatten, etwas seltsam, aber ich will damit sagen – wir kannten uns so ziemlich seit unserer Geburt.

Während ich im Bett unter den ganzen Klamotten liege und über seine *Definitiv-Liebe*-Nachricht nachdenke, fällt mir auch das kleine Winken wieder ein, als er Wasserski fuhr.

Aber Liebe ist nicht nur etwas, das dich überkommt. Es ist auch harte Arbeit, die Arbeit, an jemanden zu glauben. Das ist eine weitere von Mirandas Theorien, die sie mir

eingehämmert hat. Es war in den letzten Wochen ziemlich schwer, an Tyrone zu glauben, der überall gefehlt hat – in der Schule, bei unserer Präsentation, als wäre er von der Erdoberfläche verschwunden –, und ich bin auf seine Hilfe bei diesem Projekt angewiesen. Amber hat Gary, und alle anderen haben ihre Partner, nur ich habe niemanden.
Liebe ist also Arbeit und verändert sich die ganze Zeit, und sie ist Machen und Merken und Brauchen und Geben und Definitiv.
Definitiv Liebe.
Das ist zumindest ein Anfang.

13

Die Schulsekretärin verzehrt ein Thunfischsandwich hinter der Theke im Sekretariat. Sie sitzt auf einem Drehstuhl und hat die High Heels auf den Tisch gelegt. Die Keilabsätze ihrer Schuhe sind aus durchsichtigem Plastik, in dem sich winzige Muttern, Schrauben und Miniaturschraubenschlüssel befinden.

Meine Mission hier ist komplex. Ich muss einen Weg finden, von der Sekretärin ein Aufnahmegerät zu bekommen, und mich auch noch krank stellen, damit ich den Gesundheitskurs schwänzen kann, den ich belegen muss, den ich aber hasse.

Diese Woche beispielsweise werden wir in Zweierteams eingeteilt und bekommen eine Tüte mit rohen Eiern, auf die wir aufpassen müssen. Das soll uns zeigen, wie viel Arbeit es macht, ein Baby zu haben. Die Eier liegen lose in einer Papiertüte, und wenn eins kaputtgeht, muss man einen Aufsatz über das Übel einer Teenagerschwangerschaft schreiben und die Bedeutung des verschmierten Eigelbs analysieren.

Da ich selbst das Produkt eines schwangeren Teenagers bin, empfinde ich das ganze Konzept dieser Übung als beleidigend. Und ich habe keine Lust, eine Tüte Eier mit mir rumzuschleppen.
Ich schwänze also, aber ich kann nicht nach Hause gehen, ohne mir dieses Aufnahmegerät zu besorgen. Morgen Abend findet mein Interview mit der »Marketingexpertin« statt, und an der Tür des Sekretariats verkündet ein Schild in Plakatgröße, dass freitags Inventur ist und kein Material ausgegeben wird.
Da heute Donnerstag ist, heißt es, jetzt oder nie.
Die Sekretärin liest einen dicken Schmöker mit einem Hologramm auf dem Cover. Das Bild eines schönen Mädchens mit wehenden blonden Haaren in einem weißen Nachthemd auf einer Blumenwiese ist darauf zu sehen.
Die Sekretärin ist ungemein vertieft. Sie leckt den Zeigefinger an und blättert langsam um.
Auf dem Tresen steht eine kleine Klingel mit einem Zettel daneben.
Bitte klingeln, steht da.
Ich strecke die Hand aus und schlage auf den kleinen Drücker. Ein zitterndes *Bing* ertönt.
Die Sekretärin hebt sehr langsam den Blick von ihrem Buch. Er ist durchdringend. Ihre Augen sind dunkelbraun, vielleicht sogar schwarz.
Sie klappt das Buch vor der Brust zusammen, und das Ho-

logramm des unschuldigen Feenmädchens auf der Wiese verändert sich, das Mädchen hat jetzt Augen mit vertikalen Pupillen wie eine Schlange, und ihre Zähne sind mit Blut verschmierte Reißzähne, ihr weißes Nachthemd ist jetzt rot – vermutlich blutüberströmt –, und die Blumen haben sich in Fledermäuse verwandelt.

»Ich würde gerne ein Aufnahmegerät ausleihen«, sage ich.

»Flannery Malone«, sagt die Sekretärin. »Solltest du nicht auf dem Weg zu deinem Gesundheitskurs sein?«

Sehr langsam setzt sie den einen Keilabsatz auf den Boden, dann den anderen. Sie steht auf und legt die Hände flach auf den Tresen. Sogar mit den Absätzen ist sie kleiner als ich.

»Für BWL«, stammele ich. »Wir müssen einen Marketingexperten interviewen.«

»Welches Produkt entwickelst du?«, fragt die Sekretärin.

»Einen Liebestrank«, erwidere ich.

»Was sonst«, sagt sie. »Und wie kommst du darauf, dass du hier ein Aufnahmegerät ausleihen kannst?«

»Mr Payne hat gesagt, dass das geht?«

»Ist Mr Payne für die technische Ausrüstung zuständig?«

»Ich weiß nicht«, sage ich.

»Ist er nicht«, sagt die Sekretärin. »*Ich* bin für die technische Ausrüstung verantwortlich.«

»Also, könnte ich dann bitte ein Aufnahmegerät ausleihen?«

»Ich habe gerade Mittagspause«, erklärt die Sekretärin. Sie

hebt vorsichtig ein Dreieck ihres Thunfischsandwichs aus einem Nest aus Frischhaltefolie, und ihre langen roten Nägel graben sich in das weiße Toastbrot. Dann beißt sie ab. Um ihre Aussage zu unterstützen.
Ein Thunfischkrümel fällt ihr in den Ausschnitt. Sie schaut nach unten, schüttelt jeden Teil ihres Körpers und lüpft den Saum ihrer Bluse, offenbar ist der Krümel rausgefallen, denn sie stapft zu einem Tisch mit mehreren Aufnahmegeräten hinüber. Dann kommt sie zu mir zurück und überreicht mir eins.
»Und jetzt ab mit dir zu deinem Gesundheitskurs«, sagt sie.
Ich lasse den kleinen Rekorder in meinen Rucksack gleiten, hebe die Hand an den Hinterkopf und flattere mit den Wimpern.
»Was machst du da?«, fragt die Sekretärin. »Ab in den Unterricht. Na los. Husch!« Sie wedelt mit der Hand.
»Mir ist ein bisschen ...«
»Ein bisschen was?«, fragt sie. Sie weicht einen Schritt zurück.
»Warm«, sage ich. »Es ist wahrscheinlich nichts.« Die Sekretärin zieht ihr Sandwich näher zu sich.
»Ich meine, es wird schon nichts Ansteckendes sein«, sage ich. »Nicht die Vogelgrippe. Oder H1N1 oder Ebola oder irgendeine Pandemie oder so. Mir ist nur warm. Und schwindelig. Und mir ist auf einmal so ...«

»Auf einmal so was?«

»Komisch«, sage ich. »Mir ist komisch. Es ist bestimmt nichts weiter.«

Ich berühre meinen Hals.

»Und mein Hals fühlt sich komisch an«, sage ich.

»Willst du dich hinsetzen?«, fragt sie. »Da drüben?« Sie zeigt auf ein paar Stühle auf der anderen Seite des Raums.

Ich huste, nur ein *Ähem.* Ein leichtes *Ähem, Ähem.* Dann ein bisschen fester. *Häck.* Ich lege richtig los, *häck-häck-häck.* Ich lasse mein Gesicht rot werden, reiße die Augen auf. Lasse Tränen kommen. Ich beuge mich vor und lege einen beeindruckenden Hustenanfall hin.

»Es ist, *hust*, bestimmt, *hust*, nicht, *hust*, ansteckend, *hust*«, sage ich.

»Okay, geh nach Hause. Verschwinde. Raus«, sagt die Sekretärin. Sie wirft den Rest ihres Sandwichs in den Müll.

»Zieh Leine«, sagt sie. »Verlass das Gebäude.«

»Also, vielleicht ruhe ich mich einfach in der nächsten Stunde aus«, sage ich. »Gesundheitskurs. Ich werde einfach, na ja. Mich in der Bibliothek erholen. Dann geht es mir bestimmt wieder gut.«

Funkstille von Tyrone, es sieht ganz so aus, als ob ich gezwungen bin, auch Teil zwei unseres Projekts allein durchzuziehen. Was natürlich bedeutet, dass Amber mir helfen muss. So war es zumindest vor Gary. Außerdem helfe ich ihr mit den Kostümen für ihr Projekt, deshalb finde ich, sie schuldet mir einen Gefallen.

»Amber, was machst du morgen Abend?«

»Ich gehe zu Garys Basketballspiel.«

»Ich muss nämlich morgen Abend meine Expertin interviewen …«

»Auf keinen Fall, Flan. Vergiss es.«

»Es dauert bestimmt nicht lange. Wenn das Spiel anfängt, kannst du auf der Tribüne sitzen und Gary anfeuern.«

»Oh, vielen Dank. Danke, Flannery. Uff, ich hatte schon Angst, du würdest es nicht erlauben.«

»Du kannst winken und ihm Kusshände zuwerfen oder was auch immer.«

»Ich werfe keine Kusshände, Flannery.«

»Und wenn das Spiel angefangen hat, schleichst du dich raus.«

»Gary würde mich umbringen.«

»Gary wird nicht mal mitkriegen, dass du eine Weile weg warst. Du kommst zurück, bevor das Spiel vorbei ist, und schwingst deine Pompons oder was auch immer.«

So kommt es, dass Amber und ich heute Abend mit einer Wicca-Hellseherin verabredet sind.

Die Wicca war Mirandas Idee. Sie meinte, ein Liebestrank falle unter die Geschäftsidee »okkulte Dienstleistungen« und wir bräuchten eine Person, die darin versiert ist, magische Energien zu nutzen.

»Eine Wicca«, sage ich.

»Eine was?«

»Eine Praktizierende der Wicca, Amber.«

»Der was, Flan?«

»Einer Art Hexenbewegung mit feministischen Tendenzen, Amber.«

»Oh, ein Glück«, sagt sie. »Ich dachte schon, sie würde zu den normalen Hexen gehören, die sich dem Patriarchat beugen.«

»Gleiche Macht für Göttinnen und Götter.«

»Super.«

Das war es *wirklich.* Ich hatte eine Tonne Nachforschungen angestellt und die Auswahl praktizierender Wicca in der Stadt – die überraschend groß war! – auf zwei reduziert.

Eine, die vielversprechend klang, wohnt in der Nähe des Einkaufszentrums, die Sagenhafte Gloria, aber letztlich habe ich mich für eine Dame namens Ms Rideout entschieden. Ms Rideout ist laut ihrer Website auch Anwältin mit Spezialisierung auf Körperverletzung, und sie scheint ein ziemlich harter Knochen zu sein.

Ms Rideout ist insbesondere darauf spezialisiert, so steht es auf ihrer Website, Schmerzensgeld für Leute zu erstreiten, die bei Autounfällen verletzt worden oder ausgerutscht oder gestürzt sind oder sich auf andere Weise auf vereisten Flächen oder rissigen Bürgersteigen oder schlecht ge-

kennzeichneten oder ungeschützten Baustellen verletzt haben.
Den Ausschlag aber gab, dass Ms Rideout nur zehn Minuten von der Schule entfernt wohnt.
Das müsste Amber locker vor Ende des Spiels schaffen. Vor allem, wenn wir die Abkürzung durch die Water Street nehmen.
Ich stehe also am kältesten Oktoberabend der Geschichte an der Hintertür der Turnhalle, Hunderte Zigarettenkippen zu meinen Füßen. Von drinnen höre ich die gedämpften Anfeuerungsrufe der Zuschauer. Das Aufprallen des Basketballs klingt wie der Herzschlag eines Ogers. Ein Oger mit Herzrhythmusstörungen. Die Füße der Jungen hämmern über den Boden und jagen den Ball.
Amber meinte, ich könnte nicht drinnen warten. Wenn Gary sie mit mir sähe, würde er wissen, dass etwas im Busch ist. Gary hat offensichtlich beschlossen, dass er es nicht mag, wenn Amber mit mir abhängt.
Gerade als ich denke, dass sie nicht mehr kommt, öffnet sich die Tür, und da ist sie, einen halben Hotdog im Mund, redet, kaut und kleckert mit Senf. Sie läuft an mir vorbei auf die Bonaventure Avenue.
»Los, beeil dich, Flannery«, sagt sie.
»Warum hast du so lange gebraucht?«
»Gary hat ein Foul bekommen und musste auf die Bank, und er hat die ganze Zeit zu mir rübergeschaut, deshalb

konnte ich nicht weg. Ich konnte dir nicht mal eine SMS schreiben, weil er mich sonst hinterher gefragt hätte, wem ich geschrieben habe. Außerdem hast du ja gar kein Handy. Also jedenfalls, er hat einem Typen von der anderen Mannschaft ein Bein gestellt. Also, natürlich nicht absichtlich – sein Fuß ist dem Typen aus Versehen in die Quere gekommen. Aber der Schiedsrichter ist so voreingenommen, weil Gary so ein guter Spieler ist und alle Körbe macht.«

In dem Augenblick spüre ich eine Schneeflocke auf der Wange. Ich schaue hoch, und Schnee schwebt vom Himmel.

»Hey, der erste Schnee des Jahres«, sage ich. Keine Reaktion. Ich kann kaum mit ihr Schritt halten. Vielleicht gewinne ich ihr Interesse, wenn ich sage, dass die Schneeflocken wie Garys großes weißes Puddinggesicht aussehen. Aber das bringt mich auf eine bessere Idee.

»Große fluffige Flocken, wie Entenkükendaunen«, sage ich.

Letztes Jahr sollten wir einmal in Englisch hundert Vergleiche und Metaphern zum Winter finden. Wir machten auf dem Heimweg einen Wettbewerb daraus, wem die meisten einfielen. Das Entenküken war Ambers Idee.

Und es funktioniert – zumindest ein bisschen. Amber sagt nichts, aber sie läuft etwas langsamer und schenkt mir ein kleines schiefes Lächeln. Das nehme ich als Ermunterung.

»Wir stapfen durchs Laub wie die Fellhändler von einst«, deklamiere ich, »nur *sans* Kanu.«

Amber liebt es, wenn ich Französisch spreche.

»Das ist die Art Kälte, bei der die Armhaare strammstehen wie eine Armee, wenn der Kommandant *Achtung* ruft«, sage ich.

Gerade als ich *Achtung* sage, braust ein Laster an uns vorbei. Ich sehe die orangefarbenen Würfel am Rückspiegel hüpfen, das Hinterrad des Lasters fährt durch eine kalte Pfütze, und Ambers Turnschuhe bekommen einen Schwall Wasser ab.

Sie atmet scharf ein und schließt die Augen, als wäre sie geschlagen worden.

Ich mache mich auf ihren Zorn gefasst. Was wird Gary sagen, wenn er sieht, dass ihre Schuhe völlig durchnässt sind? Er wird merken, dass sie die Turnhalle verlassen hat! Doch auf wundersame Weise kommt Ambers Grinsen zum Vorschein. Von einem verdammten Ohr bis zum anderen.

»Meine Turnschuhe sind so nass, dass ich aus jedem Schuh den halben Atlantik wringen könnte«, sagt sie.

»So nass wie kernlose Wassermelonen«, sage ich.

»Und meine Füße sind kalt. Meine Füße sind zwei Tiegel Vanilleeis, so fest gefroren, dass der Löffel sich biegt«, sagt Amber. »Warte, wo sind wir?«

»Abkürzung«, erwidere ich. »Komm schon.« Aber Amber bleibt so abrupt stehen, dass ich gegen sie pralle.

»Das ist die Bar, von der ich dir erzählt habe«, sagt sie. »*Wild Irish Rose.* Ich habe doch gesagt, dass ich nicht mit zu deinem blöden Interview kommen will, Flannery. Schau mal. Das ist die Bar.«

»Komm jetzt, Amber«, sage ich wieder. »Lass uns hier verschwinden.«

Aber sie bleibt stehen, die Hände in den Taschen vergraben, legt den Kopf zurück und blickt zum Himmel empor.

»Da kommt echt was runter«, sagt sie.

»Die Flocken sind so groß und zerfleddert wie meine Prüfungsnotizen zu *Ein Sommernachtstraum*, die ich am ersten Tag der Weihnachtsferien zerrissen und in die Luft geworfen habe«, sage ich. Sie ignoriert mich.

»Oder, warte mal, Ballerinen, die Gras geraucht haben«, versuche ich es wieder. »Ballerinen mit weißen Tüllröckchen und spitzen kleinen Schläppchen mit Strasssteinen auf den Zehen, die sich kaputt kichern und nach der Ballettschule ihren eigenen *Schwanensee* tanzen.«

»Flannery, hör bitte auf«, sagt Amber. »Hör einfach auf, ja?« Sie starrt das *Wild Irish Rose* an.

In dem Augenblick kommt ein sehr betrunkener Mann in einer Lederjacke aus der Bar gestolpert. Er nimmt eine Wollmütze aus der Tasche, zieht sie über den Kopf und geht die Straße entlang zu einem Schnellimbiss.

»Jetzt ist es beinahe komisch«, sagt sie. »Damals war es alles andere als komisch.«

Ich weiß genau, an welche Geschichte Amber denkt. Sie hat mir das erste Mal davon erzählt, als wir beide zwölf waren und ich an einem der Weihnachtsfeiertage bei ihr übernachtete.
Sie denkt an ein anderes Weihnachtsfest, als sie erst acht war. Amber hörte auf ihrem iPod *Eine Weihnachtsgeschichte*, auf dem Rücksitz im Auto ihrer Mutter. Das zufällig genau hier parkte.
Sie kam gerade zu dem Teil über den Geist der zukünftigen Weihnacht, als ein torkelnder Mann mit Schnurrbart und feuchten, bläulichen Lippen auf dem Bürgersteig stolperte und die Hände gegen das Autofenster schlug. Er hatte sich wahrscheinlich nur am Fenster abstützen wollen, um nicht aufs Gesicht zu fallen, aber dann versuchte er, in das dunkle Auto zu spähen, als wollte er sehen, ob es nicht etwas zu stehlen gab. Seine Haut hatte die Farbe von Erbsensuppe.
Sie schrie, und er schrie auch und wich zurück in die Dunkelheit.
Er muss wegen des vereisten Bodens ausgerutscht sein oder einfach wegen des Schreckens, den ihr kleines blasses Gesicht und ihre großen blauen entsetzten Augen im Dunkel des Autos ihm eingejagt hatten. Er ruderte mit den Armen, verlor das Gleichgewicht und landete mit dem Hintern voran in einer Schneewehe.
Sobald er sich aufgerappelt hatte, stolperte er wieder an ihr Fenster. Vielleicht wollte er sie nur beruhigen. Aber Amber

hatte solche Angst, dass sie sich kaum rühren konnte. Sie merkte, dass die andere hintere Tür nicht verriegelt war und er hinüberging, um den Wagen zu öffnen. In der allerletzten Millisekunde warf sie sich über den Sitz und drückte den Riegel, gerade als er versuchte, den Griff zu betätigen.

Das Auto zu verriegeln, war vermutlich genau das Falsche gewesen, erkannte sie, weil der Kerl fuchsteufelswild wurde. Als hätte er nicht gerade versucht, zu sehen, ob es im Wagen ihrer Mutter etwas zu stehlen gab. Er war stockbesoffen. Er wusste nicht, was er tat. Aber er erkannte Amber und fing an zu toben.

»Deine Mutter hält sich für was Besonderes. Sie glaubt, sie ist besser als wir anderen. Ich will dir mal was sagen, Kleine, an Cindy Mackey ist rein gar nichts besonders. Sie ist so gewöhnlich wie Dreck.«

Diesen Vergleich wird Amber wohl nie vergessen.

In dem Augenblick kam Ambers Mom aus der Bar. Sie schwenkte ihre Handtasche. Sie schlug ihm auf den Rücken und die Schultern und den Kopf, und die achtjährige Amber auf dem Rücksitz sah zu und war davon überzeugt, dass ihre Mutter und dieser Fremde sich gegenseitig umbringen würden.

»Das Auto stand neben diesem Kübel«, sagt sie jetzt. Sie zeigt auf einen Betonkübel, in dem ein einsames dürres Bäumchen steht, nicht dicker als mein Handgelenk, mit einem einzigen welken Blatt, das von frisch gefallenem

Schnee bedeckt ist. Das Blatt klammert sich an den Baum wie ein ängstliches Kind.
Wie ein Kind, das nach der Alkoholeskapade seiner Mutter von einem Sozialarbeiter aus dem Unterricht geholt und über seine Mutter befragt wird. *Wie viel trinkt deine Mutter, du kannst es mir sagen, was ist mit deinem Vater, machst du manchmal ins Bett, hast du Albträume, ich bin hier, um dir zu helfen, hat dich schon mal jemand geschlagen oder dir weh getan, streiten deine Mutter und dein Vater viel, und zeig mir mal deine Fingernägel, und bist du schon mal allein gelassen worden, und was isst du zum Frühstück, und die Lehrerin sagt, dass du im Unterricht immer sehr müde bist. Schläfst du nachts? Um welche Uhrzeit gehst du ins Bett?*
Die Polizei hielt Ambers Mom an diesem Abend einen Block von ihrem Haus entfernt an. Amber musste zusehen, wie ihre Mutter aus ihrem Wagen aus- und in das Polizeiauto einstieg, und sie dachte wirklich, sie würde sie nie wieder sehen.
Als Amber nach Hause kam, stellte sich heraus, dass Sean seine legendären Fleischklopse mit Orangen und braunem Zucker gemacht hatte, in deren Genuss ich schon mehrmals gekommen bin, und ich kann nur sagen, sie sind ekelhaft, aber er hat das Rezept aus einer kanadischen Kochzeitschrift und ist so stolz darauf, dass er es ständig macht, und niemand hat ihm je gesagt, wie widerlich es ist.

»Dads Gesicht, als ich mit den Polizisten ankam«, sagt Amber jetzt. »Er sagte immer wieder: ›Es gibt Fleischklopse, Amber. Deck schon mal den Tisch.‹ Und er rannte hin und her mit der blöden Schürze und brachte mir meinen Fleischklops und rannte zur Verandatür, um zu gucken, ob die Bullen Mom ins Gefängnis brachten, und zurück in die Küche, um mir Ketchup zu holen.«

Ich überlege kurz, ob ich ein paar Metaphern für diesen Fleischklops liefern soll, aber dann beschließe ich, dass ich besser den Mund halte.

»Hast du je gesehen, wie deine Mutter zusammengebrochen ist, Flannery?«, fragt Amber. »Wenn du acht bist, denkst du, sie ist tot. Sie ist einfach so auf dem Flur zusammengeklappt. Man sah nur das Weiße in ihren Augen. Und sie stank genau nach dieser Bar da drüben. Sie stank danach, dass sie alle im Stich gelassen hatte.«

»Deine Mom ist schon ewig trocken«, sage ich leise.

»Sechs Monate«, sagt sie. »Morgen sechs Monate und zwei Tage.«

»Vielleicht wird uns diese hellsehende Wicca-Anwältin eine strahlende Zukunft voraussagen, Am«, sage ich. Ich nehme ihre Hand und ziehe sie vom *Wild Irish Rose* weg.

»Guck mal, die Flocken werden jetzt leichter«, sage ich. »Jetzt ist jede Flocke wie ein Blättchen kompostierbares Klopapier, jedes auf seine eigene einmalige Weise verkrumpelt.«

»Oder sie sind einfach wie Schneeflocken«, sagt Amber. »Sie sind genau wie Schneeflocken, die bei jedem vorbeifahrenden Auto aufwirbeln, wie Schneeflocken, wenn ein Auto vorbeifährt, und sonst nichts.«

14

»Wenn die Leute erst merken, wie begabt Gary ist«, sagt Amber. »Ich würde mir ein bisschen wünschen, dass er mehr Zeit mit mir verbringen könnte, aber er muss die ganze Zeit mit seiner Band proben. Er schreibt noch einen Song für mich. Darüber, wie wir zusammengekommen sind. Er ist echt romantisch.«

Sie singt mir ein paar Zeilen vor. Anscheinend versucht Gary, *Amber* und *November* zu reimen, und ihre Liebe ist so *echt*, und Gary fordert sein *Recht*.

»Sein Recht?«

»Na ja, sein Recht auf mich als seine wahre Liebe. Sein Herz würde brechen, also fordert er sein Recht.«

»Was bist du, eine Goldmine?«

»Nimm es doch nicht so wörtlich, Flan. Es klingt echt gut mit der Musik dazu«, sagt sie. »Aber es fehlt mir, wie es früher war, als er mich jeden Tag gefragt hat, ob ich zu ihm komme.«

Sie bleibt einen Moment stehen, um Google Maps auf ihrem Handy zu konsultieren, und eine Sekunde lang sehen wir uns in die Augen.

»Vielleicht kaufe ich dir ja einen deiner Liebestränke ab«, sagt sie. Sie grinst ironisch, als sie es sagt, aber ich glaube nicht, dass sie gerade einen Tropfen Ironie im Leib hat.

Ihr Grinsen ist schief. *Wag es nicht, dich über mich lustig zu machen*, sagt Ambers Grinsen. *Ich weiß Bescheid. Ich hab was von der Welt gesehen.*

Das ist das Grinsen.

Es ist, als ob sie niemandem zeigen darf, wie aufrichtig sie ist, weil keiner von Garys Freunden Aufrichtigkeit leiden kann. Sie sind Anhäufungen aus Lipgloss und Plateauschuhen und mögen oberflächlichen, albernen Tratsch, und in letzter Zeit gab es Gerüchte über Koks und Ecstasy.

Und dann kommt die hoffnungslos gesunde Amber, eine Anhäufung aus Schultern, geschwollenen Augen und ihren ewig nassen hellblonden Haaren, die an den Spitzen grün sind vom Chlor, das schiefe Grinsen einsatzbereit, wann immer ihr wahres Ich hindurchscheint.

»Vielleicht solltest du diese Hexe oder Wicca oder wie auch immer du sie nennst dazu bringen, deine Tränke zu verzaubern«, sagt sie. Sie grinst immer noch, aber ihre Augen leuchten. Was, wenn es wirklich funktionieren würde?

»Es ist ein Witz, Am«, sage ich. »Das ist doch der Clou bei unserem Projekt. Es kommt nur auf die Verpackung an.«

»Ich weiß, das hast du schon gesagt«, sagt sie. »Wie Nebel in Dosen.«

»Oder Haustiersteine.«

»Oder Stimmungsringe«, sagt sie.

»He, was soll denn das heißen?«, rufe ich. »Stimmungsringe funktionieren wirklich!« Ich stoße ihr mit dem Ellbogen in die Rippen.

»Hier wohnt die Wicca«, sagt sie. Wir stehen vor einer langen Kieseinfahrt, die sich zu einem gigantischen, dreistöckigen Haus mit Erkern und Ausguck hinaufwindet.

Amber öffnet das schmiedeeiserne Tor, und es knirscht in den Angeln. Aus den riesigen Fenstern fallen große Lichtvierecke auf den weißen Rasen.

Der gepflasterte Gehweg, der zur Tür führt, ist so sauber, als hätte jemand die Ritzen zwischen den Steinen mit einer Zahnbürste gereinigt. Er ist mit kleinen Salzkristallen gesprenkelt, die im Licht der Straßenlaterne glitzern.

Wir drücken auf die Klingel und hören drinnen ein tiefes melodisches *Gong*. Die Tür springt auf, und da ist Ms Rideout.

»Schhhh«, flüstert sie. »Das Baby ist gerade erst eingeschlafen.«

Wir treten ein, ich nenne unsere Namen, und wir schütteln ihr die Hand und ziehen unsere Stiefel aus. Ich trete in eine Pfütze Eiswasser von Ambers Schuh, und meine Socke wird klatschnass.

Ms Rideout trägt eine blütenweiße Bluse und einen schwarzen Bleistiftrock. Schwarzer Blazer, hochhackige Schuhe. Um den Hals eine goldene Kette mit einem zierlichen goldenen Anhänger, einem fünfzackigen Stern in einem diamantenbesetzten Kreis. Ihre Haare sind geglättet und mit Haarspray fixiert, so dass sie wie an einem Stück an ihr hinunterhängen. Ihre Feinstrumpfhose knistert, als sie ein Katzenspielzeug beiseitekickt, einen kleinen Spatz aus Stoff.

»Passt Ihnen unser Termin immer noch, Ms Rideout?«, frage ich.

»Sehr gut, meine Liebe«, sagt Ms Rideout. »Ich habe nichts gegen ein bisschen Gesellschaft. Im Gegenteil. Ein Schulprojekt. Ich helfe gerne, wenn ich kann.«

Sie führt uns über den großzügigen Flur ins Wohnzimmer, wo ein Feuer im Kamin prasselt und Schatten über die Wände tanzen lässt. Auf dem Sofatisch steht ein halbleeres Weißweinglas, das Ms Rideout im Vorübergehen aufnimmt. Über dem Kamin hängt ein Ölgemälde von einer nackten Frau auf einer roten Chaiselongue. Ich befürchte stark, dass es ein Bild von Ms Rideout ist. Die Frau hält einen menschlichen Schädel in der Hand und sieht aus, als würde sie mit ihm reden. Die Augenhöhlen des Schädels starren leer in den Raum.

»Hier entlang, Mädels«, sagt Ms Rideout. Wir huschen mit eingezogenen Köpfen an dem Gemälde vorbei in das dunkle Esszimmer. Zwei glühende grüne Kohlen blitzen in der Dunkelheit. Amber packt meinen Arm.

»Da ist was«, quietscht sie.

»Wo?«, fragt Ms Rideout.

»Da«, sagt Amber, »irgendein Viech. Ich hab es gesehen.«

Ms Rideout knipst das Licht an. Es ist eine schwarze Katze. Eine große fette schwarze Katze auf der Lehne eines Sessels.

»Oh, das ist nur Merlin«, sagt Ms Rideout.

»Was für ein süßes Kätzchen«, sagt Amber.

»Schau ihm nicht in die Augen«, sagt Ms Rideout. »Sonst springt er dir auf den Rücken. Wenn man ihm in die Augen schaut, glaubt er, man will mit ihm spielen. Ich habe ihn aus dem Tierheim. Er hat fast sein ganzes junges Leben auf der Straße verbracht, könnt ihr euch das vorstellen? Natürlich hat er Bindungsprobleme.«

Amber und ich gehen an der Anrichte vorbei, die Rücken zur Wand und die Augen zu Boden gerichtet.

»Setzt euch doch«, sagt Ms Rideout. »Es hatte nicht zufällig eine von euch kürzlich einen Unfall? Auf dem Weg aus einem Geschäft auf dem Eis ausgerutscht? Etwas in der Art?«

Amber und ich verneinen.

»Okay«, sagt Ms Rideout. »Nur zur Sicherheit.«

Ich habe das Aufnahmegerät aus dem Rucksack geholt und auf den Tisch gestellt.

»Kann ich euch etwas anbieten? Tee? Limo?«

»Nein, danke«, sage ich. Ms Rideout setzt sich ans Kopfende des Tischs und schenkt sich noch ein Glas Wein ein. In der Ecke steht ein Polstersessel mit cremefarbenem Satinbezug. Die Katze springt auf den Sessel und wetzt die Krallen am Stoff. Erst eine Kralle, dann die andere. Dabei zieht sie jedes Mal kleine Fadenschlingen aus dem Stoff.

Ms Rideout nimmt ihr Glas, schwenkt den Wein, stürzt ihn hinunter und schenkt nach.

Ich schalte das Aufnahmegerät ein.

»Zuerst möchten wir Ihnen ganz herzlich für Ihre Zeit danken, Ms Rideout. Wir müssen für unser Schulprojekt einen erfolgreichen Unternehmer zu Marketing- und Verkaufsstrategien befragen.«

Ms Rideout hickst.

»Was ist mit euren Eltern?«, fragt sie.

»Bitte?«, fragt Amber.

»Haben die in letzter Zeit einen Unfall gehabt? Einen Elch angefahren? Lebensmittelvergiftung? Ich kann sogar mit einem verstauchten Knöchel arbeiten, wenn es sein muss. Eine Schönheitsoperation, die schiefgegangen ist? Stress bei der Arbeit?«

»Nichts dergleichen«, sagt Amber.

»Schhhh«, flüstert Ms Rideout. Sie zeigt zur Decke. »Denkt an das Baby.«

Dann nimmt sie einen kleinen Fisher-Price-Lautsprecher aus

einer Holzschale voller warziger Kürbisse. Sie schaltet den Lautsprecher ein und dreht die Lautstärke hoch.

Raschelnd ist schweres Atmen zu hören. Es klingt wie Darth Vader – Darth Vader in einer finsteren Grotte mit Nebenhöhlenentzündung.

»Ist das Ihr Baby?«, fragt Amber.

»Ich nehme es an«, sagt Ms Rideout und wirkt aufrichtig überrascht. Sie lehnt den Lautsprecher an einen dunkelgrünen Flaschenkürbis. Sie stützt die Ellbogen auf den Tisch, legt die Wangen auf die Handballen und starrt den kleinen Lautsprecher an.

Amber wirft einen Blick auf die fast leere Weinflasche und zieht die Augenbrauen hoch.

»Die Kleine ist drei Monate alt, und ich habe sie noch nie schlafen gehört«, sagt Ms Rideout. »Sonst brüllt sie sich immer die Seele aus dem Leib. Aber hört euch das an. Ist das nicht schön?«

»Was?«, fragt Amber.

»Das Geräusch eines schlafenden Babys.«

Kaum hat sie das gesagt, fängt das Baby an zu schreien. Es ist ein anschwellendes Heulen, das den ganzen Raum erfüllt.

»Sie ist wach«, sagt Amber. Ms Rideout nimmt den Lautsprecher und stellt ihn aus. Im Zimmer ist es wieder totenstill.

Ms Rideout legt den Lautsprecher in die Schale zurück und

stapelt Kürbisse darauf. Einer fällt herunter, und sie balanciert ihn vorsichtig auf den anderen. Er wackelt noch etwas, und sie rückt ihn zurecht, bis er still liegt. Der Lautsprecher ist unter einer Zierkürbispyramide begraben. Ms Rideout trinkt den Wein in ihrem Glas aus, schenkt sich nach und leert dabei die Flasche.

»Man muss sie ein bisschen schreien lassen«, sagt sie. »Sonst verwöhnt man sie zu sehr. Also, ihr seid zum Wahrsagen hier?«

»Äh, eigentlich nicht«, sage ich. »Wir sind wegen Marketing- und Verkaufstipps hier.«

Aber Ms Rideout nimmt bereits ihren Schmuck ab. Ihre Goldringe, ihre Perlenohrringe, die goldene Halskette mit dem kleinen Pentagramm. Sie legt alles auf ein Häufchen neben sich auf den Mahagonitisch.

»Ich kann Dinge vorhersehen, seit ich klein bin«, sagt sie. Sie schließt die Augen und reibt sich die Schläfen.

Amber und ich sehen uns an. Ich muss zugeben, dass sie mich ziemlich in Versuchung führt. Wenn es eine Person gibt, die ein bisschen okkulten Beistand gebrauchen könnte, um sich über ihr künftiges Liebesleben Klarheit zu verschaffen, insbesondere in Bezug auf einen gewissen braunäugigen Jungen, dann ich. Aber ich weiß, dass Garys Spiel in weniger als einer Stunde vorbei ist.

»Wir würden uns über Ihren beruflichen Rat freuen«, sage ich. »Es geht nur um ein Interview.«

Ich fühle, wie die Katze sich fest an mein Bein drückt und durch die Streben meines Stuhls gleitet. Sie stupst ihre Stirn gegen mein Schienbein, und ich nehme sie sanft auf den Fuß und schiebe sie vorsichtig weg. Sie maunzt. Dann zieht sie ab und springt auf die Anrichte, wobei sie anmutig über die Gegenstände auf einem silbernen Teetablett stolziert, auf der anderen Seite hinunterspringt und im Schatten verschwindet.

»Es geht um Werbung«, sage ich. »Für einen Liebestrank.«

»Ein Liebestrank«, wiederholt Ms Rideout. »Das ist ein sehr gefährliches Gebiet.«

»Es ist nur ein Witz«, sagen Amber und ich gleichzeitig.

Ms Rideout setzt sich aufrecht hin und wirkt plötzlich sehr nüchtern.

»Am Anfang vielleicht«, sagt sie. »Aber die Kraft der Suggestion ist eine sonderbare Sache. Die Leute hören von eurem Liebestrank und wollen, dass er wirkt. Wie einsam Menschen sein können, manchmal ein Leben lang. Sie wollen doch nur, dass jemand ihren Wert erkennt.«

Ms Rideout greift wieder in die Kürbisschale, kramt den Lautsprecher heraus und schaltet ihn ein. Das Baby kreischt immer noch, und sie stellt ihn wieder aus.

»So ziemlich jeder glaubt an irgendeine Form der Magie«, sagt sie. »Man wirft etwas Salz über die Schulter. Man geht nicht unter Leitern durch. Erzählt ihnen, dass euer Trank den Nektar irgendeiner exotischen Pflanze enthält oder einen anderen Unsinn in der Art, und sie glauben, dass es wirklich funktioniert. Aber was, wenn ein Paar durch euren Trank zusammenkommt, das gar nicht zusammenpasst? Das ist ein Spiel mit dem Schicksal.«

»Ich glaube, ich würde mir doch gerne meine Zukunft vorhersagen lassen«, sagt Amber.

»Aber Amber, wir haben keine Zeit, schon vergessen?«, wende ich ein. Keine Ahnung, warum, aber ich will hier raus.

Amber ignoriert mich.

»Ich würde mir wirklich gern die Zukunft vorhersagen lassen, Ms Rideout, wenn Sie nichts dagegen haben«, sagt Amber. Sie greift in ihren Rucksack und holt einen Zwanzig-Dollar-Schein heraus. Ms Rideout findet eine Streichholzschachtel, zündet eine dicke Kerze an und stellt sie auf den Tisch.

»Wenn ihr mir bitte die Hände reichen würdet«, sagt Ms Rideout.

Und da sitzen wir drei und halten Händchen.

Ich muss mich etwas strecken, um Ambers Hand zu halten, weil sie auf der anderen Seite des Tischs sitzt. Mehrere Minuten vergehen. Irgendwo tickt eine Uhr. Ich versuche, Ambers Blick aufzufangen, aber ihre Augen sind geschlossen. Ms Rideouts Augen ebenfalls. Wir warten so lange, dass ich mich schon frage, ob Ms Rideout eingeschlafen ist. Ich drücke Ambers Hand, aber sie reagiert nicht.

»Okay«, sagt Ms Rideout. Sie lässt unsere Hände los und pustet die Kerze aus.

»Was?«, fragt Amber. »Haben Sie nichts gesehen?«

»Nicht viel«, sagt Ms Rideout. »Behalt deine zwanzig Dollar. Manchmal sehe ich was, manchmal nicht.«

»Aber haben Sie etwas gesehen?«

»Viel Glück bei eurem Schulprojekt, Mädels. Ich würde mich von Liebestränken fernhalten. Die Sache könnte euch über den Kopf wachsen.«

»Was haben Sie gesehen?«, fragt Amber.

»Will deine Freundin es hören?«, fragt Ms Rideout mich.

»Nein«, sage ich. »Amber, du musst zurück zum Spiel.« Ich packe das Aufnahmegerät ein.

»Sagen Sie es mir«, sagt Amber. »Was haben Sie gesehen?«

»Ich habe einen Mann gesehen«, sagt Ms Rideout. »Einen jungen Mann.«

»Das ist Gary«, sagt Amber. Und schon erstrahlt ihr Tausendwattlächeln.

»Er trug einen Mantel aus Finsternis«, sagt Ms Rideout.

Amber wird erst weiß, dann rot. Sie packt ihren Rucksack. Das Lächeln ist verschwunden.

»Das war's?«, fragt Amber. »Einen ›Mantel aus Finsternis‹? Was soll das denn heißen?« Ihr Ton ist unglaublich unhöflich. So habe ich sie noch nie mit einem Erwachsenen reden gehört.

Ich danke Ms Rideout für ihre Hilfe, aber ich muss an den Herzschlag des Basketballs denken, der sich hämmernd der Turnhallentür näherte, während ich draußen in der Kälte warten musste, weil Gary nicht will, dass Amber sich mit mir trifft, und wie distanziert Amber in den letzten Monaten geworden ist, dass sie nie auf meine Nachrichten antwortet, und dass ich letzte Woche gesehen habe, wie Gary bei den Schließfächern mit Mercy Hanrahan geflirtet hat.

Er hatte einen Arm ausgestreckt und gegen ein Fach gestützt, Mercy hatte gerade ihre Bücher rausgeholt, und er beugte sich über sie, sie blickte zu ihm auf und legte ihm die Hand auf die Brust, als wollte sie ihn wegschubsen, aber sie schubste nicht wirklich. Ich habe ihm einen angewiderten Blick zugeworfen, und er hat den Blick erwidert, als wollte er mich davor warnen, etwas zu tun.

Ich habe Amber nichts davon erzählt. Das ist das erste Mal, dass ich etwas vor Amber geheim halte, und mir wird schlecht, wenn ich daran denke, aber ich weiß auch, dass ich es ihr nicht sagen kann. Ich habe Angst, dass sie mich eine Lügnerin nennt.

Außerdem gibt es so einen Typen mit tätowiertem Hals, der immer in seinem uralten Sunbird auf dem Parkplatz hinter der Schule abhängt, von dem alle sagen, dass er mit Koks dealt, und ich habe gesehen, wie Gary sich zu ihm ins Auto gebeugt und mit ihm unterhalten hat. Und Mercy Hanrahan sitzt oft bei dem Typen im Wagen, die Turnschuhe auf dem Armaturenbrett, und bläst Rauch gegen die Windschutzscheibe.

Ich spüre, wie sich meine Armhaare aufrichten, und bekomme Gänsehaut. Ich stehe abrupt auf, und mein Stuhl kippt um.

In dem Augenblick springt ein fauchendes Knäuel vom Bücherregal auf meinen Nacken. Ich packe den Kater und werfe ihn ab. Er landet auf allen vieren und stolziert davon, sichtlich gekränkt, dass er sich mit einem niederen Geschöpf wie mir anlegen musste. Gott sei Dank hatte ich schon meinen Mantel an.

»O du lieber Himmel«, sagt Ms Rideout. »Du musst es dem armen Merlin verzeihen. So, Mädels, ich muss mich jetzt um mein Baby kümmern. Seid so gut und begleitet euch selbst hinaus.«

Amber ist schon auf der Veranda, zieht heftig an ihren Schnürsenkeln und bindet sie zu. Ich stehe hinter ihr, aber Ms Rideout berührt mich am Ellbogen.

»Pass gut auf deine Freundin auf«, raunt sie.

Draußen stapft Amber durch den fallenden Schnee, und ich muss fast rennen, um mit ihr Schritt zu halten. Sie hält den Kopf gesenkt und hat die Fäuste tief in den Jackentaschen vergraben.

»Amber, warte«, rufe ich ihr nach. Sie stapft weiter.

»Warte!«, rufe ich wieder.

»Warum sollte ich?«, ruft sie über die Schulter. »Worauf soll ich warten?«
»Hey«, sage ich, »warum bist du so sauer? *Du* wolltest doch, dass sie dir die Zukunft vorhersagt!« Amber wirbelt herum und funkelt mich an.
»Weil du ihr glaubst«, sagt sie.
»Amber, komm schon! Die Frau war betrunken. Und vermutlich hat sie Schlafmangel wegen ihres Babys. Das ist doch nur ein Trick. Man kann die Zukunft nicht voraussagen.«
»Klar. Trotzdem glaubst du ihr! Sie wusste, dass du auf ihrer Seite bist. Deshalb hat sie dich ja auch gefragt, ob ich es hören will. Ich war dabei, Flannery.«
»Amber, das ist verrückt.«
»Dann sag es mir, Flannery. Sag mir, dass du Gary nicht für einen schlechten Menschen hältst.« Ihre Stimme ist herausfordernd, aber in ihren Augen liegt echtes Flehen.
»Ich glaube nicht, dass er ›einen Mantel aus Finsternis trägt‹ oder irgend so was«, sage ich. »Das ist ja wohl ein totales Klischee. Was soll das überhaupt heißen?«
»Sag es«, wiederholt sie. »Sag mir, dass du nicht glaubst, was diese Hexe gesagt hat. Dass du nicht glaubst, dass er schlecht für mich ist.«
Wir sehen uns einen Moment lang in die Augen, und dieser Moment fühlt sich an wie ein Jahr, länger noch, so lange, wie wir uns kennen, »von Kindesbeinen an«, und noch länger als das.

Schließlich sage ich: »Ich glaube, dass du ihm nicht vertrauen solltest, Amber. Das ist alles. Aber ich glaube es wirklich.«

Einen Augenblick lang denke ich, dass sie vor mir zusammenbricht und Gary der Vergangenheit angehört. Ich denke, dass alles zwischen uns wieder so wird, wie es war.

Aber dann kommt das Grinsen.

»Weißt du, Flannery, wir haben darüber gesprochen, wie naiv du sein kannst«, sagt sie. »Ehrlich, findest du es nicht ein bisschen viel, die ganze Arbeit an deinen blöden Zaubertränken allein zu machen. Ich meine, wo zum Kuckuck ist Tyrone?«

Schon wieder *wir.*

Sie macht weiter. »Du willst so verzweifelt seine Aufmerksamkeit, dass du sogar bereit bist, seine Hausaufgaben zu machen. Du bist bereit, dich lächerlich zu machen und ihm hinterherzurennen. Du weißt schon, was die Leute sagen, oder?«

»Nein, weiß ich nicht, Amber. Warum klärst du mich nicht auf?«

»Sie sagen, dass du Liebestränke machen willst, weil du selbst einen für Tyrone brauchst.« Sie lacht.

»Also dann«, sagt sie. »Viel Glück.«

Und damit lässt sich mich im Schnee stehen.

15

Wie es war, als Amber und ich zwölf waren: Ich hatte bei Amber zu Hause zum ersten Mal meine Periode bekommen, an einem sehr heißen, sonnigen Nachmittag, an dem die Zeit so ziemlich stehengeblieben war.
Eine gewaltige Stockung im Universum.
Es war niemand zu Hause außer Amber und mir, alle Fenster standen auf, und eine Brise blähte die Gardinen wie große Bierbäuche.
Wir hatten nichts zu tun an diesem Tag. Alle, die wir kannten, waren aufs Land gefahren oder arbeiteten in einem Schnellrestaurant oder ihre Handys waren kaputt. Amber war schon früh am Morgen beim Schwimmtraining gewesen, bevor ich überhaupt aufgewacht war, Sean hatte sie nach dem Training wieder nach Hause gebracht und war zur Arbeit gefahren, und sie war zurück ins Bett gekrochen.
Wir hatten den halben Tag verschlafen, und als wir aufwachten, waren wir wie gerädert und schlechtgelaunt. Die Bettlaken hatten sich am Fußende verheddert.

Ich war auf die Toilette gegangen, und in meiner Unterhose war ein brauner Fleck.
Natürlich wusste ich, was das war.
Abgesehen von dem verstörenden Nicht-Gespräch über Sex und das Reproduktionssystem auf dem Badewannenrand mit Miranda, hatten wir in der sechsten Klasse den Menstruationszyklus in Sexualkunde im Bio-Unterricht durchgenommen.
Die Jungen waren gebeten worden, den Raum zu verlassen, nur die Mädchen blieben in der Klasse. Die Jungen sollten die gleiche Stunde in der Woche darauf durchnehmen.
Wir fühlten uns verschwestert und zugleich verlassen ohne die Jungs.
Die Jungs waren draußen in der Sonne und spielten Basketball. Wir konnten hören, wie sie rannten und quietschend zum Stehen kamen und zurückrannten und schrien, aber auf eine gedämpfte, sportlich-beherrschte Art, die gar nicht zu ihnen passte. Wir konnten hören, wenn ein Foul gepfiffen und milde Zweifel geäußert wurden, ob es wirklich ein Foul gewesen war.
Sie wussten, warum sie draußen waren. Sie hatten die Lektion noch nicht durchgenommen, aber das würden sie, und vielleicht hatten sie Angst.
Wir Mädchen saßen im Dunkeln und schauten einen Zeichentrickfilm, in dem sich eine Myriade Spermien mit dunklen, schiefen Augenbrauen, vor Anstrengung ver-

zerrten Gesichtern und gekräuselten Lippen, durch die man die Zähne sah, und zappelnden Schwänzen einen Wettlauf um das Ei lieferten, das mit seinen langen Wimpern klimperte und auf die Ankunft des glücklichen Siegers wartete.

Ist das alles, was ihnen zu dem Ei eingefallen ist? Dazusitzen und zu warten? Warum flitzte es nicht auch herum und knirschte mit den Zähnen?

Ich wusste also, was der Fleck in meiner Unterhose an jenem Tag bei Amber zu Hause zu bedeuten hatte.

Aber gleichzeitig wusste ich es auch nicht.

Denn wie kann irgendjemand dieses Blut wirklich verstehen? Ich schaute in die Toilette, und die Pipipfütze durchzog ein Band aus Blut, das auf den Grund der weißen Kloschüssel sank.

Ich dachte, was passiert mit mir?, obwohl ich es wusste.

Ich legte mehrere Blättchen Klopapier übereinander in meine Unterhose, bis ich nach Hause kommen würde und Miranda um Binden oder Tampons oder was auch immer bitten konnte.

Amber hatte noch nicht ihre Tage bekommen. Und würde es noch eine ganze Weile nicht, vielleicht wegen des Schwimmens. Das viele Trainieren brachte möglicherweise ihre Hormone durcheinander, hatte ihr Arzt gesagt.

Ich erzählte ihr von dem Blut, aber wir redeten nicht weiter darüber. Wir haben in diesem Sommer überhaupt wenig

geredet, egal, über was. Wir verständigten uns mittels Telepathie.
Auf die gleiche telepathische Weise konnte Amber, sobald sie die Hintertür ihres Hauses geöffnet hatte, sagen, ob ihre Mutter betrunken war.
Es war die besondere Art der Schwachstromspannung, die herauswaberte, wenn sich die Tür quietschend öffnete. Manchmal war es das Geräusch der herabfallenden Eiswürfel im Kühlschrank.
Ambers Eltern hatten einen Kühlschrank, der Eiswürfel machen konnte – das genaue Gegenteil von Mirandas Uraltgerät, das tausend Jahre alt war, aus dem Secondhandladen stammte, stellenweise verrostet war, und vor das man einen Stuhl stellen musste, damit die Tür nicht aufging. Die Gummidichtung an unserem Kühlschrank war vergilbt und hart geworden und hatte keine Saugwirkung mehr.
Ich liebte Ambers Kühlschrank. Er war aus Edelstahl, ultramodern und sah aus wie ein Raumschiff, in das man hineinsteigen und mit dem man zu den Sternen fliegen konnte.
Ich liebte die Spender an der Tür, gegen die man ein Glas drücken und mit Eis füllen konnte, zwei Arten: gecrusht oder gewürfelt.
Ich liebte das Schmatzen der Gummidichtung, wenn man die Tür zuschlug. Sie sorgte für ausgezeichneten Verschluss.

Das Eis polterte in seiner Geheimkammer, und Amber spürte, dass etwas nicht stimmte.
Es hatte etwas damit zu tun, wie still das restliche Haus im Vergleich dazu war. Stille war ein gutes Indiz, dass Cindy, Ambers Mom, sternhagelvoll war.
Aber manchmal, je nachdem, wie voll sie war, hämmerte Ambers Mutter auf das Klavier ein, so laut, dass die Geranien auf den Fensterbänken zitterten. Ein einsames weißes Blütenblatt fiel auf die trockene Erde im Topf.
Es war nicht die Lautstärke, die sie verriet. Es war die Präzision. Wenn Ambers Mutter betrunken war, spielte sie fehlerlos. Laut und perfekt, jede Note klar und funkelnd.
Aber an dem Tag, als ich meine Periode bekam, war das Haus leer. Nur Amber und ich.
Ich saß auf Ambers Bettkante und konnte fühlen, wie das warme Blut aus mir herausrann.
»Ich backe dir einen Kuchen«, sagte Amber.
»Ich glaube, ich bleibe hier«, sagte ich. Ich hatte Bauchkrämpfe und mir war ein bisschen schwindlig. Ich legte mich aufs Bett und erwachte viel später mit dem Duft von heißem Schokoladenkuchen in der Nase. Ein dichter, samtiger Geruch, der bis in meine Träume gedrungen war und mich geweckt hatte. Ich ging nach unten in die Küche, wo ein Stapel Edelstahlschüsseln in der Spüle stand. Ich nahm den Teigschaber und schleckte ihn ab.
»Wo bist du?«, rief ich.

»Hier unten«, rief Amber.

Sie war im Badezimmer im Keller. Ich hasste den Keller. Der wetterfeste Teppich roch verschimmelt, und überall standen alte Fitnessgeräte herum, die ein Vermögen gekostet haben mussten, die aber nie jemand benutzte. Auf einem mit Kordsamt bezogenen Sofa lagen übereinander mehrere Pelzmäntel. Sie sahen aus wie ein lauerndes Tier.

»Was machst du hier?«, fragte ich.

»Es ist so schön kühl hier«, sagte Amber. In dem Badezimmer im hinteren Teil des Kellers brannte Licht, und ich ging zur Tür.

Amber hatte sich fast alle Haare abgeschnitten. Ihre Locken lagen wie ein großes Nest im Waschbecken. Ihr Gesicht wirkte größer, als ob sie einen Wachstumsschub gehabt hätte. Ihre Augen.

Ihre Augen waren glänzend und feucht.

»So kann ich schneller schwimmen«, sagte sie.

Ich ging näher zu ihr. Ich lehnte mich an den Türrahmen und rutschte daran hinunter, bis ich am Boden kauerte, die Knie unterm Kinn, und zu ihr hoch sah. Sie drehte sich wieder zum Spiegel, und ihre Hände flatterten wie Kolibriflügel.

»Ich kann den Wind fühlen«, sagte sie. »Fühlt sich schön an.« Sie ergriff wieder die Schere, und da stand ich auf, zu schnell, so dass mir kurz schwindlig wurde und ich mich vorbeugen und am Waschbecken abstützen musste. Ich nahm ihr die Schere aus der Hand.

Manchmal überwältigte sie der Druck der ganzen Wettkämpfe. Und sie hatte schreckliche Angst, dass ihr Vater ihre Mutter wegen der Trinkerei verlassen würde. Und wenn ihr Vater ging, hatte sie Angst, dass sie zurückbleiben würde. Sie wusste, dass das Schwimmen das Einzige war, was ihren Vater glücklich machte. Deshalb schwamm sie, so schnell sie konnte.

16

Am Samstag machen wir wie üblich unseren Familienausflug ins Schwimmbad, mit dem bedeutsamen Unterschied, dass, gemäß unserer neuen Abmachung, ich mich um Felix kümmere, während Miranda Sport treibt.

Felix hüpft im Auto auf und ab wie ein Flummi, noch bevor wir auf dem Parkplatz sind, und ich habe ernsthafte Zweifel, ob irgendein neuer Badeanzug die Tortur der nächsten Stunde wert ist.

Miranda hat eine Dauerkarte für Fitnessstudio und Schwimmbad, weil eine ihrer Künstlerfreundinnen mit dem Geschäftsführer verheiratet ist.

Manchmal bekommen wir mit der Freikarte die Eintrittsarmbändchen für das Erlebnisbad mit den Wasserrutschen, dem aufblasbaren Hindernisparcours, dem Fünf- und Zehnmeterbrett und – auch wenn Felix noch nicht den Mut aufgebracht hat, es auszuprobieren – dem Tarzanseil.

Und manchmal bekommen wir die Armbänder mit Mirandas Karte nicht. Die jungen Frauen am Tresen suchen im

Computer nach unseren Namen, die nicht auf der Liste auftauchen, aber sie sagen oft: »Ja, natürlich, bitte sehr« und drucken die Bändchen trotzdem aus.

Es ist nämlich ziemlich schwer, Felix Malone in die Augen zu sehen und ihm einen Wunsch abzuschlagen. Sein kleines spitzes Kinn liegt auf der Kante des Tresens. Er reißt die großen blauen Augen auf und legt seine ganze brennende Hoffnung hinein.

Felix kann die Anspannung kaum aushalten. Er versucht, selbst auf den Bildschirm zu sehen. Er stülpt die Unterlippe vor. Er dreht einen inneren Hahn auf, und sein Charme ergießt sich wie durch einen Feuerlöschschlauch.

Unglaublich, aber das Mädchen am Tresen scheint gegen diese geballte Ladung Anbetungswürdigkeit immun zu sein. Stattdessen sieht sie mich an. Sie trägt einen kleinen Silberring in der Nase, und ein Teil ihrer Haare ist pink, ein anderer Teil grün. Sie kaut Kaugummi, und lässt eine große pinkfarbene Blase über ihrem Kinn zerplatzen. Sie klaubt das Kaugummi ab und steckt es zurück in den Mund.

Dann weiß ich, wer sie ist. Sie ist das Mädchen, das mit Tyrone auf der Rolltreppe war.

Sie sieht, dass ich sie erkenne, dreht sich zu Felix und schenkt ihm ein breites Lächeln, das es in puncto Charme spielend mit seinem aufnehmen kann. Sie überfliegt ihre Liste und sagt: »Sieht ganz so aus, als ob ihr Armbänder für die Wasserrutschen bekommt.«

»Juhu!«, sagt Felix. Der Drucker spuckt die Armbänder aus, und Felix hüpft auf und ab und verlangt, dass ich ihm seins gebe, und verkündet, dass er es schon allein anziehen kann.

»Danke«, sage ich. »Er liebt die Wasserrutsche.«

»Er ist ein Süßer«, sagt das Mädchen. »Wir sehen uns bestimmt noch. Ich glaube, wir haben ein paar gemeinsame Bekannte.«

Das Becken ist voll. Der Nichtschwimmerbereich ist ein einziges Gewimmel aus Eltern und Kindern, neonfarbenen Badenudeln, gestreiften Wasserbällen und Schwimmbrettern.

Das Babybecken ist voller Babys mit Schwimmflügeln und Schwimmwesten und Müttern mit weißen, gedellten Beinen. Und Vätern.

Wohin man auch sieht: überall Väter. Das ist mir früher nie aufgefallen.

Aber die Stunde geht ziemlich schnell vorbei. Felix bleibt brav im flachen Wasser, als ich ihn darum bitte, damit ich selbst ein paar Bahnen ziehen kann.

Der einzige brenzlige Teil dieses Vormittags ist der Versuch, ihn dazu zu bewegen, mit mir in die Familienumkleide zu gehen. Miranda will, dass ich ihn anziehe, damit sie nach ihrem Sport noch kurz in die Sauna kann. Ich kriege ihn schließlich mit dem Versprechen rum, dass er allein in die Herrenumkleide darf, sobald er sieben ist.

Auf der Rückfahrt sagt Miranda, sie könne sehen, dass mich etwas beschäftigt. Ich denke an das Mädchen mit den Papageienhaaren, aber Miranda vermutet, dass ich mir wegen Teil Zwei meines BWL-Projekts Sorgen mache, dem Interview. Ich habe ihr berichtet, dass mein aufgezeichnetes Gespräch mit Ms Rideout absolut nichts Brauchbares enthält.

»Weißt du, Larry ist sehr talentiert im Marketing«, sagt Miranda.

»Wer zum Teufel ist Larry?«, frage ich.

»Sensei Larry«, quietscht Felix.

»Der Karatetrainer?«, frage ich. »Was hat Karate mit Liebestränken zu tun?«

»Karate ist eine alte Kunst, die Selbstdisziplin, Schnelligkeit, Gleichgewicht und Kreativität erfordert«, sagt Miranda. »Und das sind einige der wichtigsten Zutaten für die Kunst der Liebe.«

»Liebe ist eine Kunst?«

»Absolut«, sagt sie.

»Du willst also sagen, dass Karate und Liebe etwas gemeinsam haben?«, frage ich.

»Ja, Flannery«, sagt Miranda. Sie seufzt, als wüsste das jeder Mensch auf dem Planeten außer mir.

17

Also finde ich mich am Donnerstagabend in der Turnhalle meiner Schule ein und schaue meinem kleinen Bruder beim Karatetraining zu. Ich werde Sensei Larry interviewen, wenn der Kurs vorbei ist. So kann ich auch das Aufnahmegerät noch vor der morgigen Inventur zu der furchteinflößenden Sekretärin zurückbringen.

Ich muss leider zu Protokoll geben, dass Felix Malone kein begnadeter Karateschüler ist.

Er hält leidenschaftlich gern seine Hände hoch, brettgerade, in der klassischen Verteidigungsposition, und steht dabei ganz still und sieht ungeheuer konzentriert und mysteriös aus, das schon. Er mag auch (diese Tatsache war mir bereits bekannt) seinen Anzug sehr, diesen schwarzen Pyjama mit dem Bindegürtel (der auch nützlich ist, um meine alten Puppen zu Hause am Treppengeländer aufzuhängen).

Und diese Verbeugungsgeschichte zu Beginn der Stunde mag er wirklich richtig gerne.

Der Zweck der Verbeugung ist, in einer physischen Geste den Respekt zum Ausdruck zu bringen, den man für seinen Sensei und seine Mitschüler hat. Das wurde mir lang und breit beim Frühstück erklärt, nachdem Felix mitbekommen hatte, dass ich bei seiner Karatestunde dabei sein würde.
Wie sich herausstellt, hat er eine Menge Respekt für Sensei Larry und seine Mitschüler. Zu Beginn des Unterrichts beugt Felix die Stirn bis zu den Knien und gibt alles, um so lange wie möglich in dieser Position zu verharren und dabei den ganzen Unterricht aufzuhalten.
Schließlich muss Sensei Larry sagen: »Genug verbeugt, Malone.«
Aber Felix sagt, er glaube nicht, dass das lange genug war, um den ganzen Respekt zu zeigen, den er für Sensei Larry habe.
Er habe nur ungefähr zwei Drittel gezeigt, sagt er. (Felix hat vor kurzem das Konzept von Bruchzahlen aufgeschnappt, und er stellt immer gern sein Wissen zur Schau). Er erklärt Sensei Larry, wenn sie noch eine Minute oder so warten könnten, dann könnte er noch das andere Drittel seines Respekts zeigen.
Die Gruppe wartet also noch ein bisschen, und schließlich richtet Felix sich auf und ist sehr rot und sehr zufrieden mit sich.
Und natürlich springt er mit Begeisterung in die Luft und schreit aus voller Lunge und rempelt Leute an, wenn sie

gerade versuchen, ruhig und ordentlich ihre Karateübungen zu machen.

Was er allerdings nicht besonders zu mögen scheint, ist, Sensei Larry zuzuhören, wenn er die genauen Bewegungen und Schritte erklärt, die gefordert sind, um den gelben Gürtel zu bekommen, den allerersten Gürtel, den ein Karateschüler erreichen muss.

Sensei Larry hat den schwarzen Gürtel, und sollte es einen Gürtel geben, der noch höher ist, so hat er vermutlich auch den.

Am Ende der Stunde gibt Sensei Larry eine kleine Demonstration und kickt die Füße höher als seine Schultern, seine Arme drehen sich wie der Propeller eines Hubschraubers, und es ist ein Wunder, dass er nicht an Ort und Stelle abhebt und an die Decke fliegt.

Miranda hat mich auch über mehrere bemerkenswerte Dinge über Sensei Larry in Kenntnis gesetzt.

Zum einen gehörte er früher zu einer Rockband, die in allen Clubs in St. John's gespielt hat, in den frühen Achtzigern auf Tour gegangen ist und einmal bei einem großen Plattenlabel unter Vertrag war.

Und, was vielleicht noch beeindruckender ist, Larry sammelt mittelalterliche Rüstungen. Er hat vor, sagt Miranda, dieses Jahr eine mittelalterliche Schlacht im Bannerman Park nachzustellen, mit einer Herde Drachen aus Eis. Er hatte gar nicht gewusst, dass Miranda Eisskulpturen

macht, aber jetzt denken sie über eine Zusammenarbeit nach.
Ich habe auch erfahren, dass Sensei Larry unverheiratet ist und sich zu Hause um seine alte Mutter kümmert. Miranda weiß wirklich ziemlich gut Bescheid über Sensei Larry.
Wie man sich vorstellen kann, ist es meine aufrichtige Hoffnung, dass Sensei Larry Miranda fragt, ob sie mit ihm ausgehen will, oder andersherum. Aber wenn ich Miranda diese Hoffnung mitteile, wäre das so ziemlich die Garantie dafür, dass es nie passiert.
Stattdessen muss ich geduldig abwarten und zusehen, wie die Dinge ihren Lauf nehmen. Geduld mit den eigenen Eltern zahlt sich vielleicht nicht immer aus, aber manchmal muss man eben warten, ob man will oder nicht.
Nach der Stunde springt Felix wie wild in der Halle herum, während Miranda sich mit Sensei Larry über Windkraft, Fracking und ein Geschlechterforschungs-Seminar unterhält, das sie anscheinend beide im Jahr 2000 belegt haben, allerdings nicht in derselben Gruppe.
Sie diskutieren über Eisfischen und Performancekunst und effiziente Holzöfen. Über die Arbeit eines Animationsfilmers, der tatsächlich direkt auf die Filmrolle gezeichnet hat (damals im Mittelalter, als es noch echte Filme gab), und dass Sensei Larry diese Filme unbedingt sehen muss. Miranda weiß, dass er sie lieben wird.
Sensei Larry plaudert über seine Rüstungssammlung und

einen bestimmten Zinnkelch, der im 15. Jahrhundert in Mode war, um Met daraus zu trinken, und was dazu gehört, ein guter Lanzenreiter zu sein.
Er verbringt deutlich mehr Zeit mit Miranda als unbedingt nötig und ignoriert sogar die anderen Eltern, die um ihn herumlungern, um etwas über das Spendenprogramm für das Provinztreffen zu erfahren oder welches Outlet die billigsten Karateanzüge verkauft.
Sensei Larry und Miranda scheinen vergessen zu haben, dass ich hier bin und darauf warte, ihn zu interviewen. Felix muss Miranda mit beiden Händen aus der Turnhalle schleifen. Sie geht rückwärts aus der Halle und redet immer noch über ihre Tiara und die feministischen Ansätze des Konzeptkunstprojekts, bei dem sie mitmacht, und irgendetwas darüber, dass die Bekleidungsvorschriften an Schulen sexistisch sind.
Irgendwann ist die Turnhalle endlich leer, und wir hören die Türen knallen, Sensei Larry setzt sich im Lotussitz mitten auf den Turnhallenboden, und ich setze mich ihm gegenüber und schalte das Aufnahmegerät ein.
Ich frage ihn, wie er Werbung für seinen Unterricht macht, und er redet über Instagram und Twitter und die Bedeutung der sozialen Netzwerke. Aber er sagt, das stärkste Marketinginstrument sei immer noch das älteste: Mundpropaganda.
»Wenn die Leute etwas Gutes hören«, sagt Sensei Larry,

»dann wollen sie es selbst ausprobieren.« Wir reden eine Weile darüber, was dazugehört, ein Produkt zu schaffen, das solide ist oder besonders kreativ oder frisch, etwas, das Potential hat, Aufsehen zu erregen.

Dann überrasche ich ihn mit einer harten Nuss. »Was haben Karate und Liebe gemeinsam?«

Er lacht, ein hohes, völlig unerwartetes, unbefangenes Lachen, das ihn am ganzen Körper schüttelt. Er wirft den Kopf zurück, und ich kann seine Mandeln da drinnen wackeln sehen, so heftig lacht er. Aber schließlich fasst er sich wieder und wird ernst. Er redet von Achtsamkeit.

»Mehr kann ich dir nicht sagen«, schließt er. »Beides erfordert Arbeit, und man muss achtsam sein.«

»Achtsam«, wiederhole ich.

»Jep«, sagt er. »Voller Achtsamkeit. Für alles.«

In dem Augenblick wirkt Sensei Larry wie ein Mann, der sich die Zeit genommen hat, umfassend über das Leben nachzudenken, über alles. Er sieht aus, als hätte er Humor, und er sieht freundlich aus. Er lässt »voller Achtsamkeit« weise und notwendig klingen.

Ich schalte das Aufnahmegerät aus. Ich habe alles, was ich brauche.

Hinterher bleibe ich in der Schule und tippe das Interview, damit ich mich nicht mit Miranda um den Computer streiten muss (sie hat gejammert, dass sie mit ihren Blogeinträgen spät dran sei). Die Sekretärin muss noch die Ablage machen und hat nichts dagegen.

Als ich fertig bin und gehen will, stelle ich fest, dass es schon dunkel ist und die Straßenlaternen leuchten. Der Wind weht stark, und ich muss den ganzen Körper gegen die Tür stemmen. Der Wind treibt den Schnee in Böen über die Straße wie gespenstische Schlangen.

Auf der anderen Straßenseite steht der orangefarbene Sunbird. Der Motor heult zweimal auf, als die Tür hinter mir ins Schloss fällt. Ich kann das Loch im Auspuff hören. Aus dem Wagen dringt Musik. Ich beschließe, wieder in die Schule zu gehen und einen anderen Ausgang zu nehmen. Ich traue dem Typen im Auto nicht, und sonst ist niemand in der Nähe. Der Parkplatz ist leer.

Aber die Tür hinter mir ist zu.

Ich gehe um die Schule herum über den hinteren Parkplatz, damit ich nicht an dem Sunbird vorbeimuss.

Ich habe den Parkplatz zur Hälfte überquert, als eine Horde Mädchen auf dem Hügel auftaucht, über den man zum Supermarkt kommt. Es sind mindestens sechs.

Mercy Hanrahan ist an der Spitze des Rudels.

»Hey«, sagt sie. »Du bist doch die Freundin von dieser Amber. Ich will ihr was sagen. Du kannst es ihr ausrichten.«

»Ich muss nach Hause«, sage ich. Aber Mercy und die anderen Mädchen sind näher gekommen und stehen jetzt vor

mir und hinter mir auch. Das Mädchen neben Mercy tippt auf ihrem Handy herum.
Ich versuche, zwischen ihnen durchzugehen, aber sie schubsen mich zurück.
»Wo willst du hin?«, fragt Mercy. »Wir wollen uns nur ein bisschen unterhalten. Nicht so unhöflich. Warum sind hier alle so eingebildet?«
Ihre Haut ist golden von Selbstbräunerspray, und ihre Haare flattern im Wind. Sie fliegen ihr ins Gesicht, und sie dreht sich in den Wind, bis sie ihr über die Schulter fliegen und gerade in der Luft wehen.
Ihre zusammengekniffenen Augen tränen. Sie kaut auf einem großen Kaugummiklumpen herum, und der Duft von Traubenaroma und Zigarettenrauch hängt über ihren Worten.
»Diese Amber ist die eingebildetste von allen«, sagt Mercy. »Diese Schwimmerin oder was auch immer. Wen interessiert schon Schwimmen?«
Jetzt kommen fünf oder sechs Mädchen den Hügel heruntergerannt. Anscheinend waren sie auch im Supermarkt. Viele Leute holen sich dort nach der Schule etwas zu essen. Das Mädchen neben Mercy muss ihnen geschrieben haben.
Die neu dazugekommenen Mädchen stammen aus dem Ostend. Ihre Schule musste wegen Asbestbelastung geschlossen werden, und sie sind gerade neu auf die Holy Heart gekommen. Sie haben fettige Haare und zu viel blauen Lidschatten

und Klamotten aus dem Billigladen, und alle sagen, die sind Schlampen und Schmarotzer und leben von Sozialhilfe.
So wie ich.
Die Leute sagen auch, dass Mercy schon gekokst hat und dass ihre ältere Schwester Sienna die Schule verlassen musste, weil sie schwanger war, und dass das Jugendamt ihr das Baby weggenommen hat, und sie jetzt im Supermarkt hinter der Schule arbeitet, aber ich bin ständig mit Miranda in diesem Supermarkt und habe noch nie jemanden gesehen, der Mercy ähnlich sieht, und außerdem war Miranda auch erst neunzehn, als sie mit mir schwanger wurde.
Mercy hebt das Kinn und schaut mich an, als hätte sie beschlossen, dass sich diese Sache irgendwie regeln lässt. Sie legt einen Arm über meine Schulter und zieht mich eng an sich.
»Es wird nicht lange dauern«, sagt sie. »Es gibt etwas, das deine Freundin wissen sollte. Entweder wir sagen es dir, oder wir holen deine Freundin Amber hinter die Schule. Wie würde dir das gefallen? Hier ist die Nachricht: Wir können sie nicht leiden.«
Die Mädchen sind noch näher gekommen, und ich bin umzingelt. Sie bedrängen mich von allen Seiten. Ich schaue zu den Fenstern der Schule hoch, aber sie sind schwarz und leer. Mir fällt ein, was Miranda über schlimme Wörter sagt.
»Fickt euch«, sage ich. Ich breche aus dem Kreis aus und

laufe auf den Hügel zu. Ich versuche so zu wirken, als hätte ich es nicht eilig. Als spazierte ich einfach davon.
Aber ich gebe diesen Plan nach ein paar Schritten wieder auf und renne los, so schnell ich kann.
Irgendwer stürzt sich auf mich, und ich werde hart auf den Boden geworfen. Dann sind sie alle auf mir drauf, und ich kann nicht atmen, kann mich nicht mal bewegen. Sie halten meine Arme und Beine fest und drehen mich auf den Rücken, und ihre Hände sind überall auf meinem Gesicht. Mehrere Hände zerren meinen Mund auf.
Ihre Köpfe sind dicht beieinander, und ich kann nur kleine Fetzen Himmel sehen. Sie ächzen vor Anstrengung, mich am Boden zu halten, und fluchen, weil der Wind ihnen die Haare ins Gesicht weht.
Dann sehe ich Jessica Kelloway, die sich in den Kreis drängt und etwas an einem Stock hält.
»Ich hab hier was«, sagt Jessica.
»Wir haben etwas für dich«, sagt Mercy.
Ich sehe ein benutztes Kondom. Jessica Kelloway hat es am Rand mit dem Stock aufgespießt. Es ist verkrumpelt und zusammengedrückt und faltig, bis auf die Spitze. Die beult sich aus und ist mit einer milchigen Flüssigkeit gefüllt.
Sperma.
»Öffnet ihren Mund«, befiehlt Mercy. Jemand krallt seine Hand in meine Stirn, eine andere Hand ist auf meinem Kinn, zwingt meinen Mund, sich zu öffnen und drückt mei-

nen Kopf nach hinten. Mehrere von ihnen halten meine Beine. Knie drücken sich in meine Schultern. Arme liegen um meine Taille. Irgendein Kopf drückt in meine Seite.

Aber ich winde mich immer noch wie verrückt. Ich schlage vor Zorn um mich.

Sie fangen an zu kreischen. »Schlucken, schlucken, schlucken.« Der Stock wackelt und hüpft und kommt näher an mein Gesicht, und dann berührt das Kondom meine Wange.

Ich bekomme ein Bein frei und trete das Mädchen vor mir so fest ich kann und beiße gleichzeitig jemandem in den Finger. Ich spüre den Knochen unter meinen Zähnen. Ich beiße fest zu, die Person, die zu dem Finger gehört, schreit auf, und jetzt schlagen sie mit hämmernden Fäusten auf mich ein.

Da kommt ein Auto auf den Parkplatz. Die Mädchen rappeln sich auf und nehmen über die Böschung Reißaus.

Die Schulsekretärin steigt aus dem Wagen und läuft zu mir. Sie sagt, sie wollte gerade nach Hause fahren, als sie mich ums Gebäude gehen sah und dachte, hier hinten in der Dunkelheit sei es nicht sicher. Deshalb wollte sie nach dem Rechten sehen.

Wir steigen beide ein, und sie reicht mir ein paar Taschentücher aus dem Handschuhfach. Ich wische über eine Schramme an meiner Stirn.

»Meinst du, du kommst damit klar?«, fragt sie.

»Ich weiß nicht«, sage ich. Ich zittere am ganzen Körper. Sie legt mir die Hand auf den Arm und reibt ihn, und dann tätschelt sie mich beruhigend.

»Wir können Maßnahmen gegen diese Mädchen ergreifen«, sagt sie. »Wenn du die Namen nennen willst. Du kannst jedenfalls drüber nachdenken.«

Ich sage nichts.

»Ich fahre dich nach Hause«, sagt sie. »Schnall dich an.«

Als wir vor der Schule vom Parkplatz fahren, sehe ich, dass der Sunbird immer noch da steht. Jemand beugt sich darüber und unterhält sich mit der Person auf dem Fahrersitz. Der Typ mit dem Arm auf dem Wagendach richtet sich auf und schaut zur Straße, die hinter die Schule führt.

Gary Bowen.

18

Tyrone lässt sich unerwartet blicken. Ausgerechnet in Mathe. Da ist er, seine langen Beine ragen in den Mittelgang. Er trägt Socken mit Marihuanablättern und goldgesprühte Armeestiefel. Aber er schreibt Notizen von der Tafel.

Als das Signal für die Mittagspause durch die Lautsprecher dröhnt, fange ich ihn auf dem Gang ab.

»Ich habe einen Termin in einer Glasbläserei ausgemacht«, sage ich. »Um Flaschen für unseren Trank auszusuchen. Der Laden ist auf der Bond Street, und ich gehe da garantiert nicht allein hin.« Der Typ klang in seinen Mails zwar sehr nett, trotzdem ist er ein Wildfremder.

Es ist eine Woche her, dass Mercy Hanrahan mich hinter der Schule angegriffen hat, und ich schaue immer noch die ganze Zeit über meine Schulter. Ich war nicht eine Sekunde lang unaufmerksam. Ich versuche, Tyrone davon zu überzeugen, dass er mitkommen muss, als Mercy Hanrahan und Jessica Kelloway an uns vorbeigehen. Ich sehe sie erst, als sie quasi direkt vor meiner Nase stehen.

Mercy tut so, als ob sie sich auf mich stürzen will, ihre Turnschuhe quietschen auf dem Boden, und ihre Augen treten vor. Ihr Gesicht ist so nah an meinem, dass ich ihren Atem auf meiner Wange spüre.

Sie flüstert: »Buuh!«

Natürlich zucke ich zusammen, und sie bricht in Lachen aus. Sie stößt Jessica Kelloway mit dem Ellbogen in die Rippen, und die beiden kichern sich kaputt und verschränken die Beine, um sich nicht in die Hose zu machen, und torkeln herum, als würden sie gleich vor Lachen hinfallen.

»Hey, Malone«, sagt Mercy. »Hast du deiner Freundin die Botschaft ausgerichtet? Sag ihr, sie ist als Nächste dran.«

»Was war das denn?«, fragt Tyrone, als die beiden weg sind. Ich habe niemanden von dem Angriff erzählt, nicht mal Miranda. Erstens schäme ich mich, dass ich so blöd war, über den dunklen Parkplatz zu gehen, und zweitens schäme ich mich, dass ich mich schäme. Natürlich war es nicht meine Schuld. Aber ich kann nichts dagegen tun. Ich komme mir so blöd vor. Und das Kondom war so eklig. Ich bringe es einfach nicht über mich, darüber zu sprechen.

»Was sollte das heißen, ›Sie ist als Nächste dran‹?«, fragt Tyrone. »Was habe ich hier verpasst?«

»Hör zu«, sage ich. »Ich habe dieses ganze Interview-Ding alleine gemacht und deinen Namen druntergeschrieben.

Zwanzig Prozent deiner Note. Und ich habe den Businessplan allein geschrieben. Und überarbeitet. Ich bitte dich einfach nur darum, mit mir diese Parfümflaschen anzuschauen. Das ist die perfekte Verpackung für den Liebestrank. Es dauert nur eine Stunde. Ich bin auf dich angewiesen, Tyrone. Das meine ich ernst. Wir hängen schon hinterher. Jordan und Brittany haben bereits ihr Ansichtsexemplar eingereicht. Sie machen Portemonnaies aus Isolierband. Ziemlich cool. Und David und Chad recyceln alte Reifen zu Sandalen. Lori McCurdy und Allie Jones verkaufen Mini-Kräutergärten. Die Dinger sprießen schon.«

Tyrone zieht den Kopf ein und kratzt sich am Nacken. Es fühlt sich so gut an, in seiner Nähe zu sein. Diese umwerfenden braunen Augen. Wenn er mich ansieht – mit voller Aufmerksamkeit, so wie jetzt –, fühle ich mich wie eine von Mirandas Neonskulpturen, leuchtend grünes Licht pulsiert durch meinen Körper. Ich bin erleuchtet.

»Können wir das nicht morgen machen?«, fragt er.

»Nein, können wir nicht«, sage ich. »Bis morgen sollen alle eine Verpackungsprobe mitbringen.«

»Heute kann ich auf gar keinen Fall«, sagt Tyrone.

»Du klingst widersprüchlich«, sage ich. Ich strecke die Hand aus und ziehe an dem Bändchen seines Weihnachtsmannansteckers. Die Nase blinkt und ein Stimmchen sagt »Ho, ho, ho.«

Und plötzlich merke ich, dass ich mit Tyrone O'Rourke flirte.

Das volle Programm mit Haarewerfen und allem. Was habe ich schon zu verlieren? Meine Tage sind vermutlich gezählt, wenn man an Mercy Hanrahan denkt. Die Verzweiflung macht mich mutig.

»Komm schon, Tyrone«, flöte ich. »Vielleicht können wir hinterher irgendwo einen Kaffee trinken?« Ich fühle mich aufgekratzt und erkenne mich selbst kaum wieder. Und ich sehe, dass Tyrone überrumpelt ist. Er rückt den Träger meines Rucksacks zurecht, obwohl der nicht zurechtgerückt werden muss. Sein Finger glättet eine Stofffalte, die kaum zu sehen ist.

»Ich bin ganz sicher, dass ich da heute nicht hingehen kann«, seufzt er. »Ich war noch nie im Leben sicherer.«

»Aber du gibst zu, dass die Chance besteht, oder? Eine Chance gibt es immer. Der Typ ist schließlich Künstler. Das könnte cool werden.«

Ich zeige ihm die Nachrichten, die der Glasbläser mir geschickt hat. Ich habe ihn in der Künstlerspalte von *Neufundland An- und Verkauf* gefunden. Er sagt, er habe über hundert handgeblasene Parfumflaschen im Angebot, jede einzelne ein Meisterwerk. Ich habe ihm sofort geschrieben, als ich seine Anzeige gesehen habe. Und der Typ hat gesagt, er würde sie günstig abgeben, weil das nach einem spannenden Projekt klingt. Außerdem schließt er seinen Laden. Weil er nach Italien zieht.

Die Leute in Neufundland haben kein Verständnis für Glas,

hat er geschrieben. *Sie sind noch nicht dafür bereit. Niemand in Amerika versteht Glas. Was ich mache, ist Kunst.*

Ich nehme an, dass er mindestens fünfzig ist, weil er so endlos lange Mails schreibt.

In dem Augenblick kommt Amber den Gang entlang. Sie würdigt mich keines Blickes. Sie redet mit Melody Martin.

»Du kommst also mit?«, sage ich laut genug, dass Amber es hören kann. Ich zeige ihm ein Foto von den Flaschen auf meinem Handy.

»Guck mal, sind die nicht schön?«

»Die sehen aus, als wären sie ziemlich perfekt für einen Liebestrank«, sagt Tyrone. Er nimmt mein Handy und scrollt durch die Bilder.

»Lass mich nicht allein hingehen«, sage ich.

Diesmal flirte ich nicht. Ich bin todernst.

»Der hat auch Schwanenaschenbecher im Angebot«, sagt Tyrone.

»Ich will nur die Parfümflaschen.«

»Die *sind* cool.«

»Also nach der Schule beim Ausgang, und dann gehen wir zusammen hin?«

»Sieht so aus«, sagt Tyrone. »Ja, bis dann, Flan. Und danke, du weißt schon, dass du das Interview gemacht hast und so, in meinem Namen.«

Ich bin unglaublich erleichtert. Um die Wahrheit zu sagen,

ich hatte irgendwie Angst, alleine nach Hause gehen zu müssen, auch wenn es noch hell ist. Aber mit Tyrone kann mir nichts passieren.
Und dann strahle ich. Ich fühle, wie sich alle Muskeln in meinem Gesicht gegen meinen Willen zu einem breiten Grinsen verziehen. Ich summe während Madame Lapointes Stunde zu *Ein Sommernachtstraum* die ganze Zeit vor mich hin. Ich muss die Titania lesen.
Ich bin immer noch voller Erleichterung, als ich meine Bücher in mein Fach knalle, eilig die Treppe runterlaufe und in der Eingangshalle warte, während alle anderen Schüler nach draußen strömen.
Ich sehe das Basketballteam aus den Jungenumkleiden kommen und zum Training in die Turnhalle gehen.
Ich lächle nicht mehr ganz so breit, als Amber und Melody Martin um 15.45 Uhr aus dem Auto von Ambers Vater steigen, in den Armen die Kostüme, die Amber und ich vor drei Wochen im Kunst- und Kulturzentrum ausgesucht haben.
»Na, Flannery, wartest du immer noch auf Tyrone?«, fragt sie.
»Amber«, sage ich. »Kann ich kurz mit dir sprechen?«
»Ich weiß nicht, Flannery«, sagt sie. »Ich bin ziemlich beschäftigt.«
»Ich muss dir etwas sagen«, sage ich.
»Ich habe beide Arme voll, Flannery. Gary ist oben und will mit dem Video anfangen.«

»Ich mache mir Sorgen um dich«, sage ich. Ich will ihr von Mercy erzählen.

»Oh, ich weiß«, sagt sie. »Du machst dir Sorgen um mich. Du willst mich vor meinem Freund beschützen. Vielen Dank, aber es ist alles in Ordnung. Wir brauchen deine Hilfe nicht. Vielleicht solltest du dir lieber um dich selbst Sorgen machen, Flannery.«

Sean, Ambers Dad, sieht mich an der Tür und winkt mir zu und hupt, bevor er losfährt. Amber rauscht an mir vorbei. Die Schule leert sich, und ich muss machen, dass ich loskomme. Wie es aussieht, gehe ich alleine zum Glasbläser.

Da kommt Kyle Keating auf mich zu und drückt mir eine braune Papiertüte in die Hand.

»Hier«, sagt er. »Die habe ich eine Woche lang mit mir rumgeschleppt. Jetzt bist du dran. Wir beide sind Partner im Gesundheitskurs. Mr Follett hat uns in ein Team gesteckt, als du angeblich krank warst, aber das weißt du ja bereits, ich habe dir schließlich die ganze Woche lang SMS geschrieben. Weißt du was, Flannery?«, sagt er. »Ich habe nicht darum gebeten, dein Partner zu sein. Aber ich habe mich gefreut, weil ich dachte, du bist cool. Ich hätte nicht gedacht, dass du die Art Mensch bist, die andere die ganze Arbeit machen lässt.«

»Ich habe deine Nachrichten nicht bekommen«, sage ich. (Das ist natürlich eine Lüge. Ich habe sie bekommen, aber ich habe mich nicht darum gekümmert.)

»Tut mir leid, Kyle«, sage ich. »O Gott, es tut mir wirklich leid.«

Ich nehme die Hand vom Boden der Papiertüte, und klebriges Eiweiß pappt meine Finger zusammen.

»Na toll«, sagt er. »Ich will dir mal was sagen. Als ich sie hatte, sind sie nicht kaputtgegangen. Du hast sie seit fünf Sekunden, und sieh dir das an. Du kannst den Aufsatz über ungewollte Schwangerschaft im Teenageralter alleine schreiben.«

Plötzlich kommt mir der Gedanke, dass Kyle Keating mich mag. Also, so *richtig.* Ich schätze, deshalb macht ihn das kaputte Ei so sauer. Also das *Ei* macht ihn nicht sauer. Er ist sauer, weil ich ihn ignoriert habe. Ich war nicht achtsam. Besser gesagt, ich war acht*los.* Mir fällt plötzlich wieder ein, dass er nach dem Konzert der Bursting Boils vorgeschlagen hat, zusammen zum Oxfambüro zu gehen. Ich bin total verdattert! Ich meine, ich bin geschmeichelt und verwirrt. Ich weiß gar nicht richtig, wie ich Kyle eigentlich finde. Aber ich fühle mich schrecklich, weil ich so unachtsam war.

»Ich hatte eine schlechte Woche«, sage ich. »Ich hoffe, du kannst mir verzeihen. Es tut mir wirklich leid. Mir ist etwas Schreckliches passiert.«

Und plötzlich erzähle ich ihm von Mercy Hanrahan. Ich kann mich nicht bremsen. Ich erzähle ihm von den Tritten und Bissen und sogar von dem Kondom. Ich weine ein bisschen. Und lache auch. Und als ich fertig bin, merke ich, dass er mich bis nach Hause begleitet hat. Ich habe immer noch die Tüte mit den Eiern in der Hand.

»Es tut mir leid wegen unseres metaphorischen Babys«, sage ich.

Ich halte die Tüte hoch. Der Boden ist mittlerweile total durchweicht, das Papier reißt, und alle Eier fallen auf den Bürgersteig.

Einige zerbrechen und einige rollen weg.

19

Einmal, als ich neun war, kam ich von Amber nach Hause, bei der ich übernachtet hatte. Es war in der Zeit, nachdem Hank die künftige Anwältin geheiratet hatte und das glückliche Paar auf seinen Surfbrettern in den Sonnenuntergang gepaddelt war. Ich holte den Schlüssel aus dem Briefkasten, öffnete die Tür und merkte plötzlich, dass das Haus sehr still war.

Unser Haus war nie still.

Miranda hört gerne laut Musik, und es war gerade der Höhepunkt ihrer Tangophase. Manchmal kam ich nach Hause und sechs Paare – überwiegend Frauen, aber es war auch ein schwules Paar dabei – marschierten mit ausgestreckten Armen und grimmigen Gesichtern durchs Wohnzimmer, Wange an Wange, und wirbelten auf hohen Absätzen herum, bis sie gegeneinander oder gegen die Wand prallten.

Oder sie hatte ihre feministische Bewusstseinserweiterungsgruppe eingeladen, und es wurde lautstark über soziale Gerechtigkeit, gleichen Lohn für gleiche Arbeit und sexuelle Freiheit diskutiert. Oder es standen mindestens zwei blubbernde Töpfe mit klappernden Deckeln auf dem Herd, und der Feueralarm wurde ausgelöst, weil irgendetwas im Ofen verbrannte.

Aber an diesem Tag kam ich nach Hause, und es war sehr, sehr still.

Ich rief nach Miranda.

Das Fenster im Wohnzimmer stand auf, ein Viereck aus hellem Sonnenlicht fiel auf den Dielenboden, und ein wehender Vorhang hatte einen Blumentopf umgeworfen.

Der Topf war zerbrochen, und die Wurzeln der Bananenstaude ragten weiß und haarig aus der schwarzen Erde.

Etwas an diesen gewundenen, haarigen, irgendwie durchsichtigen Wurzeln machte mir Gänsehaut.

Ich ging nach oben, und alle Zimmer waren leer und alle Vorhänge waren auf.

Ich wagte es nicht, in Mirandas Büro zu schauen, also blieb ich auf dem Treppenabsatz stehen. Ich konnte einen Presslufthammer mehrere Straßen weiter hören und meinte, sein Vibrieren in den Zähnen zu spüren.

Dann spähte ich ins Büro. Miranda saß an ihrem Tisch, aber ihr Kopf war vornüber gekippt, und ein dünner Speichelfaden lief ihr übers Kinn.

Ich wusste sofort, dass Miranda verzaubert worden war. Etwas Mächtiges hatte sie verflucht und entführt. Etwas hatte sich ihrer bemächtigt. Oder sie war von einem Alien in Besitz genommen worden.

Was da am Tisch saß, war nur die Hülse meiner Mutter. Sie war eine Gastgeberin oder ein Gefäß geworden.

Sie sah aus wie meine Mutter, klar, aber – wie beim bösen Wolf, nachdem er Rotkäppchens Großmutter gefressen und ihre Kleider angezogen hat – lag etwas Unbekanntes in ihrem Gesicht, in der Röte ihrer Wangen.

Ich versuchte, ihren Namen zu sagen, aber es kam nichts heraus, und dann versuchte ich es wieder und sagte ihn sehr laut, ihr Kopf hob sich ruckartig, und sie schnaubte und sagte: »Oh!«

Sie sah mich in der Tür stehen und lächelte mich an. Sogar das Lächeln war seltsam. Es war, als wäre ich schon erwachsen und von zu Hause ausgezogen und als gälte das Lächeln dem Kind, das ich einmal war.

»Die Hitze muss mich ausgeknockt haben«, sagte sie.

Ich wusste, wenn sie noch etwas sagte, würde sich alles für immer verändern, aber es gab keine Möglichkeit, das aufzuhalten, was jetzt kam.

»Flannery«, sagte sie. Das Alien führte die Hand meiner Mutter, wackelte mit ihrem Finger und winkte mich zu sich. Gegen meinen Willen ging ich näher.

Das war nicht Miranda, und die Gewissheit ließ mich Miranda so sehr vermissen, dass ich meine Füße nicht zurückhalten konnte. Sie bewegten sich wie von selbst, ein schwerer Holzschuh nach dem anderen, durch das Zimmer. Miranda hatte gekämpft, deshalb waren ihre Wangen gerötet und glänzten. Aber sie war bezwungen worden.

»Komm her, Mädchen-Kind«, sagte Miranda. So nannte sie mich manchmal. Mädchen-Kind, Flana-Banana, Knöterich, Hasenzähnchen, Lieblingsbrocken oder Malone-Gesicht. Aber da war immer noch der verräterische Glanz von Spucke an ihrem Kinn, den sie mit dem Handrücken wegwischte.

Sie zog mich an sich und legte ihren Kopf an meine Brust. Da war es mir egal, ob sie ein Alien war. Sie war alles, was ich hatte.

Miranda sagte: »Ich bekomme ein Baby. Du bekommst einen kleinen Bruder. Wir werden nicht mehr zu zweit sein, Flannery. Wir bekommen ein wunderschönes kleines Baby.«

Ich fühlte Tränen in meinen Augen stechen. Sie liefen mir Wangen und Hals hinunter.

Sie war meine Mutter. Meine. Nicht die von irgendwem anders. Ich wollte nicht teilen. Warum sollte ich? Warum brauchten wir noch jemanden? War ich nicht genug?

Ich dachte an ihre mehligen Fußabdrücke auf dem Küchenboden, als sie in der Woche vor Hanks Hochzeit Pizzateig gemacht hatte, und an den Mehlabdruck ihrer Hände an ihrer Hüfte.

Ich dachte daran, wie wir beide mit dem Sexbuch auf dem

Badewannenrand gesessen hatten. Ich dachte an die Spermien mit den wütenden Gesichtern aus dem Zeichentrickfilm, den der Biolehrer uns gezeigt hatte.
Und an das Ei, das sich vor dem Spiegel schön machte, Lidschatten auflegte und mit den Wimpern klimperte. Ich dachte an meinen Dad, Mr X, der in seinem Boot aus Plastikflaschen und Dosen und Chipstüten übers weite Meer gesegelt war.
Miranda war mit Felix schwanger, aber sie hatte es niemandem gesagt – erst recht nicht Hank. Sie hatte es in weiten Kleidern versteckt. Ich glaube, ich verstand, auch wenn ich erst neun war, dass sie Hank nur hätte bei uns behalten wollen, wenn er in uns verliebt gewesen wäre. Es fühlt sich nicht gut an, eine Verpflichtung zu sein.
Und noch eine Sache verstand ich plötzlich. Etwas war zwischen uns gekommen. Zwischen Miranda und mich.
Es lag etwas Endgültiges in der Art, wie sie sagte, dass wir nicht mehr zu zweit sein würden.
Und als Drittes dämmerte mir an diesem Tag, dass es ein magisches Telefon geben sollte, mit dem man einen Anruf machen darf, wenn alles schlecht ist, und jemanden auf der anderen Seite, der so ziemlich alles reparieren kann.
Es müsste ein ganz besonderes, rotes Telefon mit einem blinkenden roten Knopf geben, das man nur einmal im Leben benutzen darf, wenn alles verloren ist.
Nicht, wenn *beinahe alles* verloren ist.

Nicht, wenn *ein paar Dinge* verloren sind.
Ein Telefon, das man in dem sehr einzigartigen Fall benutzt, wenn *alles* verloren ist.
Wenn du zum Beispiel mit deiner schwangeren Mom in eurem heruntergekommenen Toyota auf dem Heimweg von einem Picknick in Northern Bay Sands auf der Autobahn bist, und es anfängt zu regnen. Ein Regen, der so dicht und stark ist, dass sich, egal, wie schnell die Scheibenwischer wischen, Wasserketten aneinanderreihen und man nichts sehen kann. Die Bäume sind so grau wie der Himmel.
Es wird dunkel, und Miranda sagt, sie muss an den Rand fahren, weil das Auto ins Rutschen geraten könnte, und im Radio sagen sie, dass es zu Unfällen gekommen ist und man nicht die Autobahn nehmen soll, also fährt Miranda an den Rand, weil sie nicht mehr weiterkann und ziemlich heftige Wehen hat.
Du bist neun Jahre alt, fast zehn, aber du weißt, was Wehen sind, weil du, seit du denken kannst, Dinge wissen musstest, die andere Kinder nicht wissen.
Du musstest wissen, dass die Heizungsrechnung vielleicht nicht bezahlt werden kann und dass einige Leute es anstößig finden, wenn ein Kind nicht weiß, wer sein Vater ist, und, um Himmels willen, nicht mal seinen Nachnamen kennt.
Du musstest wissen, dass nicht alle sich den Schulausflug nach Quebec am Ende der Mittelschule leisten können,

und dass manchmal vollständig respektable Personen auf Sozialhilfe angewiesen sind und zur Lebensmittelausgabe gehen müssen, und dass es Aufpasser vom Sozialamt gibt, die in ihrem Auto vor dem Haus deiner Mutter sitzen, um zu spionieren, ob sie einen Freund hat, der regelmäßig bei ihr übernachtet, damit sie ihr den Sozialhilfescheck wegnehmen können.

Du musstest wissen und dabei so tun, als würdest du es nicht merken, dass ein Typ mit schmieriger Brille und schwarzer Lederjacke, der so ein verdeckter Sozialhilfespitzel ist, jeden Tag in seinem Auto vor deinem Haus herumhockt, mit seinem Stück Pizza aus dem Pizzaladen und seiner Dose Limo, und deine Haustür beobachtet und hofft, dass der Freund deiner Mutter bald rauskommt.

Denn Mütter, die Sozialhilfe beziehen, dürfen keinen Freund haben, weil der sie unterstützen könnte (diese Vorstellung bringt Miranda dazu, wie ein Pferd zu schnauben).

Du musstest wissen, dass es die Regierung mehr kostet, dass dieser Typ da rumsitzt, mit Mozzarellafäden zwischen den fettigen Lippen und seinem Pizzastück und dem Auto, das sich langsam mit Limodosen anfüllt und mit dem Rauch der Zigarette nach der Pizza, als der Betrag an Sozialhilfe, den deine Mutter bekommt, und die ganze Zeit versucht sie, Kunst zu machen, die die Welt braucht, um ein Leben zu schaffen, das es wert ist, gelebt zu werden.

Und du hättest wissen müssen, dass du eines Tages mitten

in einem Unwetter versuchen müsstest, einen Laster an den Straßenrand der Autobahn zu winken, weil dein nagelneuer kleiner Bruder auf die Welt kommt.

Der starke Wind und der Sprühregen eines vorbeifahrenden Lasters werfen dich fast um, und du schaust den Rücklichtern hinterher, während deine Mutter Wehen hat.

In so einem Moment sollte ein rotes Telefon auf der Motorhaube deines neuen-und-gleichzeitig-alten Toyotas erscheinen, mit einem roten blinkenden Knopf, der dich mit jemand Höherem verbindet.

Du würdest den Hörer des magischen Telefons abheben, und dieser Jemand würde sagen: »Das ist harter Stoff, Kleine. Leben und Tod. Das ist ein Job für Erwachsene. Lass mich mal ran.«

Okay, vergessen wir das Telefon. Die Wolken sollten sich teilen, und ein Lichtstrahl, die Hand Gottes, irgendwer sollte übernehmen.

Es gab natürlich ein Telefon. Miranda hatte ein normales Handy (wenn auch ein altes Modell) in der Handtasche und wählte den Notruf und sagte, wo wir waren, dass das Baby kam, dass es einen Monat zu früh war und dass sie nur ihre Tochter bei sich habe, ihre neunjährige Tochter.

Sie sah mich an, während sie all das sagte, außer wenn sie die Augen zukniff. Sie war mitten im Satz und schloss die Augen und sah überhaupt nicht wie Miranda aus. Sie sah nicht wie meine Mutter aus.

Unsere Nachbarin hatte vor einiger Zeit eine Hausgeburt gehabt, was ich total eklig fand, und ihr Mann und sie hatten alle Nachbarn eingeladen, während der Wehen vorbeizukommen wie zu einer großen Party, und sie hatten die Plazenta im Eisfach behalten, weil in manchen Kulturen die Plazenta später gebraten und gegessen wird als Teil eines Rituals, um das Neugeborene willkommen zu heißen.
Ich hatte so eine Panik, Miranda würde mich rüberschicken und bei der Geburt zuschauen lassen, dass ich vergessen hatte, ein paar wichtige Fragen zu stellen, deren Antworten jetzt am Straßenrand im Regen sehr nützlich gewesen wären.
Miranda beendete das Gespräch.
»Sie kommen«, sagte sie. Dann sagte sie es wieder und wieder. »Sie kommen, sie kommen, sie kommen.«
Genau jetzt hätte ich das besondere Telefon gebraucht, denn jeder konnte sehen, dass sie nicht kamen.
Sie würden niemals kommen, wer auch immer sie waren, aber ich war da. Ich war da, und das war der Teil, der so abgrundtief unfair war. Ich musste irgendetwas tun.
Miranda packte meine Hand und drückte sie und sagte: »Flannery, dieses Baby kommt sehr bald auf die Welt.«
Und ich dachte, alles ist vorbei.
Vielleicht wäre es hilfreich, einige der vielen Dinge aufzuzählen, die verloren waren.
Wir waren im Wald wandern gewesen, in unseren Gummi-

stiefeln, und auf meinen waren Wildpferde. Wir waren an einem Wasserfall mit feinem Nebel drum herum gewesen, und unsere Stiefel hatten schmatzende Geräusche im Matsch gemacht, und da waren viele Schlauchpflanzen und langes, goldenes Gras und rostrote Büsche mit glitzerndem Raureif und ein paar Bäume, die so orange waren, dass sie wie ein Feuer aussahen.

Mirandas Bauch war riesig, und sie trug einen großen Filzhut mit einer gestreiften Feder und einen ausgeleierten, ausgefransten Pullover, der Hank gehört hatte, und einen roten Poncho, und in unserem Picknickkorb waren Oliven und Erdnussbutter-und-Honig-Sandwiches und Schokokekse. Es hatte *unser* Ausflug sein sollen, ein Mutter-Tochter-Tag. Ein gemeinsamer Tag im Wald, bevor das Baby kam. Wir hatten sogar ein kleines Feuer gemacht.

Ich hatte gesehen, wie Mirandas Bauch sich bewegte. Ich hatte Felix' Bewegungen unter meiner Hand gespürt. Ich war bei der Babyparty dabei gewesen.

Die ganzen Windeln und Puder und Decken und Strampler.

Aber glaubte ich, dass das Baby kommen würde?

Ich glaubte es nicht.

Nicht, bis im Regen auf der Autobahn der Laster an mir vorbeibrauste, und ich hörte, wie sich Mirandas Tür öffnete, und sie hinter mir hin und her lief und stöhnte und keuchte und schrie und sich an die Seite des Toyotas lehnte und irgendwann auf alle viere ging, was der gruseligste Teil war, aber sie stand wieder auf und setzte sich auf den Fahrersitz, mit geöffneter Tür und herabhängendem Kopf.

Der Regen peitschte auf die Autobahn. Im Scheinwerferlicht der Autos auf der Gegenspur sah er aus wie Stahlseile, die vom Himmel kamen. Die Scheinwerfer erleuchteten die Baumwipfel und den großen leeren Himmel und einen Augenblick lang das schmerzverzerrte, nasse Gesicht meiner Mutter, dann verschwand es wieder in der Dunkelheit, ein schwebender Fleck vor meinen Augen, und da war nichts als Wald, meine Jacke war bis auf die Haut durchnässt, und ich zitterte.

Miranda stand wieder auf und stützte sich auf die Heckklappe des Trucks, warf den Kopf zurück und schrie in den Himmel, so laut sie konnte: »Das Baby kommt!«

Da glaubte ich es, ohne den leisesten Zweifel. Das Baby kam.

Und es gab kein rotes Telefon. Das Leben, das wir gehabt hatten, Miranda und ich, war verloren. Verloren war unsere Zeit nur zu zweit.

Ich hatte das »nur wir zwei« geliebt.

Aber später, samstagmorgens, wenn Felix und ich früh aufwachten und uns zwei große Schalen Vanilleeis mit Bananen und Schokosoße und Cocktailkirschen machten und Cartoons guckten, musste ich zugeben: Es war nicht alles verloren.

Fast wäre alles verloren gewesen. Das schon. Und vielleicht war etwas verlorengegangen. Miranda schrie sich die Seele aus dem Leib, und dann hörten wir die Sirene. Wir hörten sie, bevor wir das blinkende rote Licht sahen.
Aus der Dunkelheit kam ein Notarztwagen.

20

Nachdem Kyle Keating und ich zugeschaut haben, wie das letzte unversehrte Ei zur Bordsteinkante gerollt ist, unentschlossen an der Kante getaumelt hat und schließlich in den Rinnstein gefallen ist, wo sich das Eigelb durch die zerbrochene Schale windet, folgt ein unbehaglicher Augenblick. Wir stehen eigentlich nur da und schauen auf den Bürgersteig.

»Tja, also«, sagt Kyle.

»Hmhm«, sage ich. »Also dann.«

Kyles Hände stecken tief in den Taschen seiner Jeans. Ich sehe seine Fingerknöchel unter dem gespannten Stoff. Er wippt auf den Ballen vor und zurück. Ich halte immer noch die zerrissene leere Papiertüte in der Hand.

Obwohl ich den ganzen Heimweg ununterbrochen gequasselt habe, über Mercy Hanrahan und den Liebestrank und den Glasbläser, mit dem ich wegen der Flaschen für den Trank einen Termin habe, und über Amber und Gary, bringe ich plötzlich kein einziges Wort über die Lippen.

Kyle auch nicht.
Aber dann bekommt er eine SMS und sagt, dass er jetzt zur Arbeit muss. Er ist Rettungsschwimmer. Ich verspreche ihm, dass ich Mr Follett fragen werde, ob wir vielleicht neue Eier bekommen und das Projekt noch einmal beginnen können (alles, nur keinen Aufsatz über Teenagerschwangerschaften schreiben).
»Danke, dass du mich nach Hause gebracht hast, Kyle«, sage ich.
»Gern geschehen, Flannery«, sagt er. Und dann joggt er den Long's Hill hoch, und ich stapfe ins Haus, werfe den Rucksack auf den Stiefelberg und rufe nach Miranda.
»Ich muss zu einer Glasbläserei. Kannst du mich hinfahren?«
»Es ist nicht mehr viel Benzin da.«
»Es ist nicht weit.«
»Kann dich nicht jemand anders bringen?«
»Miranda, es wird dir gefallen.«
»Das klingt wie shoppen gehen.«
»Das ist kein shoppen, und ich brauche das Auto, damit ich die Flaschen mitnehmen kann. Oder willst du, dass ich in BWL durchfalle?«
»Wie willst du das bezahlen?«
»Der Typ hat gesagt, dass ich ihn nach der Messe bezahlen kann, je nachdem, wie viel ich eingenommen habe.«
»Ziemlich optimistisch, der Typ.«

»Scheint eben an Liebestränke zu glauben.«
»Hat er das gesagt?«
»Indirekt schon.«
Als Miranda endlich den Truck parkt, stehen wir vor einem breiten Backsteingebäude mit einem blinkenden roten Schild im Fenster, auf dem *Glasstudio* steht. Die Tür hat einen schmiedeeisernen Klopfer.
Wir klopfen, aber es kommt niemand, also ziehe ich die Tür auf.
Die Hitze schlägt uns ins Gesicht. Wir hören den Brennofen Feuer spucken wie Tyrones Drachen.
Drinnen ist ein Mann, der mit einer Art riesenhafter Pinzette etwas aus dem Brennofen holt. Er trägt eine Latzhose und ein Karohemd mit hochgekrempelten Ärmeln und eine Truckermütze, auf der *Kingbridge Auto* steht. Seine randlose rechteckige Brille ist in seine apfelroten Backen eingesunken, und er scheint keine Zähne zu haben, dafür aber eine Menge feiner weißer Nasenhaare. Er muss mindestens fünfundachtzig sein.
»Sieh dir das an!«, sagt Miranda.
Der Mann hält einen winzigen, filigranen Glasbehälter in der Hand. Er ist wie eine Flasche geformt, sieht aber aus wie flüssiges Feuer. Er pulsiert wie ein Herz, und das Herz glänzt vor Blut, das kein Blut ist, sondern weißes kochendes Licht mit einem goldenen Heiligenschein.
Der Mann taucht das kleine Gefäß in einen Bottich, es

zischt und dampft, er nimmt das gläserne Herz wieder aus dem Bottich, und es ist zur perfekten Flasche für einen Liebestrank geworden.

Er sieht uns und kommt näher, um uns zu begrüßen, die eine Hand ausgestreckt, in der anderen Hand noch immer seinen Schatz in der Pinzette.

»Ich habe eine von den hundert beim Einpacken zerbrochen und musste eine neue machen«, erklärt er. »Ich bin Fred MacLachlan, sehr erfreut. Wer von euch beiden ist die Mutter?«

»Oh, bitte«, sagt Miranda.

»Zwei hinreißende Schönheiten«, sagt er. »So ein Vergnügen.«

Ich stelle mich und Miranda vor, und Sekunden später sind die beiden ins Gespräch vertieft – über das neue Parkhaus an der Water Street und das Graffito und darüber, dass die Baustelle den Verkehr behindert. Fred erzählt Miranda von seinem bevorstehenden Umzug nach Europa.

»Sie sollten mitkommen«, sagt er.

»Oh, ich kann ja meine Kinder nicht allein lassen«, erwidert sie.

»Na, die werden schon irgendwann erwachsen werden«, brummt er. Dieser Kommentar empört mich natürlich.

»Wir möchten Sie nicht aufhalten«, sage ich. »Sie müssen doch Ihren Umzug vorbereiten. Endlich in ein Land, in dem die Menschen Glas verstehen.«

»Häh?«, fragt er. Es fällt ihm schwer, den Blick von Miranda abzuwenden.

»Oh, ja«, sagt er. »Einen Moment. Muss mal sehen, ob ich was für die schöne Frau habe. Ein Andenken.«

Er verschwindet im hinteren Teil des Lagers, und wir hören ein Krachen, als wäre ein Regal voller Glas umgefallen.

»Der übertreibt es ein bisschen, was?«, flüstere ich.

»Och, ich weiß nicht«, erwidert Miranda.

Er kommt mit einer kleinen Glasfigur zurück und drückt sie Miranda in die offene Hand.

»Ein Eisbär«, sagt Miranda. »Oh, wie schön! Flannery, schau mal!« Sie ist sichtlich gerührt.

»Ein kleiner Eisbär, Flannery! Wie meine Eisskulpturen.«

»Erderwärmung«, sagt der Mann. »Ich habe in *Canadian Art* von Ihrem Projekt gelesen.«

»Das haben Sie gelesen?«, fragt Miranda.

»Natürlich. Zwei Doppelseiten, wie könnte ich das übersehen. Und ein sehr schönes Foto von Ihnen am Strand mit dem Feuer.«

»Sie sind sehr freundlich«, sagt Miranda. »Aber Sie ziehen weg?«

»Wir sollten langsam mal los, Miranda«, sage ich. »Wir müssen meinen Bruder abholen«, erkläre ich dem Glasbläser. »Mirandas anderes Kind. Sie hat nämlich zwei. Und er ist noch klein. Er wird in nächster Zeit nicht erwachsen.« Ich sehe ihn vielsagend an, damit er es auch kapiert.

»Also, es war mir wirklich ein Vergnügen«, sagt Miranda.

»Ganz meinerseits«, versichert der Mann. »So eine Ehre. Eine Künstlerin von Ihrem Format. Wirklich eine Ehre. Sie machen so gute Arbeit. Weiter so. Und viel Glück mit deinem Liebestrank, Florence.«

»Flannery«, sage ich.

»Richtig«, sagt er. »Viel Glück.«

21

Heute Abend gibt Brittany Bishop eine Halloweenparty, aber ich gehe nicht hin. Ich will Tyrone nicht über den Weg laufen, nachdem er mich *schon wieder* versetzt hat. Obwohl er sich wahrscheinlich sowieso für zu cool hält, um zu einer Party bei Brittany Bishop zu gehen. Ich habe gehört, dass ihre Eltern zu Hause sind.

Amber hat dieses Wochenende den großen Schwimmwettkampf, der darüber entscheidet, ob sie zu den Landesmeisterschaften fährt, deshalb kommt sie auch nicht. Abgesehen davon redet sie ohnehin kaum mit mir.

Aber alle anderen planen schon seit Wochen ihre Kostüme. Brittany Bishops Eltern leihen immer eine Schokoladenfontäne für ihre Partys. Und mitten in der Nacht bringt ein Pizzaservice einen Riesenberg Pizzen.

Elaine Power geht natürlich als Monarchfalter. Andrew Sullivan als Seifenblase. Sein Kostüm besteht angeblich aus Hühnerdraht und siebenundzwanzig Rollen Frischhaltefolie. Ella Sloan geht als Schweizer Käse.

Sogar Felix geht auf eine Party. Ein Mädchen aus seinem Karatekurs hat ihn eingeladen. Felix geht als Teufel. Sein Gesicht ist rot geschminkt, und er trägt ein rotes Kostüm mit Schwanz, Hörnern und Plastikforke. Außerdem hat er einen Ziegenbart aus schwarzem Kunstfell und lange, gewundene künstliche Fingernägel.

Ich bleibe allein zu Hause, verkleidet als ich selbst. Leggings, Morissey-T-Shirt. Alles wie gehabt.

Ich muss das Musterexemplar für BWL fertigmachen, das wir bis Montag abgeben müssen, sonst werden Tyrone und mir 15 Prozent abgezogen. Ich bin mit meinen Notizen und hundert zauberhaften Glasflaschen in meinem Zimmer.

Tyrone hat für dieses Projekt nicht einen Finger gerührt. Ich hasse ihn.

Definitiv *keine* Liebe.

Es klopft an meine Tür.

»Was kommt in den Trank?«, fragt Miranda. Sie setzt sich auf den Fußboden, mitten in meine Klamotten und den Kram, den ich für das Projekt gesammelt habe. Ich habe im Internet recherchiert und beschlossen, das Zeug komplett bio zu machen.

Die Flaschen werden die Leute auf jeden Fall weiterverwenden, weil sie so schön sind. Aber ich will auch, dass die Tränke frei von schädlichen Inhaltsstoffen sind. Künstliche Lebensmittelfarbe ist ziemlich fieses Zeug. Sie kann Krankheiten hervorrufen.

»Du musst Obst und Gemüse nehmen«, sagt Miranda, als ich ihr davon erzähle. »Rote Beete für Rot, Möhren für Orange, Spinat für Grün und Blaubeeren für Blau«, sagt sie, weil ich sie in meine Idee von vier verschiedenfarbigen Tränken für vier verschiedene Liebesarten eingeweiht habe.

»Ich habe zufällig noch Blaubeeren von letztem Sommer im Eisfach.«

Kurze Zeit später stehen wir in der Küche und schnippeln Möhren und rote Beete, kochen Spinat, zerdrücken Blaubeeren und sieben alles durch den Stoff einer alten Bluse. Als wir fertig sind, füllen wir die vier verschieden gefärbten Flüssigkeiten in vier Flaschen. Wir verschließen sie mit den dazugehörigen Milchglasstöpseln. Die Tränke sind eher naturtrüb als klar, aber dadurch wirken sie noch authentischer.

»Schmeckt nicht berauschend«, sage ich, als Miranda mir einen Löffel zum Kosten anbietet.

»Aber der Kunde muss ja auch nur einen Schluck nehmen, damit er wirkt«, erwidert Miranda.

»Eigentlich sollte Tyrone jetzt hier sein«, murre ich. Ich lasse mich auf einen Küchenstuhl fallen. Es ist schon spät, und ich muss die Flaschen noch etikettieren. Miranda sieht, dass ich sauer und verletzt bin, obwohl ich mir große Mühe gebe, ungerührt und gleichgültig zu wirken, so als wäre mir Tyrone völlig egal.

»Ich glaube, dass Menschen immer so gut sind, wie sie

sein können, Flannery. Ich glaube, jeder versucht, gut zu sein. Aber manchen fällt es schwerer als anderen. Tyrone hat es im Moment nicht leicht. Seine Familie macht einiges durch.«

»Wir doch auch«, sage ich. »Ich habe nicht mal ein Biobuch. Und wir müssen wieder zur Lebensmittelausgabe. Weißt du, wie sich das anfühlt? In der Schule werden alle gebeten, für die Lebensmittelausgabe zu spenden. Und ich kann nichts spenden. Ich bin die, für die die anderen spenden. Mann! Das ist demütigend.«

Miranda schließt eine Sekunde lang die Augen. Ich sehe sie schweigend an, bis sie tief Luft holt und weiterredet.

»Tyrones Stiefvater, Marty«, sagt sie, »ist gewalttätig, Flannery. Er schlägt Tyrones Mom. Er hat ihr ein blaues Auge geschlagen. Einmal hat er ihr eine Rippe gebrochen. Marty ist ein furchtbarer Säufer. Ich versuche, mit ihr zu reden, sie da rauszuholen. Aber es ist nicht leicht. Es gibt Frauenhäuser, aber sie ist noch nicht so weit, ihn zu verlassen. Sie hat Angst, dass er sich an ihnen rächt.«

Sie stößt noch einmal tief die Luft aus. »Das alles bleibt unter uns, okay, Flannery? Aber du musst es verstehen. Tyrone hat es nicht leicht. Er ist die meiste Zeit gar nicht zu Hause. Vielleicht sind seine Noten im Augenblick nicht das Wichtigste in seinem Leben.«

»Es ist ja nicht wegen der *Noten*, Miranda«, sage ich. »Er

ist mir wirklich wichtig.« Meine Stimme wird ganz komisch.

»Oh – oh, ich weiß, Süße. Ich *weiß.«*

»Aber es tut so weh. Warum … warum bin ich ihm nicht wichtig? Was stimmt mit mir nicht? Warum liebt er mich nicht?«

»Ich liebe dich, Kleine.«

»Ich weiß.«

»Ich liebe meine Babys sehr.« Sie umarmt mich, und ich fühle mich gut. Na ja, wenigstens besser.

»Ich kriege meine Tage«, sage ich. »Vielleicht bin ich deshalb so emotional. Das kommt jetzt noch dazu.« Und dann vergieße ich ein paar Tränen.

»Ich auch«, sagt Miranda. »Wir sind im Gleichtakt. Aber es gibt viele Gründe, um emotional zu werden. Das Leben ist nicht fair. Gefühle sind nichts Schlechtes, Flan. Sie zeigen uns, dass wir lebendig sind. Das ist gut.«

»Es fühlt sich aber nicht gut an«, sage ich.

»Also, wie hast du dir die Etiketten vorgestellt?«, fragt Miranda und setzt sich aufrecht hin.

»Etiketten?«, frage ich. »Das ist nur gefärbtes Wasser, Miranda. Das Ganze ist ein Witz.«

»Schon klar«, erwidert sie.

»Okay«, sage ich. Ich hole meine Notizen zu den *Vier Elixieren der Liebe* und zeige ihr, was ich bisher aufgeschrieben habe.

1) Blau: schnell wirksamer Verliebtheitserreger, Effekt hält zwei bis vier Stunden.
2) Rot: ewige Liebe, Effekt beinhaltet Hochzeit und bis zu zehn Jahre Ehe.
3) Orange: gut, um sich ein Date für den Abschlussball zu sichern.
4) Grün: ruft einen endlosen Strom an Komplimenten hervor.

Miranda springt auf, und ich höre sie in ihrem Atelier herumkramen, dann kommt sie mit riesigen Bögen dicken, unebenen, beigefarbenen Papiers zurück

»Schau mal, Flannery! Die habe ich noch aus meiner Papiermach-Phase!«, ruft sie strahlend.

Ich sage es nicht, aber das Papier erinnert ein bisschen an die Papierhandtücher auf den Schultoiletten.

Aber dann hat Miranda die Idee, eine Art kleinen Zauberspruch um jeden Flaschenhals zu binden.

»Nur einen Satz oder zwei«, sagt sie. »Zu Werbezwecken. Wie ein Etikett, aber mysteriöser.«

»Ich wollte eigentlich Goldbändchen mit kleinen goldenen Quasten nehmen«, sage ich. »Die gibt es im Bastelgeschäft.«

»Goldquasten gehen gar nicht«, sagt Miranda. »Was du brauchst, ist ein anständiger Bindfaden.«

Sie springt wieder auf und wühlt diesmal im Wäscheschrank

herum, und ich schneide währenddessen ein Schildchen für den blauen Trank zurecht und schreibe:
Ein Schluck dieses Tranks sorgt für rauschendes Glück,
Er entzündet die Liebe mit einem einzigen Blick.
Totaler Blödsinn, aber es klingt gut. Und darum geht es ja beim Marketing, oder?
Miranda kommt mit einem Knäuel zurück. Der Bindfaden ist braun und borstig mit kleinen rauen haarigen Stoppeln.
»Aber die Goldquasten«, protestiere ich.
»Wir wollen das Mittelalter heraufbeschwören. Deine Goldquasten stinken nach Kitsch«, sagt sie.
»Ich finde sie edel.«
»Denk dir«, sagt Miranda, »ein Schloss in einem rauen Moor, meilenweit nichts als schroffe Felsen und büschelweise totes Gras, und überall Nebel. Uralter Nebel. Nebel, der seit Jahrhunderten über die Erde wabert. Öder, feuchter, erbärmlicher Nebel.«
»Nebel auf Katzenpfoten«, sage ich.
»Auf Pantherpfoten«, erwidert sie. »Nebel, der stiehlt und verschlingt und aufsaugt und …«
»Schon gut, ich hab's kapiert. Nebel. Was hat das mit Quasten und Bindfaden zu tun?«
»Mittelalter, Flan. Je mittelalterlicher, desto magischer. Denk an Feen, die im Schatten herumhuschen oder auf Schmetterlingen reiten«, sagt sie. »Tanzende Kobolde, Leuchtkä-

fer in der Dämmerung. Vergiss die Goldquasten. Bindfaden wirkt mehr wie ›das einfache Volk‹.«

»Okay, okay«, sage ich. »Also den Bindfaden.«

»Denk dir ein Schloss in der Ferne, viele Türme und einen … wie heißt das noch?«

»Einen Burggraben?«

»Keinen Burggraben.«

»Einen Wall?«

»Ja, genau. Und Zugbrücken.«

»Ja, schon gut, den Bindfaden.«

»Und im Schatten des Burgfensters, das eigentlich nur ein Loch in der Wand ist, weil es noch keine Glasfenster gab, ein verzweifeltes junges Mädchen. Wird es sich von goldenen Quasten beeindrucken lassen?«

»Vermutlich nicht?«

»Stell dir vor, was sie durchmacht«, sagt Miranda.

»Ist sie verliebt?«

»Ja, aber ihre Liebe wird nicht erwidert. Stell dir ihr Gesicht vor.«

»Sie ist genervt.«

»Sie ist verzweifelt, Flannery. Das ist ein Unterschied.«

»Also verzweifelt.«

»Ihr Herz ist gebrochen, weil sie in einen Typen verliebt ist, der ihre Zuneigung nicht erwidert.«

»Geht er vielleicht in ihre BWL-Klasse?«

»Oh, er ist in einer ganz anderen Klasse als sie.«

»Es hat sie richtig erwischt.«

»Und nicht nur das, es ist Mittelalter. Sie muss mit den Händen essen, weil es noch kein Besteck gibt. Sie hat ständig Hühnerfett am Kinn.«

»Was von Nachteil sein kann, wenn man das Herz eines Mannes erobern will.«

»Sie können keine SMS schreiben oder Instagram nutzen, es gibt kein Tumblr und keine Googlebrillen, nicht mal E-Mails, Gott sei Dank, und über die Kanalisation will ich gar nicht reden. Außerdem könnten sie im Schloss einen Heizlüfter gebrauchen. Der Laden ist wie ein Kühlschrank. Da kann auch der Außenmitarbeiter nichts machen. Das Ding zu heizen, kostet ein Vermögen. Du siehst, die Quasten sind grundfalsch. Außerdem ist sie sechzehn, sie steckt also mitten in der Midlife-Crisis, die sind doch alle so früh gestorben.«

»Könnten Goldquasten sie nicht aufmuntern?«

»Sie senden die falsche Botschaft, Flan.«

»Der Bindfaden sendet die richtige Botschaft?«

»Absolut. Er ist authentisch.«

»Alles klar. Bindfaden siegt über Goldquasten. Und wir müssen nicht mal ins Einkaufszentrum. Der Bindfaden ist hier vor unserer Nase.«

»Exakt«, sagt Miranda und schaut auf die Uhr. Kurz vor Mitternacht. Geisterstunde. Ich würde mal sagen, die perfekte Zeit für unseren Zauber.

»Ich habe den ersten Spruch schon aufgeschrieben, Miranda. Schau mal …«

»Nein, Flannery, wir müssen ihn *aussprechen.* Eine Beschwörung. Damit der Trank wirkt, weißt du?«

Sie lächelt durchtrieben, um mich zu provozieren.

»Okay, wie du meinst«, sage ich.

»Schließlich ist es nur ein Scherz, oder?«

»Nehmen wir den für die ewige Liebe«, sagt sie. Ich stelle die Flasche mit dem roten Trank vor uns, und sie räuspert sich.

»Wir bitten alle Liebesgöttinnen im Universum und darüber hinaus …«

Sie schaut mich erwartungsvoll an. Ich verdrehe die Augen.

»Ein Schluck dieses Tranks bringt dir Liebe und Schmerz«, fährt Miranda fort, *»wen auch immer du ansiehst …«*

Und ich falle mit dem Ende ein: *»… stiehlt dir dein Herz.«*

»Was ist mit dem grünen?«, frage ich. Mein Stift schwebt einsatzbereit über dem unebenen Papier.

»Ein Schluck dieses Tranks«, sagt Miranda, *»lässt dich dichten und singen und die lieblichsten Komplimente darbringen.«*

Ich schreibe den Spruch auf und hänge das kleine Schild um den Flaschenhals. Ich versuche, meine Schrift so mittelalterlich wie möglich aussehen zu lassen, ganz zackig und spitz.

»Und der orangefarbene Trank?«, fragt sie.

»Kinderleicht«, sage ich.

»Nimm einen Schluck, und Knall auf Fall will jeder mit dir auf den großen Ball.«

22

Elaine Power hält mir am Montag die Tür auf, als ich meine Liebestrankmusterexemplare nach dem BWL-Kurs zurück in mein Fach bringe.

Dann stoppt sie mich. Sie schaut sich die Flaschen an.

»Lass mich den roten versuchen«, sagt sie.

»Aber das ist ewige Liebe«, sage ich. »Warum versuchst du es nicht lieber mit dem blauen? Mit dem blauen verknallst du dich, aber die Wirkung lässt nach einigen Stunden nach.«

Elaine hebt den Blick von den Flaschen und schaut mich an, und ich sehe, dass sie mir eine Millisekunde lang tatsächlich glaubt.

»Also, nur zu, wenn du unbedingt willst«, sage ich. »Aber denk dran, wen auch immer du nach einem Schluck von dem roten Trank ansiehst, dem bist du für immer verfallen. Für. Den. Rest. Deines. Lebens. Eine schwerwiegende Entscheidung.«

Elaine wirkt richtig ehrfürchtig. Aber dann gewinnt die alte

Elaine – das Mathegenie – die Oberhand und verdrängt in einer Nanosekunde die verletzlich-romantische Elaine.

»Großartige Verkaufsstrategie, Malone«, sagt sie. »Her mit dem roten.«

»Okay«, sage ich. »Du hast es so gewollt.« Sie nimmt sich Zeit, um das Schild zu lesen.

»*Stiehlt dir dein Herz.* Ja, na klar«, sagt sie.

Ich nehme den Milchglasstöpsel aus der Flasche und reiche sie ihr. Sie schwenkt die Flasche und schnuppert daran.

»Wie läuft es mit der App für die Schmetterlinge?«, frage ich, verlegen, weil ihr Projekt ökologisch und politisch so ambitioniert ist, vor allem im Vergleich zu meinem, einem offensichtlichen Gag.

»Ein Schmetterling nach dem anderen, Flan, ein Schmetterling nach dem anderen«, sagt sie seufzend. Sie erzählt, dass sie und Mark Galway Mr Payne die App heute Nachmittag in seinem Büro live vorführen.

Dann nimmt sie einen großen Schluck. Wischt sich den Mund mit dem Handrücken ab und verschmiert dabei ihren schwarzen Lippenstift. Sie schließt einen Moment lang die Augen und analysiert zweifellos in ihrem Kopf den Trank nach seiner chemischen Zusammensetzung.

»Hmm«, sagt sie. »Genau wie ich gedacht habe. Gefärbtes Wasser. Rote Beete? Nette Spielerei, Malone. Kein großer Aufwand. Ich wette, die werden sich super verkaufen. Du wirst einen anständigen Profit machen …«

Genau in diesem Moment kommt Mark Galway durch den Gang und stößt mit ihr zusammen. Er hat auf den Boden geschaut und unter der Krempe seines bescheuerten Filzhuts vermutlich nichts gesehen. Er kollidiert mit ihr, und sie reißt die Augen auf.
Und da stehen sie, von Angesicht zu Angesicht.
Elaine Power trägt Ohrringe mit Knochen-Anhängern. Echte getrocknete Hühnerknochen, die ungehalten hin und her schaukeln. Sie ist bereit, Mark mit einem einzigen, eleganten, präzisen und bösartigen Spruch über seine ungraziöse Trottelhaftigkeit zu erledigen.
Ich fühle Grauen und Faszination. Was bleibt von Mark Galway übrig, wenn Elaine Power mit ihm fertig ist? Ein Filzhut auf einem Knorpelhäufchen am Boden? Ein Häufchen, das mal Mark Galway war?
Aber sie sagt nur: »Oh, hi, Mark.«
Und Elaine Power klingt mit einem Mal verträumt und im Zweifel über alles, was sie bisher über das Universum und die Dinge darin zu wissen glaubte.
Mark und ich wechseln einen Blick. Er zieht den Kopf ein. Wir denken beide, dass sie abwartet, um ihren Angriff durch den Überraschungseffekt noch wirkungsvoller zu machen. Ein taktischer Zug, auf den Mark nicht hereinfällt.
»Es tut mir so leid«, sagt Mark.
»Es war ein Versehen«, sage ich.

»Was sonst?«, sagt Elaine. »Ist doch klar. Aber, hey, schön, dir über den Weg zu laufen.«
Dann kichert sie wie ein Schulmädchen.

Nach dieser Begebenheit sehe ich Elaine Power und Mark Galway, die beiden Erzfeinde, ständig zusammen, und jedes Mal kichert Elaine sich halb tot. Ja, anscheinend hat Elaine Power einen Kicher-Modus. Wer hätte das gedacht?
Noch erstaunlicher ist, dass es Bemerkungen von Mark sind, die sie in solche Erheiterung versetzen. Einmal stößt sie ihn sogar auf dem Gang vor aller Augen mit der Hüfte an, als wären sie richtige Freunde, oder noch mehr. Ich muss zugeben, ich bekomme Gänsehaut, wenn ich daran denke, wie sie den Liebestrank an ihre schwarzen Lippen gesetzt hat.
Natürlich hat diese Verwandlung nichts mit dem Trank zu tun.
Aber Elaine fängt an, die Geschichte herumzuerzählen, wie sie einen Schluck von meinem Trank genommen hat und Sekunden später Mark vor ihr stand. Und dann stellt sie sich auf die Zehenspitzen und küsst ihn auf die Wange.
»Seitdem bin ich hoffnungslos verknallt«, sagt Elaine. »Ich kann einfach nicht genug von ihm bekommen.«
»Jep, das stimmt«, sagt Mark. Er scheint sich riesig zu freuen. Immerhin ist sie die schlaueste Person auf der Schule. Er kommt auch nicht mehr in seinem fetten Schlitten zur

Schule. Er fährt jetzt Skateboard. Und redet die ganze Zeit von Schmetterlingen.

Die Story über Elaine und den Liebestrank macht ziemlich schnell die Runde. Als Nächste kommt Brittany Bishop auf dem Gang zu mir.

»Ich will den blauen Trank versuchen«, sagt sie.

»Aber das ist nur eine kurze Verliebtheit«, sage ich. »Willst du nicht die ewige Liebe?«

»Bloß nicht«, sagt sie. »Verknallt zu sein, reicht mir.« Das blaue, das grüne und das gelbe Musterexemplar sind noch in meinem Fach, also hole ich die blaue Flasche heraus und gebe sie ihr. Als sie einen Schluck davon trinkt, taucht Melody Martin auf.

»Melody«, sagt Brittany. »Das musst du probieren.« Sie reicht Melody die Flasche, die ebenfalls einen Schluck nimmt, ein kleiner blauer Tropfen rinnt über Melodys Kinn, und Brittany fängt den Tropfen mit dem Finger auf und leckt ihn ab.

»Willst du mit mir abhauen und den Leuchtturmhügel hochwandern?«, fragt Brittany.

»O Mann, genau das will ich«, sagt Melody. »Woher hast du das gewusst?« Und sie gehen händchenhaltend den Gang hinunter.

Kurz vor der Mathestunde kommt Kyle Keating aus dem Theaterkurs, wo sie *Romeo und Julia* geprobt haben, und läuft mir in der Nähe der Schließfächer in die Arme.

Lächerlicher- und hinreißenderweise trägt er Strumpfhosen und eine Samtjacke mit großen Puffärmeln und einen samtigen Schlapphut mit einer Feder, was zu seinen Dreadlocks ziemlich cool aussieht. Definitiv ein Look, den nicht jeder tragen kann. Es stellt sich heraus, dass er Romeo spielt.
Er verkündet laut, dass er sofort und auf der Stelle den grünen Trank probieren möchte. Alle hetzen zu ihrem nächsten Kurs, trotzdem bildet sich eine kleine Menschentraube um uns.
»Ich weiß nicht«, sage ich. »Wir haben jetzt Mathe.« Aber ich nehme den Trank aus meinem Fach und reiche ihm die kleine Flasche.
Kyle zieht den Stöpsel raus.
»Also, was soll der bewirken?« Er liest das Schild. »Komplimente? Ich soll Komplimente machen? Ach, komm. Du erwartest doch nicht, dass die Leute das glauben?«
»Ist doch nur ein Scherz«, murmele ich. »Wie Nebel in Dosen.« Er nimmt einen Schluck.
»Wie ich vermutet habe«, sagt er. »Schmeckt nach Spinat. Alle mal herhören, das ist Spinatwasser. Nur Spinat und Wasser. Stimmt's, Flannery?«
Ich fühle, wie meine Schultern etwas nach unten sacken.
»Jep«, sage ich. Er schwenkt die Flasche. Und nimmt noch einen Schluck.
»Nussig im Abgang«, sagt er. »Und leicht fruchtig, oder?

Ein Hauch von Kirsche? Vielleicht etwas Eiche? Definitiv Eichenbasis. Und ein leichtes Anisaroma. Leicht, aber vollmundig.« (Als er *vollmundig* sagt, lässt er den Blick tatsächlich einen Augenblick auf meinen Lippen ruhen und wackelt mit den Augenbrauen.)

»Schmeckt eigentlich ziemlich gut«, sagt Kyle. »Wahrscheinlich der beste Spinatsaft, den ich je getrunken habe.«

Keiner fragt, ob er überhaupt schon mal Spinatsaft getrunken hat. Wer bitte trinkt Spinatsaft? Aber er schaut mir direkt in die Augen und nimmt noch einen Schluck.

»Du hast grüne Augen«, sagt er. »Das ist mir noch nie aufgefallen. Richtig grün. Nicht viele Leute haben grüne Augen. Nicht so wie deine. Eine Art stürmisches Grün. Wie das Grün in Nordlichtern. Deine Augen sind schön, Flannery. Aber das hörst du vermutlich ständig.«

Ich fühle, wie mir das Blut in die Wangen schießt. Ich weiß ja, dass er nur Spaß macht, aber er schaut nicht weg, und er klingt todernst.

»Und deine Sommersprossen sind wie Zimt.« (Jetzt überzieht er wirklich.) »Soll ich dich mit einem Oktobertag in Neufundland vergleichen? Du hast die schönsten Sommersprossen, die ich je gesehen habe, Flannery Malone. Wie Herbstblätter im Wind.«

Ich knuffe ihm sanft gegen den Arm.

»Ach komm, mach mich nicht verlegen«, sage ich.

Alle lachen.

Eine Tür schwingt auf, und Mr Green streckt den Kopf aus dem Klassenraum.

»Mr Keating«, sagt er. »Sie haben genau drei Minuten, um sich umzuziehen und im Unterricht zu erscheinen, sonst bekommen Sie ernsthaft Probleme. Miss Malone, in den Unterricht mit Ihnen, und hören Sie auf, Stau auf dem Gang zu verursachen. Alle anderen verschwinden jetzt. Die Glocke hat geläutet.«

Kyle gibt mir die Flasche und den Stöpsel und verlässt die Bühne nach links in die Jungentoiletten.

Am nächsten Tag gehen die Bestellungen für den grünen Trank durch die Decke.

Drei weitere Leute wollen den blauen und den roten Trank ausprobieren, um die Liebe auf den ersten Blick herbeizulocken.

Und dann erwacht mein Geschäftssinn. Keine Gratisproben mehr. Ich notiere die Bestellungen. Alle wollen eine Flasche. Nach wenigen Tagen ist der rote Trank ausverkauft.

Dann kommt eine Durchsage über den Lautsprecher, dass die Schülervertreter Freiwillige für das Abschlussballkomitee suchen. Nach dem Unterricht gibt es einen Ansturm auf den orangefarbenen Trank, der zu einer Verabredung für den Abschlussball verhelfen soll. Mit Vorauszahlung. Es sieht ganz danach aus, als könnte ich meine Schulden bei Fred, dem Glasbläser, begleichen und vielleicht sogar noch Flaschen nachbestellen, bevor er nach Europa reist.

Es ist Mundpropaganda, genau wie Sensei Larry gesagt hat. Und genau wie Ms Rideout gesagt hat, glaubt jeder zumindest ein kleines bisschen an Magie. Gleichzeitig wissen alle, dass es ein Scherz ist. Aber ein charmanter Scherz.
Die Kunde über die Liebestränke verbreitet sich in Windeseile. Und weil die Leute anfangen, daran zu glauben, wenn auch nur ein winziges bisschen, funktionieren die Tränke wirklich. Wirklich und wahrhaftig.

23

»Amber Mackey«, faucht Madame Lapointe. Sie wandert zwischen den Reihen auf und ab, und die Absätze ihrer hochhackigen Schuhe klackern laut hörbar bei jeder ihrer Drehungen.

Auf und ab, auf und ab.

Madame Lapointe ist im achten Monat schwanger, trägt aber trotzdem Stilettos. Es mag verrückt wirken, dass eine Frau aus Paris uns Englisch beibringt, aber wir lernen auch etwas darüber, welche Haarnadelkurven man auf sehr hohen Absätzen so machen kann. Madame Lapointe ist die bestangezogene Frau, die ich je gesehen habe. Ihre Garderobe ist an den Großteil dieser holzfällerjackentragenden Rüpel aus der zwölften Klasse völlig verschwendet.

Der Klassenraum ist dunkel, die Vorhänge sind zugezogen und das Licht ausgeschaltet. Wie kann sie erwarten, dass Amber da wach bleibt?

Wir schauen einen Filmausschnitt mit den drei Hexen aus *Macbeth.* Eine der Hexen trägt ein schwarzes, unterm Kinn gebundenes Käppchen mit Löchern für die Ohren. Sehr fesch.

Ich sehe, dass Elaine Power damit liebäugelt, es würde perfekt zu ihren schweren Stiefeln und dem schwarzen Rock mit den getrockneten Hühnerknochen passen.

Der Lichtfächer aus dem großen blauen Auge des Beamers streift Ambers blonde Haare. Sie schnarcht leise vor sich hin.

Ich habe aufgehört, mit Amber zu reden. Ich habe seit zwei Wochen nicht mehr mit ihr gesprochen. Obwohl sie direkt vor mir sitzt – nicht ein Wort. Nicht mal, um ihr zur Qualifikation für die Landesmeisterschaften bei dem Wettkampf in Toronto letztes Wochenende zu gratulieren. Oder um ihr zu sagen, wie toll es ist, dass alle im Büro ihres Vaters den doppelten Einsatz auf ihre blöden Wetten gewonnen haben. Nein-nein.

Erst wollte ich ihr nur eine Lektion erteilen. Warte nur, dachte ich. Warte, bis du siehst, wie trostlos und verzweifelt das Leben ohne mich ist, deine beste Freundin seit der Zahnfee.

Soll ich erklären, warum Amber diese schwierige Lektion lernen sollte?

Erstens hat sie aufgehört, mir Nachrichten zu schreiben. Komplett. Sie hat einfach aufgehört. Noch eine Stockung. Diese Freundschaft brauchte einen Pümpel. Sie war verstopft.

Okay, es gab eine paar lieblose kurze Nachrichten, wie *Sorry, bin beschäftigt.*

Oder *Kann gerade nicht, Flan.*

Oder *Heute nicht.*

Dann hat sie überhaupt nicht mehr geantwortet! Und dann lief ich im Supermarkt ihrem Dad über den Weg, und er fragte, ob ich nicht zum Abendessen vorbeikommen wolle.

»War das Ambers Vorschlag?«, fragte ich vorsichtig.

»Nein«, sagte Sean, »aber sie hat in letzter Zeit so oft bei dir übernachtet, dass ich schon Angst habe, dass sie euch die Haare vom Kopf futtert.«

Ich brauchte eine lange, verblüffte Sekunde. Ich muss merkwürdig ausgesehen haben, denn Sean sagte: »Na, letztes Wochenende hat sie doch bei dir übernachtet. Und das Wochenende davor. Und das davor.«

Dann hatte ich mich gefasst.

»Och, das ist schon in Ordnung, Sean«, sagte ich. »Mach dir keine Sorgen. Meine Mutter hat nichts dagegen. Sie liebt es, wenn Besuch da ist.«

»Wirklich, Flannery, danke, dass du für sie da bist. Cindy und ich wissen, dass sie gerade einiges durchmacht, aber sie will nicht mit uns reden. Sie ist ihr Leben lang geschwommen. Ich glaube, sie denkt, dass wir sauer auf sie sind, weil sie ein paarmal nicht beim Training war. Ziemlich oft, ehrlich gesagt. Aber wir wollen, dass sie glücklich ist. Was hältst du von diesem Jungen, diesem Gary?«

»Gary?«, wiederholte ich. »Gary ist … Amber mag Gary sehr.«

»Ja, okay. Das habe ich mir gedacht. Danke, Flannery. Grüß deine Mutter.«

Dann musste ich in die Obst- und Gemüseabteilung flitzen, um ihm aus dem Weg zu gehen, weil ich spürte, dass mir die Tränen kamen. Da stand ich im Supermarkt und vergoss Tränen auf den Bio-Pak-Choi aus nachhaltigem Anbau.

Ich versuchte, mir darüber klarzuwerden, was ich fühlte.

Erstens war ich geschockt. Amber schwänzte das Training? Sie muss sich doch auf die Landesmeisterschaften vorbereiten. Darauf hat sie hingearbeitet. Ich weiß, dass sie zum Teil schwimmt, um Sean eine Freude zu machen, aber sie liebt es auch. Sie ist ein halber Fisch. Im Wasser ist sie am glücklichsten. Es ist, als ob sie da unten atmen könnte. Das ist sie. Seit ich denken kann. Das ist ihr Ding.

Und dann dieser Übernachtungsquatsch! Ich fühle mich benutzt. Ich finde es schrecklich, Sean anzulügen. Und ich bin verletzt.

Ein Vergleich: Meine Brust fühlte sich an, als ob jemand direkt unter meinem Brustbein eine Wunderkerze angezündet hätte, die unzählige kalte brennende Schmerzsplitter abfeuerte. Diese Wunderkerze war mein Herz.

Um die Wahrheit zu sagen, ich fühlte mich verloren ohne

Amber. Mit wem sollte ich reden? Über die seltsamen Dinge, die jeden Tag passierten. Die Dinge, die ich mir früher immer aufhob, um sie Amber zu erzählen, wenn wir nach der Schule zusammen nach Hause gingen.

Wenn wir uns jetzt im Unterricht oder auf dem Gang sehen, tut Amber so, als würde ich nicht existieren. Als wäre *ich* diejenige, die etwas falsch gemacht hat. Sie ist wie der kleine Junge im Märchen von der Schneekönigin. Ein Eissplitter in ihrem Herzen hat sie durch und durch kalt gemacht.

Also habe ich das Vernünftigste getan, was ich tun konnte. Ich habe beschlossen, nie wieder im Leben mit Amber zu reden.

Oder zumindest für die nächsten zwei Wochen.

Das wird ihr eine Lehre sein, dachte ich. Das wird sie zur Vernunft bringen.

Am Morgen nach dieser Entscheidung putzte ich mir meine Zähne sehr heftig mit viel Schaum im Mund und hörte mittendrin auf und sagte es laut zum Badezimmerspiegel: »Es ist zu deinem eigenen Besten, Amber Mackey.«

Felix polterte gegen die Tür und schrie: »Mit wem redest du da drinnen?«

Ich dachte, die Funkstille würde sie innerhalb einer Woche in die Knie zwingen, und sie würde mich um Verzeihung bitten.

Aber das ist zwei Wochen her, und ich glaube, sie hat es nicht mal bemerkt. Sie ist immer mit Gary unterwegs oder mit Gary und seinen Bandkollegen oder – sehr viel öfter, ehrlich gesagt – mit den Freundinnen von Garys Bandkollegen.

Ich habe mein Schweigegelübde nach drei Tagen gebrochen und ihr eine Nachricht geschickt. *Was ist los? Habe ich etwas getan?*

Es war, als hätte sie die Nachricht gar nicht bekommen.

Aber, dachte ich, sie braucht mich für das Musikvideo. Ich wusste, dass Gary nichts anderes tun würde, als seine Songs zu singen, mit diesem falschen Tremolo, das er so gerne in die hohen Töne legt. Das Tremolo und die Sache, die er mit seinen Hüften macht. Gary hat so eine bestimmte Art auf der Bühne. Er wackelt irgendwie mit den Hüften. Ich finde das abstoßend. Seine neue schwarz umrandete Hipsterbrille? Also bitte. Und um ganz ehrlich zu sein, ich finde, seine Stimme klingt näselnd. Er hat diese bestimmte Art, hoch in der Nase zu singen.

Also dachte ich, ich stehe drüber und helfe Amber mit dem großen Videodreh und beweise, dass ich für sie und die Kostüme und ihre Horde Tänzer und sogar für Gary unverzichtbar bin, wenn es das ist, was sie will, und ihre Eisköniginnenhülle wird endlich schmelzen. Ich wusste, dass Melody Martin ihren Freund aus Garys Band für Brittany Bishop verlassen hatte, also würde *sie* vermutlich nicht beim Dreh mithelfen. Amber würde mich mehr brauchen denn je.

Aber dann sah ich am Dienstag auf Facebook, dass Jordan Murphy Fotos eines Filmdrehs gepostet hatte, der am Montagabend stattgefunden hatte. Es war *der* Dreh.
Und niemand, auch Amber nicht, hatte daran gedacht, mir Bescheid zu sagen.
Auf den Fotos sah es so aus, als ob so ziemlich jeder von der Schule dabei gewesen war. Es gab sogar ein Foto von Elaine Power mit einem Clipboard, die mit einem Bleistift auf einen Gegenstand auf der Bühne zeigte.
Es gab ein Foto von Amber, die durch den Sucher einer Kamera schaute, und ein anderes, auf dem sie dem Kameramann Anweisungen gab. Und auf einem anderen Bild lachte sie und sah aus, als hätte sie jede Menge Spaß. Es gab kein Anzeichen in ihrem Gesicht, dass eine wichtige Person fehlte. Sie hatte kein einziges Mal an mich gedacht.
Dann war ich vor ein paar Tagen in der Mathestunde auf der Toilette und hörte, wie sich eine Tür öffnete, und sah Ambers Schuhe. Ich kam raus, und sie lehnte mit dem Rücken am Waschbecken und blickte auf die Tür meiner Kabine. Ihre Arme waren verschränkt. Sie sah erschöpft und blass aus.
Ich ging an das Waschbecken neben ihr und drehte den Hahn auf. Ich drückte dreimal auf den Seifenspender und wusch meine Hände unter dem laufenden Wasser.
Sie wippte ein bisschen mit einem Bein, als versuchte sie, zurückzuhalten, was auch immer sie zu sagen hatte.

Ich zog drei Blatt Papier aus dem Halter und trocknete meine Hände sehr langsam ab und knüllte das Papier zusammen und warf es in den Müll. Wenn sie sich entschuldigen wollte, hatte sie nicht mehr viel Zeit. Es gab nichts, was ich noch tun konnte.

Ich hatte die Tür schon geöffnet, als sie endlich etwas sagte.

»Ich will eine Flasche von dem roten Liebestrank«, platzte es aus ihr heraus. »Als Geschenk für Gary. Ich bezahle sie auch.«

Es würde also keine Entschuldigung geben oder eine Erklärung, warum sie mir nicht wegen des Drehs Bescheid gesagt hatte oder warum sie zuließ, dass Gary unsere Freundschaft kaputtmachte, die einmal das Wichtigste in unserem Leben gewesen war, neben unseren Familien.

»Ausverkauft«, erklärte ich.

»Das stimmt nicht«, zischte sie. »Ich weiß, dass du noch welche hast. Du bist nur neidisch auf meine Beziehung. Deshalb willst du mir keinen geben.«

»Nein«, sage ich. »Tut mir leid. Ausverkauft. Du kannst keinen bekommen, weder für Geld noch für Liebe.«

Und ich knallte die Tür hinter mir zu.

Macbeths Hexen stapfen über einen langen Strand. Der Film ist sehr alt. Sie brauchen ewig, um da anzukommen, wo sie hinwollen. Eine Möwe kreist über ihnen und schreit.

Ein Kreischen ertönt, das so klingt, als ob jemandem die Fingernägel rausgezogen würden, aber es sind nur die quietschenden Räder der kleinen Holzkarre, die die Hexen hinter sich herziehen.
Die Sonne glänzt auf dem nassen Sand. Eine der Hexen bleibt stehen und zeichnet mit ihrem Stock einen Kreis auf den Boden, und dann lassen sich die Hexen auf alle viere nieder und graben ein Loch.
Die jüngste Hexe nimmt ein Bündel aus dem Wagen, irgendwas, das in dreckige Lumpen gehüllt ist.
Was auch immer die jüngste Hexe da hat, es ist nichts, was im Lied der Hexen vorkommt.
Was *ist* das, was die junge Hexe an die Brust hält wie ein Baby? Zu groß für »Molchesaug«, »Unkenzehe« oder »Eidechsbein«. »Flaum vom Kauz« ist es garantiert auch nicht. Die jüngste Hexe schlägt die Lumpen auseinander und entblößt …
Die Hand eines Mannes! Ein Stück unterhalb des Ellbogens abgetrennt, und die Hexen lassen sie in das Loch fallen, das sie in den Sand gegraben haben. Eine Männerhand steht gar nicht auf der Zutatenliste für den Trank! Es sei denn, sie wollen uns das als den Finger des »gleich erwürgten Knaben« verkaufen.
Ganz ehrlich, es ist ja schlimm genug, in einem Graben zu gebären, wie Miranda es fast mit dem armen Felix getan hätte, aber wenn der Säugling einen Arm dieser Größe

gehabt hat, will ich gar nicht drüber nachdenken, wie groß der Rest war.

Muss ganz schön verstörend für Madame Lapointe sein, aus der jede Sekunde ihr Baby herausploppen könnte.

Die Hexen drücken dem toten Arm den Dolch in die Hand und vergraben ihn. Dann gießen sie einige Tropfen einer sehr dunklen Flüssigkeit darüber, vielleicht das Paviansblut.

Sie sind sehr geschäftig, diese Hexen, spucken über ihre Schultern, erst über die linke, dann über die rechte.

Sie stehen auf und schauen zum Himmel. Tagewerk vollbracht. Sie sehen offensichtlich nach dem Wetter, weil sie noch andere Orte aufsuchen und andere Leute treffen müssen. Andere abgetrennte Körperteile vergraben. Noch viel Plage und Ärger stiften. Gegen die sieht Ms Rideout blass aus.

Madame Lapointe steht vor der Klasse und klopft mit einem Lineal auf ihren Oberschenkel. Sie hat bemerkt, das Amber schläft.

»Amber Mackey?«, sagt Madame Lapointe. Ich höre ein puffendes, röchelndes Schnarchen.

Ich werde sie *nicht* wecken, wie ich es sonst immer tue. Amber will nicht mehr meine Freundin sein.

Vergiss es, Amber. Die Zeiten, in denen ich dich im Unterricht gerettet habe, sind vorbei. Wenn du vergessen willst, wie Miranda uns einmal im Sommer mit nach Northern

Bay Sands genommen hat, und wir im Ozean badeten, bis unsere Lippen blau waren und unsere Zähne klapperten, und hinterher ein Freudenfeuer machten und auf dem Bett herumhüpften, bis der Lattenrost brach, und wir in dem schiefen Bett schlafen mussten und immer wieder auf die eine Seite kullerten – meinetwegen.

Oder wenn du vergessen willst, wie wir mit sieben gemeinsam auf der Zirkusfreizeit waren und uns gegenseitig anfeuerten, als wir auf dem Trampolin Saltos lernten, bitteschön, vergiss es.

Oder als wir diese Brillen bekommen hatten, die aus durchsichtigen Plastikstrohhalmen bestehen, deren Ende man in die Zitronenlimo steckt und saugt, so dass die Limo durch den Strohhalm um das eine Auge fließt, über die Nase und um das andere Auge und hinters Ohr und in den Mund, und wir dasaßen und uns mit unserem Brillen anschauten, bis wir so lachen mussten, dass uns Zitronenlimo aus der Nase schoss. Bitte, vergiss es.

Oder als Hank uns Stelzen gemacht hatte und wir auf den Zaun kletterten, um auf die Stelzen zu kommen, und dann lernten, zwischen den Felsen am Rand des Ozeans in Broad Cove herumzustolzieren wie Flamingos, okay, bittesehr, vergiss auch das.

Ich stehe nicht mehr zur Verfügung, um mich mit Füßen treten zu lassen, Amber Mackey. Du bist auf dich gestellt. Du kannst den Rest deines Lebens nachsitzen, wenn es

nach mir geht. Du bist nicht die Freundin, für die ich dich gehalten habe.
Und die Wahrheit ist, dass du aufgehört hast, mit mir zu reden, bevor ich aufgehört habe, mit dir zu reden. Ich kann nicht mehr schlafen, seit du nicht mehr mit mir redest, und es ist nicht fair, einfach so ohne eine Erklärung eine Freundschaft zu beenden.
Ich kann nicht mal tief einatmen, weil meine Brust so weh tut, und das liegt daran, dass ich die beste Freundin verloren habe, die ich je hatte. Du bist gemein, Amber Mackey, und zu allem fähig. Wie kannst du mich einfach so vergessen? Du bist wie diese Hexe mit dem Käppchen, nur dass du mein Herz im Sand vergraben hast.
Gut. Okay. Kapiert. Wir sind keine Freundinnen. Wir sind wie Fremde. Einer Fremden würde ich wahrscheinlich helfen. Ich habe versucht, dich vor Mercy Hanrahan zu warnen, aber du wolltest nicht hören. Ehrlich gesagt, bin ich es leid, zu versuchen, dir zu helfen. Ich geb's auf. Diesmal helfe ich dir nicht.
Ich werde dich nicht wecken, nur weil Madame Lapointe dich gleich zusammenscheißt und dich wahrscheinlich durchfallen lässt, weil du in ihrem Unterricht eingeschlafen bist. Schließlich ist sie Französin und sehr leidenschaftlich, und so was hat sie gar nicht gern. Sie hat Leute schon für weniger durchfallen lassen.
Ist ja gut, ich hab's kapiert. Gary ist wichtiger.

Na schön. Soll Gary eben vor der Schule im Dunkeln und im Schnee warten, bis du mit dem Nachsitzen fertig bist. Soll Gary sich von einer Horde Mädchen angreifen lassen, die ihm ein Kondom in den Mund stecken wollen. Soll Gary sich anhören, dass deine Mutter eine Säuferin ist. Wollen wir mal sehen, wie gut Gary darin ist, ein echter Freund zu sein. Denn wir sind keine Freunde mehr, richtig? Ich rette dich nie wieder, Amber Mackey.

Und dann ramme ich den pinkfarbenen Radiergummi auf meinem Bleistift zwischen Ambers Schulterblätter, sie zuckt, und ihr Kopf fährt hoch.

»Gleichschenkliges Dreieck«, sagt Amber.

»Wir haben *Englisch*«, flüstere ich.

»Atticus Finch«, sagt Amber.

»Ich habe noch gar keine Frage gestellt«, sagt Madame Lapointe.

»Macbeth«, flüstere ich.

»Was haben die Hexen in den Kessel geworfen?«, fragt Madame Lapointe.

»Zimtsterne?«, fragt Amber.

Es läutet.

»Miss Mackey«, sagt Madame Lapointe. »Kommen Sie nach der Schule zu mir. Sie sitzen nach.« Sie schnappt sich ihre Tasche und rauscht davon, dass sich die Rosen auf ihrem Kleid im Fahrtwind kräuseln.

Irgendjemand schaltet den Beamer aus, und der Ventilator

hinten am Gerät dröhnt in der Dunkelheit. Irgendjemand anders knipst das Licht an. In dem Augenblick sehe ich es. Ambers Haare sind über ihre Schulter nach vorne gefallen, und ich sehe ein Zeichen auf ihrem Hals, das vorher von ihren langen Haaren verdeckt war. Irgendetwas mit Buchstaben.

Ich kann nicht anders. Ich tue es, ohne nachzudenken. Ich strecke die Hand aus und ziehe ihren Kragen so, dass ich sehen kann, was es ist.

Es ist ein großes Tattoo. Ein großes rotes Herz mit einem Pfeil und dem Namen *Gary* in gelben Buchstaben auf einem bläulichen, gekräuselten Banner.

Amber springt auf und reißt mir den Kragen ihres Sweatshirts aus der Hand.

»Lass mich los«, faucht sie.

»Amber, was hast du getan?«, frage ich.

Und dann entwischt es mir, bevor ich mich zurückhalten kann.

»Das sieht ja aus wie ein Brandzeichen. Als würde er dich besitzen.«

Ambers Gesicht wird sehr blass. Erst denke ich, sie fällt in Ohnmacht, aber es ist weißglühende Wut. Ihre Augen verengen sich, und sie beißt sich auf die Lippe, als müsste sie sich sehr anstrengen, um zurückzuhalten, was ihr auf der Zunge liegt. Aber es platzt trotzdem aus ihr heraus.

»Du widerst mich an, Flannery«, sagt sie. »Es widert mich

an, dass du die ganze Zeit versuchst, mir Schuldgefühle zu machen. Mich mit diesem blöden Hundeblick anschaust. Ich bin mit anderen Sachen beschäftigt, okay? Kapierst du das? Ich habe ein Leben. Ich habe einen Freund. Es ist nicht meine Schuld, dass niemand in dich verliebt ist.
Und hör auf, auf mein Biobuch zu sabbern. Das widert mich auch an. Es ist nicht meine Schuld, dass deine Mutter kein Geld hat und meine schon. Du musst mir das nicht ständig unter die Nase reiben. Meine Eltern *arbeiten.* Deshalb haben sie Geld. Warum sucht sich Miranda nicht einen Job wie jeder andere auch? Du bist nicht mein Problem, Flannery.
So zu tun, als wäre es was Besseres und *chic,* Vintage-Klamotten aus dem Secondhandladen zu tragen. Die sind nicht vintage, die sind nur *gebraucht.* Und sie stinken. Lass mich einfach in Ruhe. Hör einfach auf, okay? Ich habe keine Zeit. Du bist eine Sozialhilfeempfängerin. Hör auf, mir hinterherzulaufen. Meinst du, ich sehe deinen Blick nicht, jedes Mal, wenn ich an dir vorbeigehe? Ich bleibe nicht an dir kleben. Ich habe mich weiterentwickelt. Ich habe neue Freunde. Menschen verändern sich. Komm drüber weg! Ich wollte das nicht sagen. Ein normaler Mensch hätte es längst kapiert. Aber wenn du es so willst: Lass. Mich. Verdammt. Noch. Mal. In. Ruhe. Glaubst du, du kapierst es jetzt? Zufrieden? Ja?«
Ihre Augen sind feucht vor Tränen und wirken noch blauer

als sonst. Sie zittert am ganzen Körper. Ich habe sie noch nie so wütend gesehen. Das Blut rauscht in meinen Ohren. Mein Gesicht fühlt sich an, als würde es brennen.

Alles zwischen uns ist zerstört. Sie hat es zerstört. Sie hat es zerstört.

Die paar Nachzügler, die noch ihre Bücher zusammengepackt haben, haben es jetzt eilig, aus der Klasse zu kommen. Gleich werde ich auch heulen, und niemand will es sehen.

Amber packt ihre Sachen in ihre Tasche. Papiere, Stifte. Ein durchsichtiges grünes Plastiklineal stößt gegen den Tisch und bricht in zwei Teile, und sie zischt vor sich hin: »So weit hat sie mich gebracht.«

Ich tue so, als würde ich ebenfalls meine Sachen packen. Ich sehe meine Hefte durch, als würde eins fehlen. Als müsste ich gerade dieses Heft unbedingt finden. Dann schließe ich die Mappe. Meine Tränen fallen auf den blauen Deckel. *Plopp, plopp, plopp.*

Endlich habe ich meinen Kram beisammen. Natürlich ist die nächste Stunde Biologie. Mrs Krishna sagt zu mir, wenn ich nächste Woche das Buch nicht habe, muss ich eine Woche lang nachsitzen.

Ich beschließe, die Stunde sausen zu lassen. Ich renne die Treppe runter und aus der Tür raus und die Straße entlang, halb in der Erwartung, dass irgendein Lehrer mir hinterherruft, sofort zurückzukommen.

Ich kann den automatischen Anruf regelrecht hören. *Ein Kind aus Ihrem Haushalt namens FLANNERY ist in der fünften Stunde dem Unterricht ferngeblieben und ganz allein nach Hause gegangen, schniefend und aufgelöst, und es war ein sehr langer, einsamer, erbärmlicher Weg.*

24

Zuerst sage ich mir, dass es nicht sein kann.
»Was ist das?«, frage ich Felix.
»Was ist was?« Er schaut mich mit seinen großen blauen teuflisch-unschuldigen Augen an, und ein Löffel Honigloops hängt in der Luft vor seinen geschürzten Lippen. Felix liebt Honigloops vor dem Schlafengehen. Er trägt seinen Flanellpyjama mit dem Hamburgermuster. Hunderte kleine Hamburger mit Sesambrötchen und Salatblatt. Und jeder Hamburger hat Augen mit kleinen Herzchen in den Pupillen. Sein Lieblingsschlafanzug.
Aber um den Schlafanzug geht es jetzt gar nicht. Unter seiner Lippe ist ein Schokoladenfleck, und ich fühle, wie mein Magen einen Satz macht.
»An deinem Kinn«, sage ich.
»Ein Bart?«, fragt er und berührt sein Kinn.
»Nein«, sage ich. »Kein Bart. Ein Fleck. Schokolade.«
Felix schielt nach unten und versucht, sein eigenes Kinn zu sehen.

Dann blickt er wieder zu mir auf. Er blinzelt nicht und schaut melancholisch und engelsgleich drein. Seine wippenden Locken umrahmen sein Gesicht wie ein Heiligenschein.

Diesen Blick kenne ich.

Ich stürze aus der Küche und nehme immer zwei Stufen auf einmal. Ich werfe meine Zimmertür auf.

Auf den ersten Blick sieht es so aus, als wäre alles an seinem Platz – genau so, wie ich es hinterlassen habe.

Eine Schicht Kleidung hängt vom Bett herunter, und noch mehr Kleider hängen vom Bücherregal. Klamotten quellen aus den offenen Schubladen der Kommode, ein zusammengeknäulter Spitzenrock lugt über den Rand, und auf dem Fußboden bildet alles ein großes Durcheinander.

Ich tauche unter zusammengeknüllten Chipstüten und Büchern hindurch, krieche auf dem Bauch unters Bett und packe mein Schmuckkästchen.

Sogar von hier aus kann ich hören, wie Felix unten an der Haustür den Reißverschluss seiner Skijacke energisch zuzieht. Das Flüster-Flüster des Nylons.

Ich hebe den Deckel meines rosa-schwarzen, samtbezogenen Schmuckkästchens mit der Ballerina, die auf ihrer winzigen Drahtfeder hochschnellt. Sie dreht eine wacklige Pirouette. Musik ertönt, und die Ballerina wirft einen Blick über die Schulter in den kleinen Spiegel, der auf das rosafarbene Satinfutter geklebt ist.

Meine eigenen riesigen braungrünen Augen im Spiegel. Ich wühle mit den Fingern durch meine Perlen und Ringe und die Pfauenfederohrringe, die Amber mir zum zehnten Geburtstag geschenkt hat.

Ich hebe das Schmuckkästchen hoch und schüttle es, und der gesamte Inhalt kippt auf den Schreibtisch.

»Wo ist es?«, schreie ich.

Ich höre, wie Felix die Haustür öffnet und hinter sich zuknallt.

Ich renne aus meinem Zimmer und schreie: »Komm zurück, komm sofort zurück. Ich bringe dich um, Felix Malone!«

Miranda kommt aus dem Wohnzimmer.

»Was ist hier los?«, fragt sie.

Ich breche auf der Treppe zusammen und schluchze ein großes, breites, tonloses Schluchzen. Ich kann keine Luft in meinen Körper bekommen. Ich lege den Kopf ans Geländer.

»Flannery, um Himmels willen«, sagt Miranda. »Was ist passiert?«

»Er hat mein Herz gestohlen«, schluchze ich. Meine Mutter kommt die Treppe hoch und schlingt die Arme um mich. »Er hat mein Schokoladenherz gestohlen, das Dad dir geschenkt hat.«

»Flannery«, sagt meine Mutter.

»Es war das Einzige, was ich von meinem Vater hatte«, sage ich. »Es war alles, was ich hatte.«

»Okay, hör zu. Ich weiß, dass es schwer für dich ist, Flannery, ohne Vater. Aber ich tue mein Bestes«, sagt Miranda. »Ich bereue nichts. Ich war achtzehn, als ich ihn getroffen habe.«

»Erzähl mir die Geschichte noch einmal«, flehe ich. »Erzähl sie mir.«

»Okay. Okay, ich erzähle sie dir«, sagt Miranda. Aber sie sagt nichts, sie wiegt mich nur sanft in den Armen. Ich muss den Anfang machen.

»Mein Vater hatte große braune Augen und lange schwarze Wimpern wie ein Mädchen«, sage ich, um sicherzugehen, dass sie von vorne anfängt. Tränen laufen mir über die Wangen und hängen an meinem Kinn, bevor sie auf Mirandas hellblauen Baumwollpullover tropfen und den Fleck immer größer werden lassen.

»Oder sie waren grün«, sagt Miranda.

»Waren sie grün oder braun, Miranda?«

»Bräunlich grün«, sagt Miranda. »So wie deine. Ich weiß nicht genau, es war dunkel.«

»Mein Vater hatte braungrüne Augen und wunderschöne dichte geschwungene schwarze Wimpern wie ein Mädchen«, sage ich.

»Du hast deine Wimpern definitiv von ihm«, sagt Miranda. »In meiner Familie sind alle quasi wimpernlos.«

»Er war groß und gutaussehend.«

»Ich reichte ihm bis zur Schulter«, sagt Miranda.

»Und er hatte ein geheimnisvolles Lächeln.«

»Na ja, er hatte sehr ebenmäßige, weiße Zähne.«
»Ein ebenmäßiges, weißes, geheimnisvolles Lächeln.«
»Ich würde nicht geheimnisvoll sagen. Ich würde sagen, er hatte als Kind eine Zahnspange.«
»Du hast ihn zum ersten Mal gesehen, als er am Mast des Öko-Schiffs hochkletterte, das im Hafen lag.«
»Sie waren alle schrecklich besorgt«, sagt sie.
»Wegen des Ozonlochs«, sage ich.
»Sie segelten auf ihrem fabelhaften Müllschiff über das Meer.«
»Wie im Märchen«, sage ich. »Der geheimnisvolle Besucher aus der Ferne taucht im nördlichen Atlantik auf.«
»Also, genau, wir haben uns auf dem Kai am Hafen kennengelernt. Und ich habe ihm erzählt, dass an dem Abend eine Party draußen in Topsail Beach stattfindet, und ihm die Adresse gegeben. Ich habe gesagt, er soll seine Freunde mitbringen.«
»Und du hast mit deinen Freundinnen getanzt, als er reinkam, oder? Und da war ein flauschiger Teppich auf dem Boden und Stuck an der Decke. Und es liefen die Bee Gees, oder?«
»Ja, denn es war eine Retro-Disco-Party«, sagt Miranda.
»Und ihr habt die Bee Gees gehört, *Ah, ah, ah, ah, Staying alive, staying alive.* Das mit dem Lebensrettungsrhythmus«, sage ich. (Als ich den Erste-Hilfe-Kurs für mein Babysitterdiplom gemacht habe, wurde uns gesagt, der Rhythmus dieses

Songs sei genau der, den man für eine Herz-Lungen-Massage braucht. Ich summe ihn immer, wenn ich Angst habe.)

»Und wir hatten beide die gleichen Vokuhila-Perücken auf«, sagt Miranda. »Blaues Stanniolpapier mit dicken, ganz gerade geschnittenen Ponyfransen.«

»Und die Perücken waren ein Zeichen, dass ihr füreinander bestimmt wart«, sage ich.

»Na ja, ehrlich gesagt, trugen mehrere Leute auf der Party diese Perücken. Es gab sie im Ausverkauf«, sagt Miranda.

»Und bevor ihr ein Wort gewechselt habt, hat er die Hände ausgestreckt, um dir zu zeigen, dass nichts darin war, und dann hat er durch die Lamettafransen deiner Perücke gegriffen und dich ins Ohr gezwickt.«

»Wir haben uns unterhalten«, sagt Miranda. »Über die Musik hinweg. Woher er kam und all so was.«

»Und dann hat er die Hand geöffnet, und genau vor deinen Augen war das Schokoladenherz in der roten Folie.«

»Großzügig war er«, sagt Miranda.

»Und später am Abend habt ihr beschlossen, baden zu gehen, und seid Hand in Hand im Mondlicht über die Felsen am Strand gelaufen.«

»Na ja, ich glaube, da war kein Mond. Es war ziemlich neblig.«

»Und ihr seid in das eisige Wasser und den Schaum gesprungen, und eure Herzen haben gehämmert, und in dem Haus auf der anderen Seite der Straße, wo die Party war, hämmerte die Musik, *Staying alive, staying alive*, und mitten in der weichen Brandung habt ihr euch im Mondlicht geküsst, und eure blauen Lamettaperücken schwammen zusammen in den Wellen davon wie zwei verliebte Quallen.«

»Wir haben die Perücken verloren, als wir von einer Welle überspült wurden.«

»Und ihr habt sie nie wieder gesehen.«

»Tja, wir haben auch nicht nach ihnen gesucht.«

»Und am nächsten Morgen ist mein Vater auf sein Ökoschiff aus Plastikkanistern und Colaflaschen und altem Müll zurückgekehrt, gemeinsam mit seinen Mitseglern, um zu demonstrieren, wie wir den Planeten zerstören.« (Die Presse kam, um sie zu verabschieden, und es gab eine Fanfare und blitzende Kameras, und das einzige Bild, das in den Archiven Neufundlands überlebt hat, zeigt nur die Schulter meines Vaters. Leider drehte er der Kamera den Rücken zu, aber es ist eine schöne Schulter, ganz stark und rund in einem einfachen schwarzen T-Shirt, das mir nicht viel verrät, außer dass meine Schulter wie seine aussieht, mehr oder weniger. Oder? Er ist nicht in der Bildmitte, daher ist es schwer zu sagen.)

»Und dann segelten sie hinaus in den strahlenden roten Morgen«, sage ich.

»Ich glaube, es war an dem Morgen immer noch neblig«, sagt Miranda.

»Und er ließ das holde Mädchen zurück, in das er sich ver-

liebt hatte, um der weiten Welt die Botschaft zu überbringen, dass der Planet gerettet werden muss.«
»Ähm, ja«, sagt Miranda. »Aber er wusste nicht, der arme Tor, dass er mir etwas hinterlassen hatte.«
Sie nimmt mein Kinn mit Daumen und Zeigefinger und schüttelt es ein bisschen.
»Und ich bin so froh, dass er das getan hat«, sagt sie.
»Das Herz war alles, was ich hatte«, sage ich.
Dann klingelt es an der Tür. Miranda löst sich aus meinen Armen, um Felix hereinzulassen. Es sind minus zehn Grad da draußen, seine Wangen sind flammendrot, und seine Nase läuft.
»Es tut mir leid, Flan«, sagt er. »Ich wollte dein Herz nicht aufessen.«
»Wir kaufen Flan neue Schokolade«, sagt Miranda.
Plötzlich bin ich außer mir vor Wut.
Neue Schokolade? Kann Miranda nicht verstehen, wie *schwer* das für Felix und mich ist? Ohne die Dinge zu leben, die für andere selbstverständlich sind, wie eine bezahlte Heizrechnung, pünktlich oder überhaupt? Sich um Lebensmittel, Schulbücher, Väter zu sorgen? Mir reicht's! Ich will, dass sie Felix sagt, wer sein Vater ist. Ich will, dass Felix es weiß. Ich will, dass Hank es weiß.
Miranda glaubt, es sei ihre Entscheidung. Aber es ist nicht ihre Entscheidung.
»Vergiss das Schokoladenherz«, sage ich. »Kauf mir lieber

mein Biobuch.« Und ich stampfe die Treppe hoch und knalle meine Zimmertür hinter mir zu.
Nach ein paar Minuten höre ich Felix klopfen.
»Flannery, es tut mir leid.«
Er wartet.
»Flannery, ich hab gesagt, es tut mir leid.«
»Geh weg«, sage ich. »Ich will nie wieder mit dir reden.«

Ich bin im Tiefschlaf, als ich Miranda durchs ganze Haus nach Felix rufen höre. Dann stürmt sie in mein Zimmer. Sie schreit mich an.
»Er ist weg«, sagt sie. »Steh auf.«
»Wer ist weg?«, frage ich, aber ich bin schon aus dem Bett und ziehe meine Jeans über das Nachthemd. Das eine Hosenbein ist am Knie verdreht, und ich habe sie schon halb hochgezogen und bekomme das Bein nicht durch. Ich hüpfe mit einem Hosenbein herum wie die Ente mit dem gebrochenen Flügel im Bowring Park.
Endlich hat mein Bein freie Bahn, und ich ziehe einen Pulli über, meine Mütze und einen Stiefel an, der andere Stiefel ist irgendwo unten bei der Tür. Der Wind rüttelt an den Fensterscheiben, der Schnee pfeift gegen das Glas. Eisblumen sind darauf, und die Nacht dahinter ist so schwarz, wie sie nur sein kann.
»Felix ist weg«, sagt Miranda. Sie knallt eine Schublade im Bad zu, auf der Suche nach dem Autoschlüssel.

Er ist nicht in seinem Bett, schläft nicht unterm Esstisch, seine Skijacke ist weg und seine Stiefel auch. Seine Handschuhe sind nicht mehr auf der Heizung hinter der Haustür. Vor der Tür sind Fußstapfen im Schnee.
Er ist weg, weil ich ihm nicht verziehen habe.
Hinter meiner Stirn schmerzt es wie nach einer zu großen Eisportion.
Wir gehen hinaus in die stürmische Nacht. Miranda hat nicht mal ihren Mantel zugemacht. Felix' Fußstapfen sind teilweise von einer anderen Spur verdeckt. Es sieht aus, als hätte er etwas hinter sich hergezogen – einen Koffer oder einen Schlitten. Aber am Ende der Straße verlieren sich die Spuren ganz.
Ich kratze die Windschutzscheibe frei und will auch die Heckscheibe freikratzen, aber Miranda schreit, ich soll einsteigen. Wir fahren zu Felix' Freundin Lila, und Miranda klingelt, aber alle Lichter sind schon aus. Endlich gehen sie an – ein Licht oben im Schlafzimmer, dann das Licht über der Haustür. Miranda redet mit Lilas Mom. Sie geht rein und bleibt eine Weile dort. Sie hat den Motor angelassen, und ich sehe, dass das Benzin fast leer ist.
Dann kommt sie wieder raus.
»Ich habe die Polizei gerufen«, erklärt sie. Und fährt runter zur Water Street. Sie umklammert das Lenkrad und beugt sich vor.
Es ist Samstagabend, und jede Menge Leute sind unterwegs.

Miranda biegt in die George Street ein, wo einige Paare mitten auf der Straße gehen. In der Sporthalle muss gerade ein Hockeyspiel zu Ende gegangen sein.

»Bewegt euch«, zischt Miranda vor sich hin. »Aus dem Weg!«

Irgendetwas blockiert den Verkehr am anderen Ende der Straße. Da ist eine große Menschenmenge. Vielleicht hundert Leute.

Ein Unfall?

Dann wird uns beiden gleichzeitig klar, was es ist, und wir springen aus dem Wagen und rennen im selben Augenblick los. Miranda lässt ihre Tür auf. Hinter uns taucht ein Polizeiauto mit Blaulicht auf, und ein anderes erscheint am anderen Ende der George Street.

Wir bahnen uns einen Weg durch die Menge. Ich höre Glocken. Es klingt wie Glocken. Es klingt nach einer wilden Mischung aus verrücktem ausgedachtem Jazz und Kinderliedern, und ich dränge mich durch die Menge, und da ist Felix Malone, genau in der Mitte des Kreises, den die Leute gebildet haben, gut vor dem Wind geschützt, und spielt auf dem Glockenspiel. Vor ihm steht der mit Samt ausgekleidete Glockenspielkasten, und er ist voller Kleingeld, wie ein Piratenschatz mit Silber- und Goldmünzen, einige davon sind vor dem Kasten im Schnee gelandet. Ein Stück weiter hinten sehe ich Miranda ebenfalls durch die Menge kommen, und Miranda erblickt Felix.

Felix macht ein kleines Crescendo mit den Schlägeln, dann sieht er uns, und links und rechts von ihm tauchen Polizisten auf und versuchen, die Menschenmenge aufzulösen, obwohl alle noch immer wie verrückt klatschen.

»Flannery«, sagt er. »Guck mal! Ich hab genug Geld für dein Biobuch. Das ist dein Weihnachtsgeschenk!«

25

Ich hole Felix von der Schule ab, mein neues Biobuch im Rucksack, und wir unterhalten uns darüber, wie Sensei Larry es schafft, mit einem Karateschlag ein Stück Holz entzweizubrechen, und dass Felix das irgendwann auch können wird. Ein Motorrad biegt um die Ecke in die Livingstone Street, und in einem Wirbel aus Chrom und Schneeflocken braust Tyrone O'Rourke heran. Er schlägt sein getöntes Visier mit einer behandschuhten Hand hoch. Tyrone O'Rourkes braune Augen.

»Hey, Flannery«, sagt Tyrone. Er deutet mit dem Kinn auf den Platz hinter ihm auf dem Motorrad.

Er trägt seine schwarze Lederjacke und einen schwarzen Helm, und das Chrom der Maschine funkelt in der Wintersonne.

Ich bringe Felix zur Tür und sage ihm, er soll reingehen und spielen.

»Das petze ich aber«, sagt Felix. Er stampft seine Stiefel auf der Stufe ab. Wir wissen beide, dass Miranda mich nie auf das Motorrad steigen lassen würde. Schon gar nicht im Winter. Sogar Felix weiß, dass das nicht sicher ist.

Aber ich habe keine Lust mehr auf sicher. Ich will Spaß haben.

»Sei kein Baby, Felix«, sage ich. »Wir drehen nur eine kleine Runde um den Block.« Ich schwinge schon mein Bein über den Sitz. Tyrone gibt mir einen Helm, und ich setze ihn auf.

Ich bin es leid, auf Miranda zu hören. Ich bin es leid, mich um meinen kleinen Bruder zu kümmern.

Im Augenblick zählt für mich nur Tyrone. Und außerdem habe ich mir solche Sorgen um ihn gemacht. Miranda hat mir gestern erzählt, dass seine Mutter seit Tagen nichts von ihm gehört hat. Und dass er das letzte Mal, als er zu Hause war, gesagt hat, er werde erst wiederkommen, wenn Marty weg sei.

Tyrone lässt mit einer Handbewegung den Motor aufheulen, die Vibration schießt mir durch Beine und Oberkörper, und ich weiß nicht, wohin mit meinen Händen.

Er fährt bis ans Ende der Livingstone Road und knattert den Long's Hill hoch. Ich packe zwei Hände voll von seiner Lederjacke und halte mich fest. Ich lehne mich an Tyrones Rücken, und es wäre nicht gelogen zu sagen, dass ich meine Lippen an seine Jacke drücke.

Der Himmel wird schon dunkel, das tiefste Blau, das Blau vor Schwarz. Das Blau von Blaubeermarmelade, das

Blau eines gefrorenen Teichs, wenn das Eis noch dünn ist.

Der Raureif an den Bäumen fällt als Funkenregen zu Boden. Das Motorrad bebt unter mir, und ich bin glücklicher, als ich es je im Leben gewesen bin. Zur Hölle mit Amber Mackey. Zur Hölle mit allem.

Tyrone fährt am Einkaufszentrum vorbei, dann sind wir draußen auf der Thorburn Road und fast schon in St. Philips, als er an einen überwucherten Seitenweg kommt. Es ist ein ungeteerter Feldweg mit gefrorenen Pfützen. Ein gelber Grasstreifen in der Mitte, Disteln im Schnee, überfrorene Reifenspuren eines Geländewagens, alles silbern vom Frost.

Das Motorrad fliegt über die Furchen, und das Hinterrad schlingert zur Seite und richtet sich wieder auf. Zweige schlagen mir gegen den Arm. Nach einer Weile muss Tyrone langsamer fahren und manchmal die Füße absetzen, damit wir nicht umkippen, und das Motorrad sanft aus tiefen Schlaglöchern rütteln.

Ein paarmal muss ich absteigen und zu Fuß weitergehen, ich sehe ihm zu, wie er das Motorrad über den Weg bugsiert, in einer Rauchwolke aus dem erschöpften Motor.

Endlich hält er am Rande einer Lichtung. Er steigt vom Motorrad, nimmt den Helm ab und schüttelt die Haare. Meine Beine fühlen sich weich an, aber Tyrone ist schon in einen schmalen Pfad eingebogen und schlägt Zweige mit einem

Stock beiseite, der an einem Baumstamm gelehnt hat. Ich nehme meinen Helm ab und beeile mich, um ihn einzuholen.

»Wohin gehen wir?«, frage ich.

»Das wirst du gleich sehen«, sagt Tyrone.

Ein paar Krähen flattern durch die Baumkronen und schreien, und die Luft riecht nach Tannen und frischem Schnee.

Dann kommen wir an einen anderen Pfad, der einen steilen Abhang hinunter zu einem Fluss führt. Tyrone nimmt meine Hand und zieht mich auf den schmalen Vorsprung, auf dem er steht. Vor uns ist ein festgefrorener Wasserfall. Drei Schichten schwarzer Stein und gefrorener weißer Schaum.

Ich bin sicher, dass ich rot werde, weil er immer noch meine Hand hält, aber er sieht mich nicht an. Er zeigt geradeaus.

Ich schnappe nach Luft. Auf der glatten Felsoberfläche neben dem Wasserfall ist eins von Tyrones Gemälden.

Ein Mädchen mit schwarzen Haaren wäscht ein rotes Kleid im Fluss. Das Knie des Mädchens ist auf einen Felsvorsprung gemalt, der die Form eines Knies hat, und ihre Schulter befindet sich auf einem anderen, kleineren Vorsprung. Sie blickt auf, als hätten wir sie überrascht. Aber sie sieht glücklich aus.

Ich erkenne sie. Es ist Tyrones Mutter, als sie ein junges Mädchen war. Tyrone muss eins ihrer Highschool-Fotos als

Vorlage genommen haben, ich erinnere mich an die Bilder, ich habe sie immer auf dem Fernseher stehen sehen, wenn wir zusammen bei ihnen waren, als wir klein waren. Aber es ist auch das Gesicht der Schneekönigin. Nur dass sie hier nicht strahlend und muskulös und mächtig ist. Ich glaube, Tyrone O'Rourke träumt sich seine Mutter als Superheldin.

»Das habe ich letzten Sommer gemacht«, sagt er. »Ich habe es niemandem gezeigt.«

Tyrone setzt sich auf einen umgestürzten Baumstamm und klopft neben sich, damit ich mich auch setze. In dem Augenblick vergesse ich alles, die Liebestränke und die unbeantworteten Nachrichten und sogar das Mädchen mit den Papageienhaaren, das vielleicht seine Freundin ist, vielleicht aber auch nicht.

Es liegt an der Art, wie er mir den Platz anbietet. Er tut es wie der kleine Tyrone, der, mit dem ich immer zum Kiosk in der Queen's Road gegangen bin, als wir sechs waren. Wir legten unser Geld zusammen, ein großes Vermögen in wenigen Pennies, die schwer in unseren Taschen lagen, so dass wir immer wieder unsere Jeans hochziehen mussten, wir kauften für fünf Dollar Gummischlangen und warteten voller Vorfreude ab, wie der Mann hinter dem Tresen jeden Penny unter dem Zeigefinger aus dem Haufen zog und beim Zählen die Lippen bewegte.

Wir rannten zurück zu mir nach Hause und die Treppe hoch

in mein Zimmer und unter die Bettdecke und verbrachten den Rest des Nachmittags damit, die Schlangen nach Länge und Farbe einzuteilen, wie zwei Biologen bei der Arbeit.

Dieser Jungen-Tyrone ist so gut wie verschwunden.

Die Person neben mir ist ein Mann. Er hat sich verändert. Nicht nur körperlich, obwohl ich mir dieser Veränderungen, weiß Gott, sehr bewusst bin.

Er ist selbstbeherrscht. Das ist das Wort.

Er gehört sich selbst.

Tyrone nimmt ein Tütchen Gras aus der Jackentasche und dreht auf den Knien einen Joint. Er lässt ein Feuerzeug aufflammen.

Das Marihuana riecht scharf und grün und rauchig in der kalten Luft. Es riecht nach Camping und Weihnachten. Seine Augen blinzeln im Rauch, und er behält den Zug ein.

Als er ausatmet, fragt er: »Was meinst du?«

Ich schaue wieder auf das Bild, aber ich sage nichts.

»Willst du?«, fragt Tyrone. Er hält mir den Joint hin. Aber ich will nicht, und das sage ich, und es ist nichts dabei.

»Ich habe dieses Bild niemandem gezeigt«, sagt Tyrone. »Aber ich wollte, dass du es siehst.«

Ich beginne zu zittern. Die Spitzen meiner Ohren brennen vor Kälte. Ich nehme die kleine Taschenlampe heraus, die ich an meinem Schlüsselbund habe, und lasse ihren Schein über das Gemälde huschen. Es ist dunkel geworden, ohne dass wir es bemerkt haben. Der schwache gelbe Lichtpunkt fällt auf die Wange der jungen Frau. Das Bild ist von einer dicken Eisschicht bedeckt, wie Lack auf einem alten Ölgemälde, glänzend und rissig.

Tyrone wirft den Stummel seines Joints in den Fluss und steht auf, um zu gehen. Er zieht sich die Handschuhe wieder an und klopft den Schnee ab. Ich stolpere ein bisschen, und er fängt mich an der Schulter auf.

Dann küsst er mich.

Tyrone O'Rourke küsst mich. Ein Kuss voller Sanftheit. Ein achtsamer, sanfter Kuss. Ich habe bis zu diesem Augenblick nicht gewusst, was das Wort sanft bedeutet.

Als ich nach Hause komme, scheppert Miranda mit Töpfen und Pfannen in der Küche herum. Sie zieht sich einen Schuh aus und wirft ihn nach mir. Sie verfehlt mich um einen Kilometer, aber er hinterlässt einen Abdruck an der Wand.

Sie hat noch nie etwas nach mir geworfen.

»Wie kannst du es wagen, auf dieses Motorrad zu steigen?«, schreit sie. »Wie kannst du es wagen?«

Ich habe sie noch nie so wütend gesehen.

»Du hättest dabei draufgehen können. Die Straßen völlig vereist. Es ist dunkel. Ich hatte keine Ahnung, wo du warst. Und er ist auch noch bekifft gefahren, oder etwa nicht? Ich rieche es an dir! Du hast Hausarrest, junge Dame! Du hast Hausarrest für den Rest deines verdammten Lebens.«

»Ich dachte, du glaubst nicht an Hausarrest«, schreie ich zurück. »Ich dachte, das wäre keine verfickte *kreative* Erziehungsmethode?«

»Gebrauche nicht diese Sprache bei mir, junge Dame«, sagt sie.

»Ich dachte, das ist in Ordnung, solange es nur *kreativ* ist.«

»Du treibst es zu weit«, schreit sie.

»Du kannst mir sowieso keinen Hausarrest geben«, sage ich. »Ich bin sechzehn. Ich kann tun, was ich will. Ich könnte ausziehen, wenn ich wollte, und wer würde sich dann um Felix kümmern, während du Kunst machst, die keiner kaufen will?«

»Okay, du hast *keinen* Hausarrest«, schreit Miranda. »Du bist einfach nur eine Enttäuschung.«

Ich bin fassungslos. Diese Worte von Miranda, das ist so unter ihrer Würde. Meint sie es ernst? Wenn sie mich ins Gesicht geschlagen hätte, hätte es weniger weh getan.

»*Du* bist die Enttäuschung«, sage ich. Ich schreie nicht mehr. Alles, was ich sage, ist wohlüberlegt.

»Du bist die schlechteste Mutter auf dem Planeten. Hast du schon mal was von Kondomen gehört? Man braucht Geld, um Kinder großzuziehen. Es war egoistisch von dir, uns zu kriegen. *Überraschungen, keine Unfälle*, ja, klar! Du hättest uns nicht bekommen sollen.«

»Eins kann ich dir versprechen, Flannery«, sagt sie. »Wenn du noch einmal auf dieses Motorrad steigst, bist du unter diesem Dach nicht mehr willkommen.«

»Und eins kann ich *dir* versprechen, *Mom*«, sage ich.

Ich senke die Stimme. »Wenn du Felix nicht sagst, wer sein Vater ist, tue ich es. Du bist nicht genug, um uns allein großzuziehen.«

Und ich gehe in mein Zimmer und knalle die Tür zu.

Ich zittere. Was ist gerade passiert? Ich schließe die Tür ab, nur für den Fall.

Am nächsten Morgen stehe ich früh auf und gehe zur Schule, bevor Miranda aufwacht.

26

Die Stimmung bleibt die ganze Woche lang frostig zwischen Miranda und mir. Ich mache mehr Hausarbeit als sonst. Sie kocht extra viel. Macht Nachtische. Wir sind sehr höflich zueinander. Höflich, wie wir zu einem ausländischen Würdenträger wären, falls sich zufällig einer bei uns einquartieren würde.

Am Samstag machen wir unseren üblichen Familienausflug ins Schwimmbad. Ich hoffe, dass das Mädchen mit den Papageienhaaren heute keinen Dienst hat. Was, wenn sie wirklich Tyrones Freundin ist und herausfindet, dass wir uns geküsst haben?

Aber das Mädchen ist nicht am Tresen. Ein Mann steht hinter der Kasse und druckt uns die Armbänder für die Wasserrutschen aus, ohne uns überhaupt anzuschauen.

Ich folge Felix in die Familienumkleide, und da ist das Mädchen mit einer Flasche Glasreiniger und einem Stapel Papiertüchern. Kinder schälen sich aus nassen Badesachen, Kinder warten vor der Dusche, Mütter und Väter wickeln

Kleinkinder auf den Wickeltischen, Toiletten werden gespült und Haare geföhnt.
»Hey«, sagt das Mädchen.
»Hey«, sage ich.
»Gehst du nächste Woche auf diese Party?«, fragt sie. Sie sprüht die Spiegelwand über den Waschbecken ein und reibt sie sauber. Die feuchten Papiertücher quietschen auf dem Glas.
»Welche Party?«, frage ich.
»Diese Musikvideo-Release-Party«, sagt sie. Mein Herz saust abwärts wie ein kaputter Fahrstuhl. Es hängt nur noch an einem Faden und baumelt in meiner Brust. Ich wusste, dass es eine Party geben sollte, aber als ich das letzte Mal auf Facebook nachgeschaut habe, stand nichts mehr da.
Jetzt wird es mir klar. Ich wurde blockiert. Wahrscheinlich hat Gary mich blockiert.
»Komm jetzt, Flannery«, drängelt Felix. Er versucht, mir den Rucksack von den Schultern zu ziehen. »Ich brauche meine Badehose, mach schneller.«
»Du kennst doch diese Amber, oder?«, fragt das Mädchen. Sie reibt über eine Stelle auf dem Glas, an der etwas klebt. Sie reibt fest, und dann kratzt sie mit dem Fingernagel darüber. Dann reibt sie wieder mit dem Papiertuch, bis das Glas sauber ist. Felix reißt den Rucksack auf und zieht seine Badehose und ein Handtuch heraus. Er verschwindet in einer Umkleidekabine und zerrt den Vorhang zu.

»He, kennst du Amber auch?«, ruft Felix hinter dem Vorhang. »Amber ist die beste Freundin von meiner Schwester.« Das Mädchen sieht mich im Spiegel fragend an.

»Die Party soll richtig groß werden«, sagt sie. »Alle gehen hin.«

»Kann ich auch?«, ruft Felix.

»Ich glaube nicht«, ruft das Mädchen zurück. »Ich glaube, es wird echt wild«, sagt sie zu mir. Sie sprüht die Wasserhähne an einem der Waschbecken ein und fängt an, sie zu polieren.

»Deine Freundin Amber hat einen komischen Männergeschmack«, sagt sie. Sie hält inne und streicht sich die pinkfarbenen Ponyfransen aus dem Gesicht. Dann lehnt sie die Hüfte gegen das Waschbecken, verschränkt die Arme und mustert mich eingehend.

Ihre Augen sind so blau wie gefärbte Kontaktlinsen. Schwimmbeckenblau. Unheimlich und unnatürlich blau.

Ich beschließe, dass ich sie mag. Vielleicht sind sie und Tyrone nur Freunde.

»Wie meinst du das?«, frage ich.

»Er hat sie total unter seiner Fuchtel, findest du nicht? Totale Kontrolle. Ich habe gehört, dass er ihr neulich auf einer Party das Handy aus der Hand geschlagen hat und es kaputtgegangen ist. Nur weil sie irgendwem geschrieben hat.«

»Das habe ich nicht mitbekommen«, sage ich. »Sie redet eigentlich nicht mehr mit mir.«

»Das überrascht mich nicht. Sie darf mit niemandem reden«, sagt das Mädchen. »Ich habe sie früher ständig hier beim Training gesehen. Sie war echt schnell. Alle haben gesagt, die fährt auf jeden Fall zu den Olympischen Spielen. Aber in letzter Zeit war sie kaum noch da. Ich habe gehört, dass ihr Freund eifersüchtig auf irgendeinen Trainer ist, der praktisch ihr Vater sein könnte. Und er selbst, wie heißt er noch? Gary? Den hab ich gesehen, wie er andere Mädels angegraben hat. So ein Widerling.«

Felix kommt in Badeshorts und Schwimmbrille aus der Umkleide.

»Komm, Flannery, beeil dich!«, sagt er.

»Ich muss jetzt ins Wasser«, sage ich. Ich habe meinen Badeanzug schon unter, ziehe meine Sachen aus und stopfe meine Klamotten und den Rucksack in ein Schließfach. Das Mädchen macht sich daran, das nächste Waschbecken zu reinigen. Ich drücke das Fach zu, werfe eine Münze ein, ziehe den Schlüssel ab und binde ihn mir um. Felix ist schon durch die Duschen und auf dem Weg zum Schwimmbecken. Ich fange den Blick des Mädchens im Spiegel auf.

»Deine Haare sind echt cool«, sage ich.

»Danke«, sagt sie. »Ich bin Evelyn.«

»Flannery«, sage ich. Sie dreht sich um, und wir schütteln uns die Hände.

»Ich hoffe, wir sehen uns auf der Party, Flannery«, sagt

sie. »Ich gehe mit Tyrone O'Rourke. Ihr kennt euch doch, oder?«

Das letzte Fahrstuhlkabel reißt, und mein Herz fällt etwa tausend Stockwerke tief.

»Ja«, sage ich. »Von früher. Unsere Mütter waren befreundet.«

Ich muss mich beeilen, um Felix einzuholen. Draußen am Pool kommt ein Song von Blondie aus einem blechern klingenden Lautsprecher, und ein sehr muskulöser Trainer läuft am Beckenrand auf und ab und kommandiert eine Aquafitness-Gruppe, bestehend aus drei älteren Damen mit Schwimmgürteln um die Taille, eine von ihnen mit einer Badekappe mit Plastikblumen auf dem Kopf und einer Brille auf der Nasenspitze.

Der Aquafitness-Trainer spielt jeden Samstagmorgen dieselben 80er-Hits. Nach *Heart of Glass* kommen *Love is a Battlefield, Bette Davis Eyes* und *Paradise by the Dashboard Light.*

Mir ist kalt, und ich muss Felix ermahnen, dass er nicht rennen soll. Er will aber rennen.

»Hör auf zu rennen«, sage ich. »Am Beckenrand darf man nicht rennen. Willst du, dass wir rausgeworfen werden? Kannst du dich nicht einmal benehmen?«

Ich frage mich, warum Tyrone mich geküsst hat, wenn er eine Freundin hat. Einfach nur, weil er stoned war? Obwohl Evelyn trotzdem nur eine Freundin sein könnte, und nicht *seine* Freundin. Freunde gehen zusammen auf Partys. Aber er hat sich seit dem Kuss nicht mehr gemeldet. Und Miranda hatte recht. Ich hätte mich auf diesem Motorrad umbringen können. Tyrone ist auf dem Heimweg über mehrere rote Ampeln gefahren.

»Ich habe gesagt, hör auf zu rennen!«

»Tut mir leid, Flannery«, sagt Felix.

»Warum muss ich mich immer mit dir rumärgern? Kannst du mir das mal sagen?«, frage ich. »Du hörst nie.«

Ich sehe, dass ich ihn verletzt habe, aber das ist mir egal.

»Ich höre doch«, sagt er. »Guck, jetzt gehe ich.«

»Na los, geh im Babybecken planschen«, sage ich. »Da gehörst du hin.«

Aus irgendeinem Grund scheint der Song *Heart of Glass* in Endlosschleife zu spielen und gibt mir das Gefühl, dass mein eigenes Herz gleich zerspringt.

Alle gehen auf diese blöde Party. Wie hat Evelyn das gemeint, dass Amber mit niemandem reden darf? Ich kann nicht glauben, dass es in meiner Brust so weh tut. Mein Herz schmerzt tatsächlich. Gibt es das wirklich?

Ich beschließe, vom Zehnmeterbrett zu springen. Ich sehe Felix, der vom Babybecken zu mir herüberschaut, während ich an der Leiter anstehe.

Als ich oben bin, schaue ich mich um und entdecke Miranda. Die Laufbänder sind auf einer Galerie über dem Schwimmbecken hinter einem riesigen Fenster. Wir sind beide hoch

über der Welt, auf gegenüberliegenden Seiten des Beckens. Die Luft hier oben ist trocken und riecht nach Zedern, und die großen Deckenleuchten haben einen Pinkstich.
Das Schwimmbecken hat Olympiamaße, eine weite, heftig wabernde blaue Fläche mit schwarzen Linien am Grund zwischen meiner Mutter und mir.
Miranda trägt ihren blauen Lycraanzug und hat silberne Gewichte in jeder Faust. Ihr Kinn ist aufwärts gerichtet, die Gewichte hält sie eng an die Brust, und sie stolziert, schiebt eine Schulter vor und dann die andere – ein schnelles Schritttempo. Ich weiß, dass sie im Lauf der Stunde das Tempo erhöhen wird, bis sie sehr schnell rennt.
Das ist Miranda. Voller Entschlossenheit stürzt sie mit aller Kraft los, selbst wenn es keine Hoffnung gibt, irgendwo anzukommen.
Ich wünschte, sie hätte das große Werk der Konzeptkunst aufgegeben und wäre zurück an die Uni gegangen und Lehrerin geworden. Ich bin es leid, mir Geldsorgen zu machen und bei jemandem das W-LAN abzuzwacken, der sich *Babbasvergnügungspalast* nennt.
Ich springe. Felix wartet neben dem Becken auf mich und will dann das Tarzanseil ausprobieren. Es ist ein dickes, grünes Seil, das an mehreren Stellen geknotet ist, so dass man sich daran festhalten kann, ohne abzurutschen.
Die Schlange ist lang, aber wir warten, bis wir dran sind. Felix beobachtet das Mädchen vor uns zu, wie es auf die

Plattform klettert und die Taucherbrille über die Augen schiebt. Sie dreht sich um und winkt ihrem Dad, der mit ihr gewartet hat, kurz zu. Sie packt das Seil, springt von der Plattform, fliegt durch die Luft und zappelt mit den Beinen.

Das Seil scheint einen kurzen Moment beinahe in der Luft stillzustehen, bevor es zurückschwingt, und das Mädchen mit einem großen Platsch ins Wasser fällt.

Felix steigt auf die Plattform. Er dreht sich zu mir um, und ich sehe, dass er Angst hat.

Das Mädchen schwimmt aus der Bahn und an den Beckenrand und dreht sich um, um Felix durch ihre grün getönte Schwimmbrille zuzuschauen. Eine Schlange von sieben Kindern hat sich hinter ihm gebildet.

Der Bademeister reicht Felix das Seil, und alle warten.

»Hey, Flannery«, sagt der Bademeister.

Es ist Kyle Keating.

»Oh, hi, Kyle.«

»Ich habe den Blog deiner Mutter gelesen«, platzt er heraus.

»Was?«, frage ich.

»Ja, ziemlich cool«, sagt er. »Eure Mom scheint echt toll zu sein.« Dann sagt er zu Felix: »Kein Rosenkohl für dich, stimmt's, Kleiner?« Felix scheint ihn nicht zu hören. Er starrt wie gebannt auf die Stelle im Wasser, an der er wahrscheinlich landen wird, wenn er das Seil loslässt. Er sieht aus, als müsste er gleich über die Planke in ein Meer voller Haie gehen.

»Sag mal, Flan, gehst du eigentlich auf Ambers Party?«, fragt Kyle.

Er trägt eine Badehose und ein Muskelshirt, auf dem hinten in weißen Buchstaben *Personal* steht. Er scheint absolut kein Problem damit zu haben, halbnackt unter Neonröhren in der Öffentlichkeit herumzustehen.

Ich fühle, dass ich rot werde. Ich verschränke die Arme vor der Brust.

»Wenn der Kleine nicht springen will, soll er Platz machen«, sagt ein Vater hinter mir.

»Okay, Flannery, ich springe jetzt«, sagt Felix. Aber er umklammert das Seil nur noch fester und rührt sich nicht.

Ich sehe, dass Kyle keinen Grund hat, sich zu schämen, leichtbekleidet in der Öffentlichkeit herumzustehen. Ich versuche, die Augen auf seinem Gesicht zu lassen, damit es nicht so aussieht, als würde ich seinen Oberkörper anstarren. Aber seine Augen anzusehen, ist genauso schwer. Sie sind *ehrlich*, das ist das Wort. Und er sieht *ehrlich* erfreut aus, mit mir zu reden.

»Weil, also, ich dachte«, sagt Kyle Keating.

»Ich springe«, ruft Felix. Er schiebt die Hand auf dem Seil etwas höher und hält sich noch fester, aber seine Füße stehen immer noch auf der Plattform.

»Springt der Kleine jetzt oder nicht?«, fragt der Vater hinter uns. Jetzt stehen ungefähr zwanzig Kinder in der Schlange. Ich merke, dass ich noch nie zuvor gesehen habe, dass Felix Angst hat. Er braucht eine Ermunterung.

»Na los, du Riesenbaby«, sage ich.

»Ich springe!«, ruft er.

»Na, dann spring!«, sage ich.

»Flannery«, sagt er. Er sagt meinen Namen sanft, wie früher, als er noch ganz klein war und nach einem Albtraum aufwachte und bettelte, ich solle zu ihm ins Bett kommen, und ganz fest wieder einschlief, wenn ich neben ihm lag, und seine kleine Hand auf der Decke nach mir tastete und mir irgendwann ins Gesicht patschte.

Er wirft einen widerstrebenden Blick auf die Schlange hinter ihm.

»Na los«, sage ich und stampfe mit dem Fuß auf.

»Dann springe ich jetzt«, sagt er. Ich kann ihn kaum hören. Und dann ruft er aus vollem Halse *Hiiiijaaaaaa*!

Er nimmt Anlauf und dann fliegt er durch die Luft.

»Ich habe mich nur gefragt, also, ob du mit mir auf die Party gehen möchtest«, sagt Kyle. »Wir könnten zusammen gehen.«

Felix hat den entscheidenden Moment erreicht, in dem das Seil stillzustehen scheint, kurz bevor es zurück zur Plattform schwingt.

»Wenn du nicht schon mit jemandem verabredet bist«, sagt Kyle.

Wie lange dauert es, könnte man berechtigterweise fragen, bis Kyle Keating und ich merken, dass das Tarzanseil zurückgeschwungen ist und Felix nicht mehr daran hängt? Und auch nicht an den Beckenrand geschwommen ist.

Die Antwort: Es dauert ehrlich gesagt ziemlich lange.

Die Antwort: Zu lange.

Die Antwort: Gar nicht so lange. Vielleicht fünfzehn Sekunden. Vielleicht eine halbe Minute.

Im Becken ist viel Lärm. Eine Menge Gespritz und Gestrampel, und der Lautsprecher spielt jetzt *Love is a Battlefield*, und die alten Damen schwingen die Arme über die Köpfe, und Leute schießen aus der Wasserrutsche wie menschliche Kanonenkugeln.

Okay, vielleicht ist es sogar eine ganze Minute. Vielleicht länger. Eine Ewigkeit? Ich habe an meinem Schließfachschlüssel herumgespielt, das Armband hat sich gelöst und ist auf den Boden gefallen, Kyle und ich bücken uns gleichzeitig, und unsere Stirnen stoßen zusammen.

Und aus irgendeinem Grund ruft Felix nicht um Hilfe. Er ist da draußen und strampelt so fest, wie er kann, aber er geht immer wieder unter und schluckt das halbe Becken. Er bekommt Panik. Das kleine Mädchen mit der grünen Schwimmbrille versucht, meine Aufmerksamkeit zu erregen, und schreit: »Hey, du! Hallo!«

Kyle Keating und ich begreifen im selben Augenblick, was los ist.

Es ist derselbe Augenblick, in dem die Bademeisterpfeife durch das gesamte Gebäude schrillt, und alle im Wasser sich zu dem Tarzanseil umdrehen. Zwei Rettungsschwimmer springen ins Wasser, und der Lautsprecher jault *heartache to heartache*, aber er verstummt mit einem dumpfen Schlag, und alles wird still.

Im selben Augenblick verstehe ich, warum Miranda immer so schnell auf dem Laufband rennt. Sie ist voller Angst. Sie hat Angst, dass wir nicht genug Geld haben, sie hat Angst, dass die Rohre platzen, wenn uns die Heizung abgestellt wird, und sie hat Angst, was passiert, wenn ihr Sozialhilfescheck nicht in den nächsten Tagen kommt, weil wieder mal die Lebensmittel knapp werden.

Sie rennt so schnell sie kann, selbst wenn sie auf der Stelle rennt, weil das alles ist, was sie tun kann, und sie bestimmt nicht dasitzen und nichts tun wird.

Und jetzt katapultiert das ganze Gerenne sie aus dem normalen Raum-Zeit-Kontinuum, und ehe ich mich versehe, ist sie auch schon neben dem Becken, als mir gerade erst aufgeht, dass Felix da draußen Probleme hat.

Natürlich bricht Miranda nicht wirklich durch das Raum-Zeit-Kontinuum. In Wahrheit sieht sie von ihrem Ausguck auf dem Laufband, dass ihr kleiner Junge das Tarzanseil ausprobieren will, und sie weiß, dass er noch nicht gut genug schwimmen kann, um bis zum Beckenrand zu kommen, und sie hämmert die ganze Zeit gegen die große

Glasscheibe, während ich mit Kyle Keating rede. Als ich nicht aufblicke, rennt sie die Treppe runter und springt im selben Augenblick ins Becken, in dem Felix gerade wirklich untergeht.

Also in diesem Moment, ja – da verstehe ich das Ausmaß von Mirandas Angst, auch wenn sie mit aller Kraft versucht, sie zu verstecken. Miranda hat Angst, dass wir nicht genug Vitamine bekommen, sie hat Angst, dass sie versehentlich Spritzi oder Glitsch oder beide umbringt und ich nie wieder mit ihr rede. Sie hat Angst, dass ihre Kunst verdammt nochmal nicht gut ist, weil sie wirklich an das Zeug glaubt, es ihr viel bedeutet, und sie eine Menge opfert, um weiter Kunst machen zu können, aber gleichzeitig denkt sie, dass sie vielleicht nicht das Recht hat, so viel zu opfern, weil sie auch Mutter von zwei Kindern ist, die sie ernähren muss.

Sie hat Angst, dass Felix und ich heruntergemacht werden, weil wir nicht viel Geld haben, und es uns in der Art beeinflusst, wie wir uns selbst sehen. Sie hat Angst, dass die Menschen uns gegenüber voreingenommen sind, sie hat Angst um unsere Herzen, davor, dass wir verletzt werden. Sie hat Angst, dass ich bei einem bescheuerten Motorradunfall sterbe. Und sie hat Angst, dass sie allein bleibt und niemand sich in sie verliebt, weil sie sich um zwei Kinder kümmern muss und nicht mal eben nach Hawaii jetten kann, und die Wahrheit ist, ich habe auch Angst um sie.

Sie springt in ihrem blauen Lycraanzug und ihren Laufschuhen mit den neonorangefarbenen Streifen ins Wasser und taucht irgendwie nach unten, um den Arm ihres zappelnden Sohns zu packen.
Ihr Baby.
Die Rettungsschwimmer übernehmen und bringen Felix an den Beckenrand. Er spuckt Wasser und weint und ist sehr schwach.
Ich denke an all die Stunden, in denen ich mit ihm gespielt und mir dabei Geschichten ausgedacht habe. *Troll, bring mir Holz für das Feuer. Ja, Meister! Nicht das Holz, du dummer Troll, die goldenen Zweige! Ja, Meister, sofort, Meister. Warte, Troll! Ja, Meister? Heute Abend schleichen wir uns zum Nest des Silberdrachen und stehlen den magischen Reißzahn. O fein, Master!*
Es ist komisch, dass man einen Menschen sein Leben lang kennen und trotzdem gewisse grundlegende Eigenschaften vergessen kann. In diesem Augenblick zum Beispiel, als ich Zeugin werde, wie Mirandas knallblauer Lycraanzug wie die Flamme einer Fackel durch die Luft schießt, vergesse ich etwas über sie, was ich immer gewusst habe.
Miranda kann nicht schwimmen.
Alle brauchen eine Weile, bis sie erkennen, dass Miranda ebenfalls untergeht, und wieder springen die Rettungsschwimmer, einschließlich Kyle, ins Wasser. Kyle erreicht Miranda als Erster, und Miranda, die wild um sich schlägt,

verpasst ihm ein blaues Auge – völlig unbeabsichtigt, wie sie später versichert.

Spätestens jetzt könnte man sich fragen, was ich eigentlich die ganze Zeit mache.

Ich rühre mich nicht vom Fleck. Es ist, als wäre ich gar nicht da.

Hinterher, als wir nach Hause kommen, verspricht Miranda Felix, das sie ihn nie, nie, nie wieder im Schwimmbad mit mir allein lässt und ja, er darf nächste Woche in die Herrenumkleide gehen, und ja, sie wird ihm heute Abend eine Gutenachtgeschichte vorlesen. Sie wird ihm die ganze Nacht lang vorlesen, wenn er will, bis der Morgen kommt, und sie wird ihn für immer lieben.

Und sie sagt, wenn ich aufgepasst hätte, wie sie es von mir erwartet habe, wäre nichts von alldem passiert, und sie werde vermutlich auch mich für immer lieben. Aber in Anbetracht meines Verhaltens in letzter Zeit denke sie darüber nach, eine kleine Auszeit zu nehmen von der harten Arbeit, mich zu lieben, sagt sie. Sie sagt, sie werde über eine Strafe nachdenken müssen.

»Dein Bruder hätte sterben können«, sagt sie. Sie schlägt mit dem großen Löffel gegen die Auflaufform und tupft ihre Augenwinkel mit dem Handrücken ab, damit die Tränen nicht ihre Wimperntusche verschmieren. Und als sie mir meine Portion Käsemakkaroni hinstellt, knallt sie den Teller auf den Tisch. Das alles scheint mir Strafe genug zu sein.

Mitten in der Nacht krieche ich zu Felix ins Bett, um mich an ihn zu kuscheln. Ich drücke ihn ganz fest, weil mir klar wird, wie nahe ich daran war, ihn zu verlieren.

Ich bin noch wach, als Felix' Zimmertür sich quietschend öffnet und Miranda hereintapst und sich hinter mich quetscht, wir drei in Felix' schmalem Bett mit der Kuhle in der Mitte der Matratze und der herausgesprungenen Feder.

Das rot erleuchtete S auf dem Gebäude der Scotiabank in der Innenstadt scheint durchs Fenster, die Bäume rascheln im Wind, und ich höre das Eis auf den Zweigen knacken.

Miranda flüstert, wenn uns wirklich die Heizung abgestellt wird, könnten wir vielleicht eine Art Winter-Camping machen, das würde einen super Beitrag für ihren Eltern-Blog geben.

Ich will nicht wintercampen. Miranda legt den Arm um uns beide. Ich werde total zerquetscht.

»Flannery, ich muss dir was sagen«, flüstert sie.

»Muss das *jetzt* sein?«, frage ich. Ich mag es gar nicht, wenn Miranda mir etwas sagen *muss*. Wieder gerät mein Herz in Panik wie ein Schwarm winziger Fische, die in den tiefen dunklen Gewässern des Nordatlantiks in alle Richtungen fliehen, wenn ein Hai vorbeizischt.

Gibt es so weit im Norden Haie? Egal, mein Herz klopft jedenfalls.

Miranda drückt die Stirn gegen meinen Hinterkopf und sagt

nichts. Dann setzt sie sich mit dem Rücken zu mir auf die Bettkante und presst die Fäuste in die Matratze.

Sie spricht in einem einzigen langen Atemzug.

»Hank und seine Frau haben sich getrennt, und er ist über Weihnachten in der Stadt, und er hat mich gefragt, ob ich mit ihm ausgehen will«, sagt sie.

»Du hast ihn gesehen?«

»Ich bin ihm zufällig über den Weg gelaufen.«

»Hast du es ihm gesagt?«, frage ich.

»Was gesagt?«

»Du *weißt*, was, Miranda. Hast du ihm das mit Felix gesagt? Hast du Hank gesagt, dass er einen Sohn hat?«

»Das werde ich«, sagt sie.

Als ich gerade wieder einschlafe, kommt mir ein entfernter, man könnte aber sagen, themenverwandter Gedanke.

Kyle Keating hat mich gefragt, ob ich mit ihm ausgehen will.

Und ich musste nicht mal einen Liebestrank anwenden.

27

Sie haben Martinis getrunken, was Miranda vorher noch nie getan hatte.

»Sie haben gesagt, man muss die einfach runterkippen«, sagt Miranda.

Das sagt sie in ihrem Bett liegend, mit geschlossenen Augen und dem Handrücken auf der Stirn.

»Orangensaft«, flüstert sie.

»Orangensaft?«, flüstere ich zurück.

»Schhhh«, macht sie. Ich rühre ihr eine Instant-Orangen-Limo an. Etwas anderes haben wir nicht.

»Nimm mir dieses Ding ab«, sagt sie. Ich nehme ihr die Tiara vom Kopf und lege sie an ihren Platz auf dem roten Samtkissen auf Mirandas Schreibtisch.

Ich gehe ans Fenster, um die Vorhänge zu öffnen, aber sie schreit: »Kein Licht!« Sie bittet mich, ihr den kleinen Handspiegel von der Kommode zu reichen. Sie hebt ihn ganz nah an die Augen. Erst an das eine Auge, dann an das andere. Sie betastet inexistente Falten in den Augenwinkeln.

»Ich bin alt«, schluchzt sie. Sie knallt den Spiegel mit der Vorderseite aufs Bett.

»Wovon redest du, Miranda?«, frage ich.

»Dieser Typ, einer von Hanks neuen Freunden, ein Schönheitschirurg … er meinte, bei mir gäbe es einiges zu tun«, stöhnt sie. Sie nimmt den Spiegel wieder in die Hand und zieht die Haut neben ihren Schläfen so straff, dass sie kaum die Augen öffnen kann. Der Handspiegel fällt gegen ihre Nase. Sie lächelt künstlich, mit vorgestülpten Lippen, als wäre sie von einer Biene gestochen worden.

»Sehe ich jetzt jünger aus?«, fragt sie.

Um vier Uhr früh habe ich laute Schläge an der Haustür gehört. Natürlich dachte ich, wir würden von Außerirdischen überfallen, und sie wollten Felix entführen, und ich fragte mich, ob ich ihm irgendetwas einpacken sollte. Würde er in einer anderen Galaxie seine Zahnbürste benutzen? Es war schon in dieser Galaxie schwer genug, ihn dazu zu bringen.

Es mussten entweder Außerirdische sein, oder Miranda hatte ihren Schlüssel vergessen.

Ich zog meinen Bademantel an und stürmte die Treppe hinunter. Der Flur war in rotes und blaues Licht getaucht, und kurz war eine Polizeisirene zu hören.

Das versetzte mich leicht in Panik.

Ein Polizeibeamter stand vor der Tür, und ich dachte, Miranda wäre tot, und ich müsste Felix allein großziehen.

Sie war gestorben, ohne das Bad zu putzen, obwohl sie es versprochen hatte, und ohne die Miete für diesen Monat zu zahlen.
Aber sie war nicht tot.
Sie kniete in einem Schneehaufen, und ein Polizist hielt sie an den Ellbogen und versuchte, ihr die Treppe hochzuhelfen.
»Ist dein Vater zu Hause?«, fragte der Polizist. Ich machte mir nicht die Mühe, ihn über meinen Vater bzw. das Nichtvorhandensein eines solchen aufzuklären. Er versuchte, an mir vorbei ins Haus zu spähen.
»Wir haben deine Mutter an der Ecke Prescott und Duckwort Street gefunden, wo sie den Verkehr mit einer Salatgabel regelte«, sagte der Beamte.
»Ich habe nicht den Verkehr geregelt«, rief Miranda. »Ich habe auf der Äolischen Harfe gespielt.«
(Miranda glaubt, dass die Felsen auf dem Signal Hill natürliche Harfenklänge ertönen lassen. Wenn der Wind von Nordosten durch einen Spalt in den Felsen bläst, kann man ein leises Stöhnen hören, das wie eine Frauenstimme klingt. Miranda behauptet, wenn man es hört, passiert etwas Gutes. Wie ein glückliches Omen. Es würde einem Wohlstand, wahre Liebe und Kreativität bescheren.)
Ich nehme an, dass sie durch die Beschwörung der Liebestränke auf den Geschmack des Übersinnlichen gekommen ist.

Miranda klammerte sich mit beiden Händen an den Türrahmen und schüttelte die Hand des Polizisten ab.
Sie beäugte die Treppe wie eine sich windende Schlange, die es zu bändigen galt. Dann machte sie einen Satz nach vorn und landete mit der Nase auf der Treppe. Sie begann, auf allen vieren die Treppe hochzukrabbeln. Ihre Tiara fiel ab und rollte einige Stufen hinunter, und sie stoppte sie mit dem Fuß und knallte sie sich wieder auf den Kopf.
»Das ist ihre Denkkappe«, erklärte ich dem Polizisten.
»Also, kein Dad?«, fragte der Polizist. »Nur du?«
»Und ich«, piepste Felix. Er war gerade in seinem Batman-Schlafanzug oben an der Treppe aufgetaucht, die verstrubbelten Haare auf eine Seite gedrückt. Er umklammerte den Treppenpfosten.
»Und mein kleiner Bruder«, bestätigte ich.
»Er ist bewaffnet?«, fragte der Polizist. Ich blickte wieder zu Felix.
»Das ist nur eine Wasserpistole. Ich glaube nicht, dass sie geladen ist.«
»Wenigstens etwas, was nicht geladen ist«, sagte der Polizist. »Sorg dafür, dass sie Wasser trinkt. Sie hat im Auto von dir erzählt. Und irgendwas von einem Zaubertrank? Sie meinte, sie ist sehr stolz auf dich.«
Als der Polizist weg war, holte ich Miranda ein Glas Wasser, aber sie schlief schon und schnarchte dabei. Felix waren auch die Augen wieder zugefallen, Arme und Beine um

seine Super Soaker geschlungen, die ich vorsichtig aus seiner Umklammerung löste.
Als auch ich gerade kurz davor war, wieder einzuschlafen, hörte ich ein Motorrad den Long's Hill hochrasen. Tyrone? Das würde bedeuten, dass die Schneekönigin endlich ihr zweites Nasenloch bekommen hatte.
Wer wusste, was jetzt passieren würde, wo sie endlich richtig atmen konnte.

Ich lasse das Morgenlicht herein, trotz Mirandas Protest. Sie muss wach werden. Sie muss einen Blogeintrag darüber schreiben, wann der beste Zeitpunkt ist, seinen Kindern zu sagen, dass es keinen Weihnachtsmann gibt. Denn wenn sie nicht bald einen Weg findet, ihre Website »zu Geld zu machen«, wird es keine Geschenke für Felix geben.
Ich setze mich auf Mirandas Bettkannte und befreie den Handspiegel aus ihrem Griff.
»Aber wie war euer Date?«, frage ich. »Also, bevor die Martinis auf den Tisch kamen. Wie war der alte Hank nach der Scheidung von seiner surfenden Anwältin? Hat er seine Fehler eingesehen? Hat er dich auf Knien um Vergebung gebeten?«
»Hank!«, fauchte meine Mutter. »Oh, Flan, sie waren entsetzlich. Hank war entsetzlich. Seine Freunde waren entsetzlich. Sie haben nur über Geld geredet. Wirklich, *nur* über Geld. Das war alles, was sie interessiert hat. Ein Schön-

heitschirurg, drei weitere Ärzte, zwei Anwälte und die dazugehörigen Ehefrauen. Einige von Ihnen Vorstandschefinnen von irgendwas.«

»Du meinst, es wurde nicht über Konzeptkunst geredet?«

»Sie haben über Immobilien geredet. Sie haben davon geredet, Häuser zu wechseln, als wären es Winterreifen. An- und Verkauf von Häusern und Riesengrills und Rasenmäher, auf denen man sitzen kann. Was ist mit Hank passiert? Oh, und hör dir das an. Sie nennen ihn nicht Hank. Sie nennen ihn *Henry.* Bevor wir ins Restaurant gegangen sind, hat er mich tatsächlich vorgewarnt: »Übrigens, ich bin jetzt Henry.« Ich wusste während der ersten Hälfte des Abends trotzdem nicht, wen sie meinten. Anscheinend wird er demnächst ein Vermögen machen, er hatte Angebote von drei Firmen in der Stadt. Er wollte, dass ich weiß, wie erfolgreich er geworden ist.«

»Und nach dem Restaurant? Hast du mit Hank geredet?«

»Ob wir geredet haben? Nein, *Henry* und ich haben nicht geredet, Flannery. Ich habe die Hintertür genommen und mich über eine Seitengasse aus dem Staub gemacht. Ich musste da weg. Ich war so betrunken, dass ich kaum sehen konnte. Es war, als wären da drei Straßen statt einer. Jeder Mensch, der mir entgegenkam, taumelte über den Bürgersteig und hatte drei Köpfe. Es war beängstigend. Ein Glück, dass ich die Äolische Harfe gehört habe. Sie hat mich nach Hause gesungen.«

»Äh, um ehrlich zu sein, hat dich ein Polizeibeamter nach Hause gebracht, Miranda«, sage ich.
»Wirklich?«, fragt Miranda. Sie stützt sich auf die Ellbogen und wirft ihre langen Locken über die Schulter.
»War er süß?«

Ein paar Tage später gehe ich nach dem Unterricht in die Schulbücherei und sehe zufällig eine Internetseite, die jemand offen gelassen hat. Es ist Mirandas Blog. Ich würde am liebsten meinen Mantel über den Monitor werfen, bis ich die Seite geschlossen habe.
Wer liest hier Mirandas Blog? Ich werfe einen Blick über die Schulter, dann sinke ich auf den Stuhl und beginne zu lesen. Ich habe ihren Einträgen in letzter Zeit nicht besonders viel Aufmerksamkeit gewidmet.

Magisches Muttersein mit Miranda
Ein sechzehnjähriges Mädchen mit einem gebrochenen Herzen ist leichtsinnig. Diejenigen unter euch, die verliebte Töchter haben, alle mal herhören! Denkt daran, wie verletzlich diese jungen Frauen mit ihren zu langen Gliedmaßen, ihren neuen Kurven und ihren viel zu großen Herzen sind.
Lasst euch von diesen tulpenzarten Gesichtern und diesen braungrünen Augen nicht weismachen, dass sie sanfte Mädchen sind. Unsere Töchter fühlen erlangen, so groß wie das

Universum, und sie sind zu allem bereit, um zu bekommen, was sie wollen.
Sie sind jetzt Wechselbälger, sie entwachsen uns, und das müssen sie auch. Sie müssen.
Sie müssen rebellieren, und sie müssen lieben, und sie werden vermutlich auf Motorräder steigen und Pot rauchen und zu viel trinken und sich generell in Gefahr bringen, genau wie wir, als wir sechzehn waren, und wie es einige von uns immer noch tun, und wir müssen wachsam sein und aufpassen und wissen, was los ist, und wir müssen unseren Töchtern nahe sein. Aber wir müssen sie auch Fehler machen lassen. Wir müssen sie ihre kleinen gläsernen Herzen auf den Bürgersteig legen lassen. Ihre kleinen Glasherzen, die nur darauf warten, zertreten zu werden. Wir müssen darauf vertrauen, dass sie es verkraften. Sie sind da draußen und zaubern, jeden Tag, und sie werden die Liebe finden.

28

Ich stoße die Tür auf und mache mich bereit, Miranda aus voller Seele anzubrüllen.

Braungrüne Augen? Motorrad? Zaubern?

Damit bin so offensichtlich ich gemeint! Es ist da draußen, vor aller Augen, für immer und ewig im Cyberspace. Ich will am liebsten in den Keller gehen, mir den Eispickel holen und damit den Computer zerschmettern. Der werde ich zeigen, was *tulpenzart* ist! Was soll das überhaupt heißen?

Aber dann rieche ich Schokolade. Miranda ist in der Küche und rührt in einem Topf auf dem Herd. Schon auf der Veranda spüre ich, dass sie allerbester Laune ist. Sie lässt die kanadische Opernsängerin Measha Brueggergosman auf dem iPod über Lautsprecher laufen, macht synchrone Lippenbewegungen und tanzt beim Rühren, schwingt den Kochlöffel im Rhythmus durch die Luft und dirigiert ein unsichtbares Orchester, wobei sie die Fensterscheiben mit geschmolzener Schokolade vollkleckert.

Ich lasse meine Schultasche auf meine Schuhe fallen, und in dem Augenblick sehe ich die goldenen Armeestiefel.
Tyrone O'Rourke ist in der Küche. Was hat Tyrone O'Rourke in meiner Küche zu suchen?
»Rate mal, wer da ist!«, trällert Miranda. Sie denkt, dass ich mich freue.
Ich freue mich nicht. Ich bin entgeistert, dass er es wagt, hier aufzutauchen.
Okay, fangen wir von vorne an.
Gestern im Einkaufszentrum bin ich zufällig Tyrone mit Dave McGrath und Sebastian Rowe über den Weg gelaufen. Sie kicherten, ihre Augen waren ziemlich blutunterlaufen, und sie spazierten durch die Spiegelabteilung im Kaufhaus, taumelten sanft gegeneinander und fanden das unglaublich komisch.
Ich konnte nur daran denken, wie Tyrone mich geküsst hatte. Ich fühlte, dass ich rot wurde. Als ich ihn über den Gang auf mich zukommen sah, konnte ich diesen Kuss wieder spüren, beinahe so, als würde er genau hier inmitten der Haushaltsgeräte und Bügelbretter und Spiegel im Kaufhaus noch einmal stattfinden.
»Hey«, hatte Tyrone gesagt und mir auf den Rücken geklopft. »Wie geht's, Flannery?«
Ich hatte entsetzliche Angst, dass er den Kuss erwähnen würde. Oder nicht erwähnen würde. Oder es wieder tun könnte. Hatte der Kuss etwas bedeutet? Hatte er mich aus

Mitleid geküsst oder aus Neugier oder zum Spaß? Oder hatte er endlich kapiert, dass unsere Schicksale für immer verwoben waren?

All das spielte sich innerhalb von Millisekunden in meinem Gehirn ab. Okay, wir sind uns zufällig über den Weg gelaufen. Aber da war er nun. Und da war ich! Wir hatten uns geküsst, an einem Wasserfall, und er hatte mir ein sehr persönliches Kunstwerk gezeigt. Ein Kunstwerk, das er nie zuvor einem anderen Menschen auf der Welt gezeigt hatte.

Ich hatte eine Flasche Allzweckreiniger in der Hand. Neongelb, mit diesem Ohrring tragenden Glatzkopf. Es kam mir plötzlich vor, als wäre diese Flasche der seltsamste Gegenstand auf der Welt und unerträglich schwer. Wie war sie in meine Hände geraten?

Ich musste an die Zeit denken, als Felix drei war und ich ihn immer Huckepack trug. Wenn er endlich von meinem Rücken kletterte, fühlte ich mich, als würde ich gleich an die Decke schweben. Dort in diesem Kaufhaus mit Tyrone und seinen Freunden fühlte ich mich ebenfalls heiß und als würde ich gleich abheben.

Ich dachte an Tyrones Lippen, die nach dem Gras geschmeckt hatten, das er geraucht hatte, und an den Geruch von frisch gefallenem Schnee. Seine Zungenspitze, die meine berührte.

Plötzlich wurde ich den Gedanken nicht los, dass ich, wenn ich jetzt den Mund aufmachte, um irgendetwas zu sagen,

Tyrone O'Rourke womöglich verraten würde, dass ich in ihn liebte.
Doch ich wollte unbedingt etwas anderes sagen als *Ich liebe dich, Tyrone O'Rourke.* Ich wollte sagen, *kann ich deine Mathehausaufgaben für dich machen? Kann ich deinen Fußboden mit diesem gelben Zeug putzen? Kann ich dir bei deinen Graffiti helfen? Kann ich dein Motorrad polieren? Kann ich dich wieder küssen, genau jetzt, genau hier, vor deinen komischen, total bekifften Freunden?*
Ich öffnete den Mund, aber es kam nichts heraus.
Tyrone klopfte mir wieder auf den Rücken, mehrere kleine, feste Schläge.
»Okay, Kleine«, sagte er. »Wir sehen uns gleich bei McDonald's. Wir müssen noch ein paar CDs auschecken.«
»McDonald's«, sagte ich. »McDonald's. Alles klar.«
Ich bestellte eine Portion Pommes und nahm zwei kleine geriffelte Schälchen mit Ketchup dazu und ließ mich mit meinem gelben Allzweckreiniger an einem Tisch nieder, Dann entdeckte ich Amber und Gary Bowen und die anderen Typen aus Garys Band und ihre Freundinnen. Sie saßen mehrere Tische weiter. Sie lachten und redeten, und Amber pustete die Papierhülle ihres Strohhalms in die Luft. Gary versuchte, ihr Pommes zu klauen, und sie tat so, als wolle sie nicht mit ihm teilen.
Und ich weiß, sie sah mich ganz allein da sitzen.
Da tauchte Tyrone hinter mir auf und ließ seinen schlak-

sigen Körper in den Drehstuhl neben meinem gleiten. Er drehte sich vor und zurück. Dave und Sebastian lümmelten sich auf die anderen beiden Stühle. Sie gehen nicht auf unsere Schule, und ich kenne sie nur flüchtig.

Ich musste nicht nachschauen, ob Amber uns beobachtete, denn ich konnte ihre Blicke spüren.

Ha! Du bist nicht die Einzige, die einen Freund hat, Amber Mackey.

So sieht das Leben also aus, wenn man einen Freund hat, dachte ich. Du bist im Einkaufszentrum, und die Jungs sitzen um dich herum, und du bist wie einer von ihnen, nur besser. Du bist das Mädchen mit den Typen um dich rum.

Ich war sicher, dass alle im Restaurant sehen konnten, wie beliebt ich war. Man konnte es sogar daran erkennen, wie ich meine Pommes in den Ketchup tunkte: dip, dip, dip. Jede meiner Gesten, jedes Kichern, jedes Seufzen, waren von Grund auf falsch. Ich schauspielerte, damit Amber sehen konnte, dass ich total cool und entspannt meine Pommes mit diesen Jungs um mich rum genoss.

Aber plötzlich sahen die Jungs aus, als hätten sie einen Stromschlag bekommen. Sie setzten sich kerzengerade hin, dann sprangen sie alle gleichzeitig auf und rannten in verschiedene Richtungen davon. Verrückt, das Ganze: Gerade waren sie noch da, lümmelten herum und scherzten und lachten, und eine Sekunde später flogen sie aus ihren Sitzen.

Sie stießen mit Leuten zusammen, denen die Einkaufstüten

aus den Händen fielen. Sebastian stolperte tatsächlich über eine Frau im Rollstuhl. Die verlassenen Drehstühle schwangen nach rechts und links und kreischten und quietschen vor sich hin.

Tyrone galoppierte die Rolltreppe hinunter und schlängelte sich durch die Leute, die reglos auf der Treppe standen. Als er fast unten war, sprang er über die Brüstung.

In dem Augenblick erschien ein Wachmann an meinem Tisch. Er hatte einen Schnauzbart und war so bleich wie ein rohes Kabeljaufilet. Die Arme hatte er vor der Brust verschränkt.

Er bat mich, mit ihm zu kommen. Er legte eine Hand auf meinen Arm und zog mich aus meinem Stuhl.

»Hey!«

Mit der anderen Hand drückte er einen Knopf an dem Funkgerät, das an seinem Hemd befestigt war, es rauschte, und zwei weitere Wachmänner kamen an meinen Tisch gerannt.

Drei Wachmänner also. Große Männer in blauen Hemden und schwarzen Hosen mit einem blauen Streifen am Bein.

Da ging mir ein Licht auf. Etwas war mit Miranda. Hinter meiner Stirn machte sich Panik breit, die sich anfühlte wie ein Stricknadelstich durch mein rechtes Auge. Entweder Miranda oder Felix. Etwas Schreckliches musste geschehen sein. Ein Autounfall, ein Herzinfarkt.

»Was ist passiert?«, fragte ich. Ich war willig zu kooperieren und sammelte meine Sachen ein, bereit, ihnen zu folgen, so schnell ich konnte.
»Du bist wegen Ladendiebstahls festgenommen«, sagte der erste Wachmann. Und er griff in die Kapuze meiner Jacke und holte ein Paar eingeschweißte Kopfhörer heraus.
Was ich fühlte, bevor die Scham einsetzte, war die totale Bestürzung.
So fühlt sich Bestürzung an: Du bist bis an die Grenze des Möglichen gegangen, aber die Grenze hat dich nicht aufgehalten. Du bist weitergegangen. Das Wort »Sturz« liegt darin, und genau den erlebst du. Und dann wunderst du dich, dass es weh tut.
Mir fiel ein, dass Tyrone mir auf den Rücken geklopft hatte. Damit verabschiedete sich die Bestürzung.
Auftritt der Scham, Bühneneingang links. Wow, Scham ist krass. Scham überkommt dich, und *peng!*, gehst du in Flammen auf. Die am schnellsten lodernden Flammen, die es gibt. Einäscherung durch Scham.
Sie führten mich durch den Restaurantbereich, je einer meiner Ellbogen in den Händen eines Wachmanns, der dritte ging dicht hinter mir, als bestünde die Gefahr, ich würde ausreißen. Im Restaurantbereich geht es normalerweise laut und geschäftig zu, aber jetzt war es komplett still geworden. Alle, vielleicht hundert Leute, blickten von ihren Burgern auf, und niemand sprach ein Wort.

Bis auf Gary Bowen, der gut vernehmlich sagte: »Siehst du, ich habe dir doch gesagt, dass sie eine Sozialhilfe-Versagerin ist.«

Amber schaute nicht mal in meine Richtung. Sie war die Einzige, die mich nicht anstarrte. Sie war damit beschäftigt, ihren Strohhalm durch den Deckel ihres überdimensionalen Cola-Bechers zu stecken. Sie hielt den Strohhalm in der Faust und pikte immer wieder den Deckel, bis der Strohhalm endlich einsank.

Das Büro des Geschäftsführers lag irgendwo im Keller. In diesem Teil des Einkaufszentrums war ich noch nie gewesen. Ich hatte nicht mal gewusst, dass es ihn gab. Wir stiegen zwei Stockwerke tiefer und gingen einen langen Gang mit Leuchtstoffröhren und vielen Türen entlang, es war ziemlich gruselig, mit drei mir völlig fremden Männern da runterzugehen. Es wirkte irgendwie verboten. Selbst wenn ich eine Ladendiebin von kabellosen In-Ear-Kopfhörern im Wert von 115,99 Dollar gewesen wäre, würde es bedeuten, dass ich sämtlicher Menschenrechte beraubt war? Ich zitterte am ganzen Körper.

Es war verrückt, wie viel Angst ich hatte. Schließlich war es nur ein Einkaufszentrum. Es waren nur ein paar alberne Wachmänner. Die Wände des Gangs waren aus glänzend weiß gestrichenen Betonziegeln, an denen freiliegende Wasserrohre entlangliefen, und Pizzakartons und Fastfood-Verpackungen quollen aus der Klappe eines Mülleimers. Der

Lärm aus dem Einkaufszentrum war nicht zu hören. Ich hatte das Gefühl, tief unter der Erde zu sein.
Endlich kamen wir zu einem Büro mit einem Mann hinter einem Schreibtisch, und ich wurde hineingeführt und angewiesen, mich auf einen Stuhl zu setzen. Der Mann las einen Zettel, den er sich nah vor die Augen hielt. Sein Mund stand beim Lesen ein bisschen offen. Bedächtig legte er den Zettel auf einen Stapel neben sich. Er hatte einen quirligen roten Afro, einen goldenen Siegelring an der linken Hand und ein Piercing im Ohr.
Er blickte auf und sprach einen der Wachmänner an: »Hast du die Elchsteaks dabei, Curt?«
»Ja«, sagte der Wachmann. »Draußen im Wagen. Ich hole sie in der Pause.«
»Danke, Kumpel«, sagte der Mann hinter dem Schreibtisch.
»Nicht der Rede wert. Ich habe eine ganze Kühltruhe voll davon.«
»Und wen haben wir hier?«, fragte der Typ hinterm Schreibtisch.
»Kamera sieben«, erklärte der Wachmann, und dann verließen er und seine beiden Kollegen das Büro.
Der Mann hinter dem Schreibtisch stellte den Computer neben sich an und gab etwas ein. Auf dem Bildschirm erschien eine Aufnahme aus der Überwachungskamera. Er drehte den Bildschirm so, dass ich ihn sehen konnte.

»Wir müssen auf die Polizei warten«, sagte er zu mir. »Die erstatten die Anzeige. Könnte eine Weile dauern. Da können wir genauso gut fernsehen.«

Er tätigte einen Anruf. Er schien mit dem Polizeichef befreundet zu sein. Er nannte ihn Johnny.

»Ja, Ladendiebstahl. Ein Mädchen. Keine Ahnung, sechzehn? Wann kannst du jemanden rüberschicken? Wir haben Zeit. Gern geschehen.«

Der Mann legte die ausgestreckten Finger zu einem Dreieck vor der Brust aneinander. Er wippte auf seinem Stuhl, und der Stuhl quietschte. Er fühlte sich offensichtlich sehr wohl dabei, dazusitzen und dafür zu sorgen, dass ich mich *un*wohl fühlte.

»Und jetzt warten wir«, sagte er. Und dann tippte er auf die »Play«-Taste auf dem Computer.

Da war ich, in schwarz-weiß, mit meiner Flasche Allzweckreiniger in der Hand. An einer Stelle spiegelte sich helles Licht in der Flasche, wie ein Stern. Die Kamera war über mir, eine seltsame Perspektive. Ich fühlte mich wie mein eigener Schutzengel, der vergessen hatte, auf mich aufzupassen.

Dann kam der hübsche Tyrone mit seinen Jungs. Und trotz des Winkels konnte man sehr wohl erkennen, wie glücklich ich war, ihn zu sehen. Die Spiegelabteilung. Runde Spiegel, Spiegel mit breiten Goldrahmen, lange schmale Spiegel. Ich war von Spiegeln umgeben, mein Gesicht überall, und was für ein Grinsen. Keine Frage, dieses Mädchen hatte es ganz schön erwischt.

Man konnte gut erkennen, wie Tyrone die Kopfhörer in meine Kapuze steckte. Man konnte jeden von uns, oder zumindest Teile von jedem, aus allen Winkeln sehen, wegen der Spiegel – sogar von oben. Und man konnte auch erkennen, dass ich nicht den blassesten Schimmer hatte, dass Tyrone die Kopfhörer in meine Kapuze gesteckt hatte.

Die Jungs drehten sich um und gingen weiter, und als sie mir den Rücken zugedreht hatten, machte ich diese alberne kleine Geste. Ein Wackeln mit den Fingern. Ich winkte ihnen, obwohl sie es gar nicht sehen konnten.

Dieses Mädchen mit der Flasche Allzweckreiniger war die größte Idiotin, die ich je gesehen habe. Kein Wunder, dass niemand sich in sie verliebte.

Der Mann hielt das Video an und spulte zurück. Wir schauten es uns noch einmal an. Wie Tyrone mir auf den Rücken klopfte, als wollte er mir versichern, dass alles in Ordnung sei.

Der Geschäftsführer nahm eine Schneekugel von seinem Schreibtisch und schüttelte sie.

»Das Ding macht Musik«, sagte er. Er drehte einen kleinen Schlüssel an der Unterseite der Schneekugel und stellte sie wieder auf den Tisch. Es dauerte eine Weile, bis ich das Weihnachtslied *Jingle Bell Rock* erkannte, weil es so langsam abgespielt wurde wie ein Trauermarsch.

Die zwei Weihnachtselfen in der Mitte der Kugel hatten einander untergehakt und sollten anscheinend einen Freudentanz machen. Aber sie drehten sich sehr, sehr langsam im wirbelnden Schnee.

Es sah so aus, als könnten sie einander nicht loslassen. Es hätten Miranda und ich sein können. Beide unglücklich verliebt, beide für immer aneinander gebunden.

»Würdest du mir die Namen deiner Freunde verraten, junge Dame?«

Ich sagte: »Sieht so aus, als hätte ich keine Freunde.« Und ich wusste, dass das die Wahrheit war.

»Diese Jungs«, sagte er. Er rollte auf seinem Stuhl näher an den Bildschirm, drückte eine Taste, und das Video lief noch einmal ab. Er stoppte es auf meinem Grinsen. Er schüttelte den Kopf.

»Du kannst gehen«, sagte er. »Ich wünsche dir schöne Weihnachten.«

»Ich muss Hausaufgaben machen«, sage ich zu Miranda.

»Willst du nicht eine Tasse Tee mit Tyrone trinken?«, fragt Miranda.

»Nein, danke«, sage ich.

»Ich bin hier, damit wir an dem Projekt arbeiten können«, ruft Tyrone aus der Küche. »Ist das nicht jetzt irgendwann fällig?«

»Es ist *fertig*, Tyrone«, sage ich. Ich bücke mich, um meinen

Stiefel aufzuschnüren. Ich versuche, die Tränen zu unterdrücken, steige die Treppe hoch, schließe meine Tür hinter mir, krieche ins Bett und ziehe alle Decken über mich. Es ist so kalt, dass ich meinen Atem sehen kann. Ich höre die Ofentür quietschen.

Nach einer Weile klopft es an die Tür.

»Ich komme jetzt rein«, sagt Tyrone. Ich springe aus dem Bett und auf meinen Schreibtischstuhl, und als die Tür aufgeht, habe ich schon einen Stift in der Hand, als hätte ich gerade etwas geschrieben.

»Ich muss Hausaufgaben machen, Tyrone«, sage ich.

»Es tut mir leid«, sagt er. »Wegen der Kopfhörer. Ich konnte nicht riskieren, dass sie mich festnehmen, Flannery, wegen meiner Graffiti. Dann hätten sie mich gehabt, bei all den Anzeigen. Ich wusste, dass du keine Anzeige bekommen würdest. Es tut mir wirklich leid.«

Ich stehe von meinem Stuhl auf, gehe auf ihn zu und bleibe ganz dicht vor ihm stehen. Ich habe eine Hand auf dem Türrahmen und die andere auf der Hüfte. Ich werde nicht laut, ich sage es so neutral, wie ich kann. Ich weiß nicht mal, was ich sage. Ich rede einfach drauflos, versuche zu erklären.

»Kopfhörer, Tyrone? Kopfhörer? Willst du mich verarschen?«

»Ehrlich, ich hätte nicht gedacht, dass sie dich festnehmen«, sagt er.

»Du und ich, wir kennen uns, Tyrone«, sage ich. »Wir ken-

nen uns schon immer. Und ich habe sogar gedacht, das sei Liebe. Als du mich am Wasserfall geküsst hast, ich weiß, es ist albern, aber ich habe gedacht, das würde etwas bedeuten. Ich dachte, später machen Tyrone und ich Liebe. Wir werden ein Liebespaar.«
»Meine Güte«, sagt Tyrone und reibt sich die Stirn, als könne er nicht glauben, was er da hört.
»Flannery«, sagt er.
»Ich dachte, später sind wir ein Liebespaar und essen zusammen Pommes bei McDonald's. Und haben irgendwann mal eine Wohnung zusammen. Schauen Filme mit einer Schüssel Popcorn. Reisen als Backpacker durch Indien. Haben Kinder. Und verdienen genug Geld, um für unsere Mütter zu sorgen. Alles andere ist egal, denn das ist wirkliche Freundschaft, wirkliche Liebe, so groß. Du hast mich vor dem Bild von deiner Mutter geküsst, Tyrone. Vor diesem wunderschönen Bild, das du niemandem sonst gezeigt hast. Ich dachte, das würde etwas bedeuten. Ich dachte, *ich* würde etwas bedeuten. Und ich habe dich geliebt, seit wir Kinder waren. Seit wir Babys waren.«
Ich bin richtig in Fahrt, voll inspiriert. Zum ersten Mal seit sehr langer Zeit – vielleicht zum ersten Mal überhaupt – ist jedes Wort, das aus meinem Mund kommt, genau richtig. Ich sage ihm so richtig die Meinung.
»Ich glaube nicht, dass manche Menschen auf dieser Welt mehr haben sollten als andere, Tyrone. Mehr Dinge, mehr

materiellen Besitz. Das jedenfalls hat Miranda mir beizubringen versucht, wenn sie überhaupt versucht hat, mir irgendwas beizubringen. Und die Wahrheit ist, ich habe nie in meinem Leben gestohlen.«

Ich rede weiter.

»Jeder hat ein Recht auf Essen und Obdach und Bildung und ein paar andere Dinge, die mir gerade nicht einfallen. Oh, ja, Freundschaft, Liebe, Respekt, die Chance, sich auszudrücken, kreativ zu sein. Aber vor allem auf Liebe.

Ich weiß, dass du es nicht leicht hast mit Marty. Ich weiß, wie grausam er ist. Ich habe es selbst gesehen. Ich weiß, dass das Jugendamt da war und sich in der Schule alle um dich Sorgen machen. Die Lehrer machen sich Sorgen. Ich weiß, dass du bei anderen Leuten auf dem Sofa schläfst.

Ich weiß auch, dass ich es leichter hatte als du. Okay? Miranda hatte jede Menge Liebe und Respekt für mich und Felix, ohne den kleinsten Knacks.

Ohne Abstriche oder Einbußen. So sollte man lieben, ohne jeden Knacks. Das ist es, was Liebe eigentlich bedeutet. Man liebt, egal, was passiert.

Als ich in diesem Raum saß, Tyrone, und das Bild auf der Überwachungskamera gesehen habe, wie du diese Kopfhörer in meine Kapuze gesteckt hast, da habe ich einen Knacks gespürt. Einen großen fiesen Knacks genau in meiner Brust. Du und ich, wir lieben uns nicht. Wir sind nicht mal Freunde.

Wir haben das Video angeschaut, dieser Geschäftsführer und ich, in seinem kalten Büro, und dann hat er es an der Stelle angehalten, als du deine Hand auf meinen Rücken gelegt hast. Das war ein ziemlich mieser Moment, Tyrone, und … egal, wie beschissen dein Leben gerade ist, egal, wie viel Angst du um deine Mutter hast. Oder um dich selbst. Das hättest du nicht tun dürfen, klar? Du hast mich wirklich verletzt.
Ich will, dass du jetzt gehst. Es ist mir egal, wenn ich dich nie wieder sehe.«
Ich schlage ihm die Tür vor der Nase zu. Als ich höre, wie die Haustür sich hinter ihm schließt, fällt mir wieder ein, dass ich mich mit Miranda über einen gewissen Blogeintrag unterhalten wollte. Nur über ein paar Punkte – zum Beispiel, dass Privatsphäre ein Menschenrecht ist. Dass sie niemals auf mir eigene erkennbare physische Merkmale anspielen darf, wie die Farbe meiner Augen. Und dass sie nie wieder den Ausdruck »tulpenzart« verwenden darf. Denn das ist einfach richtig schlechter Stil!

29

Chad drückt die Fußstütze des alten Liegesessels runter, und die Rückenlehne kippt vor und katapultiert ihn aus dem Sessel. Er durchschreitet den Raum wie ein Mann mit einer Mission und schnappt sich die extragroße Chipstüte, die auf dem Esstisch liegt. Er reißt sie mit beiden Händen auf. Ein Vulkan aus Chips ergießt sich in eine Edelstahlschüssel. Er knüllt die Tüte zusammen und wirft sie in den Basketballkorb über der Esszimmertür.

Es gibt einen Topf Dillgurkendip mit einem grellorangefarbenen Aufkleber, auf dem *Spezial* steht, einen mit *Light*, einen mit *Wahren Sie einen Sicherheitsabstand von fünf Metern* und einen, der einen Totenkopf zeigt.

Ich bin zu früh zu Ambers Video-Release-Party gekommen. Ich bin hier mit Kyle verabredet, aber er ist noch nicht da. Es soll unser erstes Date werden, aber ich habe jetzt schon das Gefühl, dass er mich versetzt hat.

Hier kommt die schreckliche Wahrheit: Ich bin die Erste auf der Party. Ich bin der einzige Gast.

Es stellt sich heraus, dass Jordan und Devon hier wohnen, seit Chads Eltern nach China gereist sind, um dort den christlichen Glauben zu verbreiten. Sie haben Chad mit einer Gefriertruhe voll glutenfreier Vier-Käse-Pizza sich selbst überlassen.

Devon ist bei seinen Eltern rausgeflogen, weil er sich geweigert hat, weiter zur Schule zu gehen. Er hat so viel Gras geraucht, dass er praktisch nie *nicht* bekifft ist, er ist dauerzugedröhnt, er hat alles vermasselt, und jetzt lebt er auf Chads Sofa. Um genau zu sein, warten sie gerade auf jemanden, der Grasnachschub bringt, weil sie keins mehr haben.

Überall im Wohnzimmer liegen zerdrückte Limodosen und zerknüllte Chipstüten und Teller mit eingetrockneten Ketchupresten herum. Auf dem Tisch steht ein großer Topf mit den hart gewordenen orangefarbenen Überresten von Käsemakkaroni und vier Löffeln. Neben dem Sofa liegt ein Haufen schmutziger Wäsche.

Dafür gibt es drei sehr große Flachbildfernseher im Raum. Und an der Wand hängt ein Bettlaken, so dass das Musikvideo auf vier Bildschirmen gleichzeitig gezeigt werden kann.

Hier also soll die Premiere von Gary Bowens Meisterwerk stattfinden, dem Video, das bei der Jungunternehmermesse vorgeführt werden soll und von dem Mr Payne – der eine private Preview bekommen hat –, meint, es könne das

Highlight werden. Angeblich ist es schon auf iTunes verfügbar.

Aber heute Abend erfolgt die große Vorstellung für den Rest von uns.

Endlich werden wir alle einsehen, dass Gary Bowen ein Genie ist.

So, glaube ich, war es, bevor ich hier ankam: Chad und Jordan und Devon verhielten sich wie ganz normale Jungs. Sie redeten über ganz normale Jungssachen und ließen vielleicht ab und zu einen fahren. Oder sie redeten über Fürze oder über Brüste, die sie Titten nannten, oder sie redeten über Bier oder Skateboardtricks oder darüber, wer die beste Halfpipe im Keller hat, lustige Dinge, die passiert sind, als sie high waren, oder über berühmte Skater. Und sie waren mitten in einer wilden Chickennuggets-Schlacht. Überall auf dem Boden liegen Chickennuggets rum.

Aber jetzt fühlen sich alle unwohl, weil ich zur Party gekommen bin, und noch nicht viel Party da ist.

»Tolle Luftschlange«, breche ich das Schweigen. Irgendjemand muss eine Luftschlange aus einer Ecke des Raums durch den Kronleuchter geworfen haben, woraufhin sie auf den Boden fiel und bis zur anderen Ecke des Raums weiterrollte.

Die Jungs verstehen, dass ich mit der Luftschlange eine Gelegenheit zum Smalltalk eröffnet habe. Sie bemühen sich nach Kräften, etwas über die Luftschlange zu sagen.

Devon verlässt abrupt den Raum und verzieht sich in den Keller. Er hält es nicht mehr aus.
Laute Geräusche dringen von unten zu uns herauf. Irgendetwas scheppert, kracht und stürzt.
Ich kenne Chad und Jordan und Devon seit dem Kindergarten. Wir saßen alle zusammen auf dem Geschichtenteppich und sangen *Zehn kleine Zappelmänner* und machten die Fingerspiele dazu. Chad bekam Ärger, weil er mein Legoschloss umgetreten hatte, und musste eine Auszeit machen. Vielleicht hat diese Auszeit nie richtig geendet.
Im Kindergarten lernten wir unsere inneren Stimmen kennen, und wenn wir ängstlich oder traurig oder einsam waren, benutzten wir unsere inneren Stimmen sogar für draußen. Manchmal benutzten wir unsere Außenstimmen, obwohl wir drinnen waren, wenn wir sauer wurden oder uns prügelten, oder wenn etwas so lustig war, dass wir vor Lachen Seitenstiche bekamen.
Mittags machten wir alle auf Yogamatten unser Schläfchen und sangen zusammen *Baby Beluga* und *Skinnamarink.*
Ich will damit sagen, ich kenne diese Jungs mein Leben lang, tagein, tagaus, seit dem Anbeginn der Zeit.
Aber in diesem Augenblick sind sie völlig Fremde.
Die Leute haben seit Wochen über diese Party geredet. Alle hatten eine Facebook-Einladung. Wo zum Teufel steckt Amber? Ist das nicht ihr großer Moment? Die großartige Vorstellung von Garys phantastischem Video?

»Pink«, sage ich. »Gute Wahl.« Chad und Jordan halten in ihren jeweiligen Beschäftigungen inne und beäugen die Luftschlange.

»Es kommen ja auch Mädchen«, murmelt Chad. Er klingt defensiv und verloren. Als wüsste er nichts über die Dinge, die Mädchen zu ihrem Glück brauchen, aber als hätte er die Verpflichtung verspürt, etwas darüber zu lernen. Eine pinkfarbene Luftschlange.

»Schön«, sage ich. Devon kommt mit einer riesigen Discokugel auf der Schulter aus dem Keller gestapft. Er sieht aus wie Atlas, der seinen eigenen privaten Planeten trägt.

Jordan holt eine Leiter hinter der Esszimmertür hervor, und Devon steigt darauf, befestigt die Discokugel am Kronleuchter und fummelt an ein paar Kabeln herum.

»Licht an«, kommandiert Devon. Ich komme seinem Wunsch nach.

Einen Augenblick lang stehen wir im Dunkeln. Dann beginnt die Discokugel, sich zu drehen. Wir werden von strahlenden Lichtovalen übergossen. Ein Kreis bewegt sich über Chads Augen und Wangen, über Devons braune Haut, über mein Gesicht und meinen Körper und meine Haare und hüpft auf die Wand hinter uns. Wir sind von herumwirbelnden Flecken bedeckt.

Die wirbelnden Lichtkreise machen uns augenblicklich glücklich.

»Musik!«, rufe ich.

»Musik«, wiederholt Jordan und schlägt sich mit der flachen Hand an die Stirn. »Ich wusste doch, dass ich was vergessen hatte!«
Er legt Bob Marley auf.
»Warte, bis du die Nebelmaschine siehst«, sagt Devon. Er schaltet eine Art Bühnenbeleuchtung ein – rot, grün, orange, blau –, und eine Kiste in der Zimmerecke spuckt dichten Nebel, der über den Boden wabert und die Farbe wechselt, als er vor den Lichtern entlangkriecht. Bald reicht er uns bis an die Knie.
Es klingelt an der Tür, und auf einen Schlag kommen etwa fünfundzwanzig Leute rein. Die meisten sind von unserer Schule, von einigen weiß ich, dass sie auf die Gonzaga oder die Booth Highschool gehen, und ein paar kenne ich gar nicht.
Sie ziehen auf der Veranda ihre Stiefel aus, strömen ins Wohnzimmer und legen andere Musik auf – Snoop Dogg –, und sie bringen Bier mit. Einer hat eine Literflasche Wodka dabei, die herumgereicht wird. Ich lande in einer Ecke, wo ich mich mit Brittany Bishop über Glitzernagellack unterhalte – anscheinend hat sie eine ganze Sammlung –, und dann schwappen weitere dreißig oder vierzig Leute in den Raum.
Plötzlich scheinen allein im Esszimmer über hundert Leute zu sein. In der Küche, im Wohnzimmer – überall Menschen. Auf der Treppe. Der Geruch nach Pot vermischt

sich mit dem chemischen Geruch der Nebelmaschine. Im Wohnzimmer sind ein Stroboskop und eine Schwarzlichtlampe eingeschaltet, alles ruckelt, Zähne und weiße Kleidungsstücke leuchten, als wären sie in radioaktive Milch getaucht worden.

Es klingelt jetzt ununterbrochen an der Tür, und immer mehr Leute kommen ins Haus. Im Esszimmer stehen sie Schulter an Schulter, tanzen auf der Stelle, springen im Rhythmus auf und ab und rempeln einander an. Die Musik ist sehr laut, es läuft jetzt Techno, und irgendwer schreit, dass die Küche brennt.

Wir erfahren, dass ein Geschirrtuch Feuer gefangen hat, und dann kommen von Feuerlöschschaum bedeckte Leute aus der Küche.

Irgendwer hat eine Dose Luftschlangenspray dabei, und alle haben neonfarbene Schaumfäden in den Haaren und auf den Klamotten.

Obwohl es draußen minus zehn Grad sind, ist es im Haus drückend heiß, die Fenster sind auf, und die Leute drängen auf den riesigen Balkon im ersten Stock und tanzen unter den Sternen.

Dann sehe ich den Typen, dem der Sunbird gehört. Mercy Hanrahan ist bei ihm.

Sie bemerkt mich nicht. Sie ist damit beschäftigt, Zwanzig-Dollar-Scheine einzusammeln und kleine Tütchen mit Koks und Pillen auszuteilen. Der Typ steht nur da, die kräftigen Arme vor der Brust verschränkt, und lässt den Blick durch den Raum schweifen, während sie kassiert, und dann verschwinden sie zusammen.

Brittany Bishop sagt, dass man oben im Bad koksen kann. Es gebe jede Menge und die Leute stünden Schlange.

»Vergiss es, da aufs Klo zu gehen«, ruft Brittany.

Chad hat eine Bierflasche geschüttelt, die Öffnung mit dem Daumen abgedeckt und Jordan damit nassgespritzt, der mit irgendeinem Mädchen knutscht und es gar nicht merkt.

Dann werfen ein paar Leute die Vitrine mit den Kristallgläsern und dem feinen Porzellan von Chads Mutter um, ein monströses Krachen, die Vitrine landet mit der Glasfront auf dem Boden, und die Leute tanzen auf der Rückwand.

Ich sehe den Schrecken in Chads Gesicht. Er ist sehr betrunken und hält eine Flasche Rum in der Hand, er schlängelt sich durch die Leute und ist plötzlich wieder ein kleiner Junge mit ängstlichem Gesicht.

Ich erinnere mich, wie er einmal an Halloween als Lone Ranger verkleidet war, ganz in Weiß, mit weißen Cowboyhosen und einem Cowboyhut, der ihm immer wieder über die Augen fiel. Chad bekam immer zehn von zehn Punkten beim Buchstabiertest, und er war besessen von Schneeeulen. Sogar auf seinem Rucksack war eine Schneeeule.

Er hebt die Flasche an den Mund und stürzt den Rum hinunter.

Das ganze Haus scheint zu pulsieren. Und dann steht

plötzlich Amber auf dem Wohnzimmertisch. Sie kickt die Chipsschale aus dem Weg, die wie eine kleine fliegende Untertasse mit schwerer Funktionsstörung in die Menge fliegt. Sie hat ein Mikrophon in der Hand und ist entsetzlich betrunken.

Amber ist verwandelt. Sie muss sich die Augen mit schwarzem Eyeliner umrandet und sie muss geweint haben, weil sie schwarze Flecken unter den Augen hat. Sie trägt sehr roten Lippenstift, einen Rock aus Kunstfell in Leopardenoptik und richtig hohe Stiefel, fast bis zum Po, mit hohen Absätzen.

Sie wankt wie verrückt da oben. Sie könnte sich definitiv den Knöchel brechen. Der Nebel kriecht die Tischbeine hoch und schleicht auf ihre Füße zu. Ich muss an das Bursting Boils Konzert denken – wann war das? Vor zwei Monaten? Als sie noch eine ernsthafte Schwimmerin war. Als sie noch meine Freundin war.

Brittany Bishop schreit in mein Ohr: »Amber ist auf einem fiesen Trip.«

»Hey, alle miteinander, ich präsentiere euch den unglaublich talentierten Gary Bowen«, lallt Amber ins Mikrophon. Das Mikrofon ist zu laut, und die Leute halten sich die Ohren zu, weil es weh tut. Es hallt und rauscht, ein schrilles Geräusch, das jedes Trommelfell im Raum durchbohren könnte.

»Upps«, sagt Amber. Dann zeigt sie mit dem Arm auf das

Bettlaken hinter sich. Alle schauen auf das Laken. Einen Augenblick lang sind alle still. Irgendwer hat die Musik ausgestellt.

Und dann erwacht auf dem Bettlaken Gary Bowens Musikvideo zum Leben. Ich hasse es, das zuzugeben, aber das Video ist phantastisch. Die Musik ist energetisch und nostalgisch und süß und sexy. Es kommen sogar Hörner vor, und irgendwer spielt auf einer Säge und auf einem Glockenspiel.

Man sieht ein nächtliches Feld mit einem Feuerwerk, eine weiße Limousine holpert über die Furchen eines Feldwegs, und dann zeigt die Kamera einen Hügel. Einen einsamen Hügel mit gelbem Gras, das im Wind weht, und dann etwa zwanzig Leute auf Stelzen, die den Hügel erklimmen.

Die Stelzen müssen Ambers Idee gewesen sein, von damals, als Hank uns zeigte, wie man darauf läuft.

»Schau mal, da drüben«, sagt Brittany, zupft an meinem Ärmel und zeigt mit dem Finger. Ich löse den Blick widerwillig von der Leinwand. Sie zeigt auf die Jungs aus Garys Basketballmannschaft. Sie sind alle in ihren Trikots zur Party gekommen. Sie schauen nicht auf das Video. Sie schauen alle gleichzeitig auf ihre Handys, ihre Gesichter sind von dem blauen Licht der Displays erleuchtet, und ihre Köpfe wie zum Gebet gesenkt.

Brittany stößt sich von der Wand ab und geht in ihre Richtung. Sie bahnt sich einen Weg durch die Menge. Alle ha-

ben wieder angefangen zu tanzen, und Amber steht immer noch auf dem Tisch und tanzt für sich allein, gefährlich nah an der Tischkannte, während das Video weiterläuft, und singt ein bisschen mit. Ihr Körper verdeckt einen Teil der Leinwand, und ihr Gesicht, ihre Arme und ihre weiße Spitzenbluse sind Teil der Projektionsfläche.
Dann sehe ich Gary, der versucht, zu Amber zu kommen. Er ist stinksauer. Das Video läuft ein zweites Mal, und niemand scheint mehr hinzuschauen. Irgendjemand stellt den Song mittendrin aus, und alle fangen an, zu Kanye West zu tanzen. Gary schreit sich die Lungen aus dem Leib, dass Amber vom Tisch kommen soll.
»Runter vom Tisch, du fette Kuh«, schreit er.
Aber Amber singt immer noch mit geschlossenen Augen Garys Song ins Mikrophon. Sie singt schief und schrill.
Da kommen Tyrone und das Mädchen aus dem Schwimmbad, Evelyn, in den Raum. Tyrone bahnt sich einen Weg in meine Richtung. Evelyn folgt ihm. Sie halten sich an den Händen. Tyrone zieht sie durch die Menge. Brittany redet mit einem der Typen aus dem Basketballteam. Nein, sie schreit ihn an.
Ich sehe, dass Brittany ihm das Handy aus der Hand reißt und zu mir zurückkommt. Brittany ist vor Tyrone bei mir und zeigt mir das Foto auf dem Handy.
Es ist Amber, komplett nackt. Brittany scrollt hoch, um mir die Nachrichten zu zeigen.

Ziemlich heiß, was? Und jetzt schickt ihr mal Fotos von euren Schlampen!

Gary hat Ambers Foto an das gesamte Basketballteam geschickt.

Da merke ich, dass Gary sich mit der Schulter zum Beamer durchrempelt und dabei Leute am Kragen packt und aus dem Weg zerrt. Er steht am Computer, einen Augenblick lang wird der Bildschirmhintergrund auf das Bettlaken projiziert, und dann ist da Ambers Nacktfoto, das Foto auf dem Handy in Brittanys Hand, überlebensgroß an der Wand hinter ihr, damit alle es sehen können.

Die Typen im Raum fangen an zu johlen. Sie rufen Amber zu, *ausziehen, ausziehen.* Amber taumelt ein bisschen, verwirrt, und ihre Hände flattern neben ihrem Kopf.

»Wir wollen die Titten sehen, Schlampe!«, ruft jemand.

Amber wankt und fällt fast vom Tisch, aber sie fängt sich wieder und dreht sich um, um zu sehen, warum alle auf das Bettlaken zeigen. Das Bild erstreckt sich über die ganze Wand, und ein Teil ihrer Stirn ist auf die Decke projiziert. Sie dreht sich um und schaut in die Menge, sie sucht Gary, und sie sieht ihn am Beamer stehen.

»Ich habe gesagt, *runter* vom Tisch, du fette Kuh«, schreit Gary.

»Ich habe dir vertraut«, sagt sie ins Mikrophon. Aber ihre Stimme klingt leise.

Tyrone hat es endlich durch die Menge geschafft. Er nimmt

meinen Arm und sagt: »Komm, wir müssen hier raus. Die Bullen kommen. Die nehmen mich fest, wenn sie mich hier finden. Irgendwer hat ihnen gesteckt, dass die Graffiti von mir sind. Komm, Flannery.«

»Dann geh doch«, sage ich.

»Komm mit«, sagt er. »Ich will nicht, dass du niedergetrampelt wirst.«

»Ich kann Amber nicht alleinlassen«, sage ich. Eine Sekunde lang steht Tyrone ganz still und schaut zu Amber und der Projektion hoch. Er schaut zurück zur Tür. Dann bahnt er sich einen Weg durch die Menge zu Amber.

»Ich hole sie«, ruft er über die Schulter.

Amber hat sich wieder umgedreht, um ihr Bild anzusehen, dann weicht sie zurück. Sie hat eine Hand vor den Mund gelegt.

Und in diesem Moment hören wir den Balkon.

Es ist ein durchdringendes Geräusch. Das Splittern von Holz und das Schreien der Schrauben, als sie aus der Mauer gerissen werden, und das Kreischen der Leute auf dem Balkon. Er entfernt sich vom Haus, und kurz sieht es so aus, als würde er auf Stelzen laufen und all die bekifften, betrunkenen, tanzenden Leute um die Stadt tragen und über die Hügel und noch weiter, in den Himmel und zu den Sternen.

Dann kracht er durch die Ahornbäume und schüttelt dabei dreiundvierzig Teenager ab.

»Bullen«, schreit jemand. »Die Bullen!« Wir hören die Sirenen von der Straße.
Alle im Haus rennen zur Hintertür. Die Leute klettern aus den Fenstern im Erdgeschoss.
Amber dreht sich schnell zu uns um, aber da ist keine Amber mehr. Welche Droge sie auch genommen hat, oder was Gary ihr auch ins Getränk gemischt hat, sie ist nicht mehr Amber. Sie sucht in der Menge nach Gary und sieht ihn.
»Verdammte fette Kuh«, schreit er immer wieder.
Amber reißt plötzlich ihre Bluse auf. Knöpfe fliegen. Sie schält sich aus der Bluse, lässt sie über dem Kopf kreisen und schleudert sie weg.
Ich schreie sie an. »Amber! Komm da runter. Amber, ich bin hier. Ich bin hier!«
Sie reißt sich erst den einen BH-Träger über die Schulter und dann den anderen, zieht den BH bis zur Hüfte, und da hängt er. Sie steht einfach nur da, halbnackt, reglos, vor ihrem Bild an der Wand, und dann kippt sie vornüber auf den Boden.
»Wir müssen zu ihr«, sagt Brittany. »Sie wird überrannt.«
Ich schiebe mich schon durch die Menge. Da sehe ich Kyle Keating. Er stemmt sich ebenfalls gegen die Menge, um zu Amber zu kommen.
Kyle und Tyrone sind zuerst bei ihr. Brittany fegt Dosen und Schnapsflaschen vom Tisch, und die Jungs legen sie darauf.

Sie ist bewusstlos. Tyrone zieht seine Jeansjacke aus und deckt sie damit zu.
»Sie hat einen Schock«, sagt Kyle. »Dreht sie auf die Seite. Wir brauchen einen Notarzt.« Er wählt schon den Notruf auf seinem Handy.
Brittany dreht sich um und verschwindet in der Menge. Dann verschwindet das Nacktbild von der Wand, und ich sehe, dass Brittany bei dem Beamer steht und den Laptop in ihre Armeetasche packt.
Ambers Augen sind nach hinten verdreht, und ich kann nur weiße Schlitze sehen. Sie ist verschwitzt und eiskalt.
»Wir müssen sie wach kriegen«, sage ich die ganze Zeit. »Wir müssen sie wach kriegen.« Einen Augenblick lang flattern ihre Lider, und sie sieht mich an. Sie schaut mir in die Augen, und ich nehme ihre Hand und drücke sie.
»Flannery«, sagt sie. »Hat dir das Video gefallen? Ist es nicht toll?«
Dann rollen ihre Augen zurück in ihren Kopf.
Die Sanitäter kommen, Kyle sagt ihnen, dass ihre Atmung verlangsamt ist, und nennt ihnen ihren Puls, und einer von ihnen schreibt alles auf ein Clipboard. Dann laden sie Amber auf die Trage.
Draußen werden weitere Leute, die sich auf dem Balkon befanden und verletzt sind, auf Tragen gehoben. Ich zittere und weine, und Kyle hält meine Hand.
Chad liegt bewusstlos in einer Ecke des Wohnzimmers.

Kyle läuft nach oben und kommt mit einem Kissen und ein paar Decken zurück, wir drehen Chad auf die Seite, und dann suchen wir unsere Jacken. Ich habe keine Ahnung, wohin Tyrone und Evelyne verschwunden sind.
Auf der Veranda ist ein riesiger Stiefelhaufen. Die Leute müssen auf Strümpfen abgehauen sein. Meine Stiefel sind weg, aber ich leihe mir ein anderes Paar, das mir passt. Dann gehen wir auf die Straße.
Es ist erst zwei Uhr. Der Bürgersteig ist mit kaputten Flaschen übersät. Das Glas glitzert im Licht der Straßenlaterne. Schnee fällt in dicken Flocken. Kyle legt den Arm um mich und begleitet mich durch den Schnee nach Hause.

30

Erst am nächsten Tag erfahre ich, dass Tyrone dageblieben ist, um den Leuten zu helfen, die beim Absturz des Balkons verletzt wurden. Und dabei wurde er festgenommen. Irgendjemand hatte ein Foto von ihm auf Facebook gepostet und ihn als SprayPig identifiziert, und einer der Polizisten, die die Party stürmten, hat ihn erkannt. Auf Instagram waren Fotos von ihm, wie er in Handschellen auf den Rücksitz eines Polizeiautos verfrachtet wurde. Er wurde geradewegs in die Jugendhaftanstalt in Whitbourne gebracht.

Tyrones Prozess soll erst in einigen Monaten stattfinden. Sein Anwalt will eine Bewährungsstrafe aushandeln. Aber es heißt, dass er dafür bei seiner Mutter und Marty wohnen muss. Natürlich weigert er sich.

Deshalb findet drei Tage nach seiner Festnahme eine Anhörung statt.

Alle drängen sich in den Gerichtssaal. Miranda begleitet Tyrones Mutter. So ziemlich jeder Schüler der zwölften Klasse von Holy Heart ist da. Sogar einige Lehrer.

Der Staatsanwalt führt Aufnahmen von Tyrones sogenanntem »Vandalismus« der vergangenen zwei Jahre vor. Es gibt natürlich Bilder von der Schneekönigin und sogar eins von dem Porträt seiner Mutter am Wasserfall, wie sie das rote Kleid im Fluss wäscht.

Als das Bild auf der Leinwand erscheint, erhebt sich Gemurmel. Das Gemälde zeigt noch deutlicher als die anderen, was für ein außergewöhnlicher Künstler Tyrone ist, und jeder kann sehen, dass es ein Porträt seiner Mutter ist. Sogar der Richter macht einen Kommentar über Tyrones Talent. Natürlich muss ich dabei an den Kuss denken.

Er tut mir leid, wie er da oben steht und über seine Gemälde redet. Er redet auch über Marty und darüber, wie es sich anfühlt, zuzusehen, wie jemand deiner Mutter ins Gesicht schlägt.

»Aber nichts davon ist eine Entschuldigung dafür, Menschen schlecht zu behandeln«, sagt er. Dabei sieht er mir genau in die Augen.

»Es tut mir sehr leid um die Menschen, die ich verletzt habe«, sagt er. »Ich weiß, dass mein Verhalten egoistisch und falsch war. Es tut mir leid.«

Ich weiß, dass ich nicht mehr in Tyrone verliebt bin. Aber ich bin bereit, ihm zu verzeihen. Und es fühlt sich gut an, ihm von meinem Platz im Zuschauerraum, oder wie auch immer man das nennt, von wo aus man einem Menschen vor Gericht zuschaut, zuzunicken.

Tyrones Anwalt spricht über die Geschichte der Graffitikunst und vergleicht Tyrone mit Banksy – den alle im Gerichtssaal schnell auf ihren Handys googeln. Bis auf Miranda natürlich, die alles über Banksy weiß und keinen Schimmer hat, wie man auf dem Handy etwas googelt.

Das stärkste Argument, das für andere Bewährungsbedingungen spricht, ist laut Tyrones Anwalt die schwierige Beziehung zu seinem Stiefvater.

»Tyrone O'Rourkes Lebenssituation hat sich in den letzten Jahren fortwährend verschlechtert«, sagt sein Anwalt. »Seine Kunst kann man als kreative Auseinandersetzung mit dieser Krise sehen, und auch wenn sie ohne Frage dreister Vandalismus ist, ist Mr O'Rourke auch ein talentierter junger Mann ohne Vorstrafen.«

Bei diesen Worten schaut Tyrone wieder zu mir und denkt vermutlich an die Kopfhörer.

Gern geschehen, denke ich. *Beinahe.*

Niemand darf über Tyrones Anhörung Bericht erstatten oder seinen Namen nennen, weil er noch minderjährig ist. Aber das verhindert nicht den Medienrummel über die Festnahme von SprayPig. Eine Woche lang ist die Story jeden Tag in der Zeitung, sie ist das Thema dreier Radiosendungen mit Hörerbeteiligung und zweier Meldungen in den lokalen Fernsehnachrichten, in denen Bilder seiner Werke gezeigt werden. Die Zeitungen haben ganzseitige Fotografien abgedruckt, und er hat sogar ein paar Angebote

bekommen – die Leute wollen seine Skizzen kaufen. Angeblich wurde er sogar von einer Galerie in Toronto kontaktiert.
Der Richter hat verfügt, dass Tyrone vorübergehend in einem Wohnheim für gefährdete Jugendliche untergebracht wird, bis er sein Leben wieder im Griff hat. Und nur wenige Tage nach seinem Termin im Gericht hat seine Mutter Marty der Körperverletzung in mehreren Fällen angeklagt. Marty ist ausgezogen, und Miranda sagt, dass Tyrones Mom anfängt, ihr Leben wieder selbst in die Hand zu nehmen – der Plan ist, dass Tyrone irgendwann wieder bei ihr einzieht.
Aber obwohl Tyrone nicht mehr in Untersuchungshaft ist, lässt er sich auf der Jungunternehmermesse nicht blicken. Das hatte ich auch nicht erwartet. Er will keine Anerkennung mehr für Leistungen, die er nicht selbst erbracht hat. Miranda hat erzählt, dass er die zwölfte Klasse wiederholen wird, aber auf einer alternativen Schule.
Auf der Messe sind jede Menge Kunden und Schaulustige unterwegs. Natürlich kommen alle Eltern und viele Lehrer von den verschiedenen Highschools der Stadt, und es geht das Gerücht um, dass sogar der Finanzminister hier irgendwo unterwegs ist. Die Klebebandportemonnaies sind der Renner. Die Sandalen aus alten Fahrradschläuchen nicht ganz so. Anscheinend kneifen sie an den Zehen. Ein Schüler einer anderen Schule hat Vogelhäuschen im Angebot, die

aussehen wie die Bars in der George Street, die gehen auch weg wie warme Semmeln.

Mein Vorrat an Liebestränken neigt sich dem Ende zu. Nach den ersten hundert Flaschen hatte ich noch einmal fünfzig Flaschen extra für die Messe vorbereitet – *Superstarke ewige Liebe.* Ich weiß, dass ich noch mehr hätte verkaufen können, aber Fred, der Glasbläser, hat seine Sachen gepackt und die Segel nach Europa gesetzt. Diese Flaschen waren die letzten.

Als meine Tränke fast ausverkauft sind, erscheint Sensei Larry an meinem Stand, kauft mir einen ab und beschließt, ihn an Ort und Stelle zu trinken. Er nimmt einen Schluck, wirft den Kopf zurück und gurgelt zum Spaß. Dann trinkt er die ganze Flasche auf Ex und leckt sich die Lippen, und genau in dem Augenblick kommt Miranda mit Felix um die Ecke. Mein Bruder versinkt augenblicklich in einer sehr tiefen Karateverbeugung, um seinen Respekt für Sensei Larry zum Ausdruck zu bringen, und verharrt bestimmt eineinhalb Minuten so.

»Alles bio, oder?«, fragt Sensei Larry mich.

»Klar«, sage ich. »Natürlich ist es nur ein Gag. Aber die Flaschen sind schön.«

»Also«, sagt Sensei Larry zu Miranda. »Es gibt da so eine Veranstaltung, ein Mittelalterfest im Sheraton. Da kommen Leute aus ganz Kanada. Alle in Kostümen. Ich gehe im Kettenhemd. Ich weiß nicht, ob das Ihr Ding ist, aber na ja, Sie haben ja schon die Tiara. Deshalb habe ich mich gefragt, ob Sie mich vielleicht begleiten würden. Es gibt da Honigwein und Wild und Wachteln.«

»Aber gern, Larry«, sagt Miranda. »Vielen Dank für die Einladung!«

Sensei Larry stellt die leere Flasche zurück auf den Tisch, und ich fange an, zusammenzupacken.

In dem Augenblick erscheint Ms Rideout, die Wicca-Anwältin, an meinem Stand. Sie hat das allersüßeste kleine Baby in einer Bauchtrage umgeschnallt.

»Ich würde gerne einen Trank erwerben«, sagt sie. Sie kauft eine Flasche *Superstarke ewige Liebe*, zieht den Korken heraus und nimmt einen Schluck.

Gerade da wacht ihr Baby auf und beginnt zu brüllen. Aber Ms Rideout schaut ihm nur liebevoll in die Augen.

»Hallo, meine Süße«, sagt sie. »Mami liebt dich, jajaja! Jajaja!«

Mr Payne kommt vorbei, um meine Verkaufszahlen zu notieren und meine Note zu berechnen.

»Gut gemacht, Malone«, sagt er. »Vor allem, wenn man bedenkt, dass Sie die ganze Arbeit allein gemacht haben. Sie sind eine unabhängige junge Frau mit einem klugen Kopf auf den Schultern. Ich gebe Ihnen fünf Extrapunkte, weil Sie allein gearbeitet haben. Ich muss Ihr Produkt nur noch einmal zur Qualitätskontrolle probieren, bevor ich Ihre Abschlussnote festlegen kann.«

Dann bemerkt er Ms Rideout und ihr Baby.
»Wen haben wir denn da?«, sagt Mr Payne. Er kitzelt das Baby unterm Kinn, und es ist so überrascht, dass es aufhört zu brüllen.
Dann nimmt er einen Trank vom Tisch, und während er zerstreut mit Ms Rideout plaudert, hebt er die Flasche an die Lippen, aber ich reiße sie ihm aus der Hand.
»Das würde ich an Ihrer Stelle nicht tun«, sage ich.
Glücklicherweise hört er es nicht, weil er in diesem Augenblick über den Lautsprecher ausgerufen wird. Es ist an der Zeit, den Gewinner des Jungunternehmer-Exzellenzpreises zu verkünden.
Und natürlich geht der Preis an Elaine Power und Mark Galway, die 1000 Dollar bekommen, um ihre Arbeit in den Bereichen Umweltaktivismus und Kommunikationsinnovation fortzusetzen. Mr Payne erklärt über das Mikrophon, dass »Power und Galway zwar nichts produziert haben, was sich, ähem, *verkaufen* lässt, was ja eigentlich das Hauptkriterium war, aber sie waren mutig und sehr innovativ, und sie haben einen wichtigen Beitrag geleistet, um unseren Planeten zu retten.«
Und außerdem (das sagt er aber nicht) wird der Preis von Mark Galways Großvater gesponsert.
Ich stelle fest, dass mir, auch nachdem ich Fred die Flaschen bezahlt habe, immer noch ein hübsches Sümmchen übrig bleibt. Damit würde ich Miranda gerne was Spektakuläres

kaufen. Vielleicht ein tolles mittelalterliches Ballkleid. Es könnte ihr Mittelalter-Fummel werden.

Zwei Wochen später, als Sensei Larry Miranda zu ihrer Verabredung abholt, ist das heruntergelassene Visier seines Helms festgefroren, weil es so kalt ist, und er klirrt und scheppert bei jedem Schritt. Aber alle Nachbarn, die aus dem Fenster schauen, sehen Miranda in dem fluffigsten Abendkleid, das der Secondhandladen zu bieten hatte, die Straßen entlangrauschen, mit ihrem Ritter in glänzender Rüstung.

Epilog

Chad und Jordan und Devon haben ihr Bestes gegeben, um nach der Party das Haus von Chads Eltern wieder in Ordnung zu bringen. Sie konnten Chads Onkel dazu überreden, eine neue Hintertür einzubauen, aber der Balkon wurde erst repariert, als Chads Eltern aus China zurück waren. Es gab mehrere Knochenbrüche bei dem Unfall, aber niemand kam ums Leben, und die Notärzte meinten, das sei ein Wunder.

Das Nacktbild von Amber war überall im Internet zu sehen, und sie kam im neuen Jahr nicht zurück in die Schule. Ich habe gehört, dass ihr nahegelegt wurde, die Schwimmmannschaft zu verlassen, aber das kann auch nur ein Gerücht gewesen sein. Es stimmt aber, dass sie mit dem Schwimmen aufgehört hat. Vielleicht hat sie einfach entschieden, dass sie letzten Endes doch keine Schwimmerin sein wollte.

Nach Weihnachten wechselte sie auf eine Privatschule in Toronto, um das Schuljahr dort zu beenden.

Vor ihrer Abreise ging ich einmal bei ihr zu Hause vorbei.

Ihr Vater bat mich, auf der Veranda zu warten (sie sagen dazu Vorzimmer), und ich stand lange Zeit dort herum, während er irgendwo im ersten Stock mit Amber redete. Er kam wieder nach unten und sagte, sie wolle niemanden sehen. Er war offensichtlich sauer auf mich. Vielleicht war er auf alle sauer. Mittlerweile weiß ich, dass er und Cindy mitten in ihrer Trennung steckten. Sie hatten natürlich auch das Bild im Internet gesehen, und ich glaube, das Ganze war zu viel für sie. Inzwischen hat Cindy ein neues Haus auf der anderen Seite der Stadt gekauft.

Danach zog sich der Winter dahin, und ich zog mich vor den meisten Leuten zurück.

Jetzt fiebern alle dem Abschlussball entgegen. Ich bin in einem Komitee mit Elaine Power und Mark Galway (die immer noch verrückt nach einander sind), um den Abschlussball möglichst umweltbewusst und sozialgerecht zu gestalten. Wir haben Spenden für Leute gesammelt, die sich die Eintrittskarte nicht leisten können (so wie ich!) und eine Ballkleider-Recycling-Aktion gestartet. Insgesamt wurden 42 Kleider gespendet, in allen Schnitten und Größen, die meisten davon nur ein einziges Mal getragen.

Elaine wollte auch ein veganes Menü durchsetzen, aber da haben die Fleischesser rebelliert. Trotzdem denke ich, wenn mein Vater, der Unbekannte, der auf einem Boot aus Müll in unsere Stadt gesegelt kam, irgendwie von meiner Existenz erführe und hörte, dass ich mitgeholfen habe, einen umweltfreundlichen Abschlussball zu organisieren, 42 finanziell benachteiligten jungen Frauen zu tollen Ballkleidern zu verhelfen und kostenlose Eintrittskarten für alle, die sie brauchen, zu ermöglichen, dann wäre mein Vater, wer auch immer er ist, vielleicht stolz auf mich.

Am Tag meiner letzten Prüfung fragt Kyle Keating mich, ob ich mit ihm in die Schmetterlingsausstellung im Bowring Park gehen will. Elaine Power hat ihm auf dem Gang davon erzählt, als ich gerade vorbeikam, und er fragte, ob ich sie mir mit ihm anschauen würde.

Als Date würde ich das nicht bezeichnen. Ich war nur zufällig da, als sie darüber redeten, und willigte ein, mitzukommen. Ich hatte das restliche Schuljahr eher zurückgezogen verbracht, mich aufs Lernen konzentriert und Zeit darauf verwandt, mir zu überlegen, welche Universität ich im Herbst besuchen will.

Aber ich habe eingewilligt, weil es nach zwölf regnerischen Tagen endlich wieder sonnig war, und weil ich dachte, es würde Spaß machen, in den Bus zu steigen und zum Bowring Park rauszufahren. Und weil ich wusste, wenn ich an diesem Tag aus den Türen von Holy Heart treten würde, wäre ich ein für allemal fertig mit der Highschool.

Ich habe mein Biologiebuch im Sekretariat abgegeben, für irgendeinen Schüler, der nächstes Jahr in die zwölfte Klasse kommt und nicht genug Geld hat, um es sich zu kaufen. Ich habe beschlossen, es nicht weiterzuverkaufen.

Außerdem habe ich eine Nachricht von Amber bekommen. Die erste, seit sie vor sechs Monaten nach Toronto gegangen ist.
Sie kommt nach Hause, und sie will mich auf einen Kaffee treffen. Das war alles, was sie schrieb, und ich schrieb zurück, *Klar*, und dann fügte ich noch ein *xo* hinzu. Darauf schrieb sie: *Es tut mir so leid.*
Ich weiß, dass Amber und ich nie wieder die Freundinnen sein werden, die wir einmal waren. Aber ich spüre, dass ich anfange, zu schmelzen. Ich habe zurückgeschrieben, dass ich mich darauf freue, sie zu sehen.
Und das war es mit den Nachrichten.
Gary Bowen macht immer noch Musik mit seiner Band. Das Video, das Amber für ihn gemacht hat, hat über 300 000 Klicks bei YouTube. Angeblich bereiten sie ein Album vor. Einige Scouts haben Interesse angemeldet. Er hat eine neue Freundin, und alle sagen, dass er sie betrügt.

Die Schmetterlinge.
Die Luft in dem großen Gewächshaus im Bowring Park ist feucht und sehr warm und riecht irgendwie grün. Kyle öffnet die Glastür, und ich ducke mich unter seinem Arm hindurch und gehe rein. Es riecht nach Blumen und Erde und Algen, die in den Wasserlöchern in den Felsen wachsen. In der Mitte des Gewächshauses steht ein Springbrunnen, und ein kleines Kind weint ängstlich.

Ein Mädchen mit Haaren, die die Farbe einer geschälten Banane haben, und roten Wangen, als wäre es gerade aus einem Schläfchen erwacht. Ein Schmetterling landet auf ihrer Nase. Sie schreit vor Angst auf, und Tränen quellen aus ihren Augen und kullern über ihre rosigen Wangen.
Überall Schmetterlinge.
Sie schlagen in der dunstigen Luft bedächtig mit den Flügeln, als hätten sie alle Zeit der Welt.
Es gibt einen Glaskasten voller Larven. Winzige papierne Säckchen, jedes einzelne sorgfältig an ein Stück Holz geheftet.
Eins dieser Papiersäckchen hat am unteren Ende ein Loch. Ich kann sehen, wie sich ein Flügel entfaltet. Er ist schwarz und weiß mit einem leuchtendpinkfarbenen Streifen.
Er entfaltet sich, wie sich alle entfaltbaren Dinge entfalten: Wurfzelte, Origamikraniche, aufblasbare Schlauchboote, der Rest deines Lebens. Aufklappen, vorschnellen, ins Sein springen, wohl wissend, was einmal sein wird. Unfähig, innezuhalten und es nicht zu wissen, aber achtsam auf jede sich entfaltende Falte, ohne Makel, ohne Knacks, mit zitternden Flügeln, ja, ja. Das ist es.
Kyle Keating hält seine Faust vor meine Nase. Auf seinem Handrücken sitzt ein brauner Schmetterling. Er ist groß, seine braunen Flügel sind geschlossen, und er hat ein zartes, glanzloses Muster. Er sieht aus wie Baumrinde.
Nach einer langen Weile öffnet sich der Schmetterling auf

Kyles Hand. Es ist, als hätte er es beschlossen. Er hat darüber nachgedacht. Die Flügel des glanzlosen Schmetterlings sind im Inneren leuchtendgrün.
Der Anblick kommt ganz unerwartet. Ich schaue in Kyles Augen und sehe, dass es ihm genauso geht.
Ich würde ja gerne behaupten, dass Kyle in diesem unerwarteten Moment des Staunens auf die Idee kommt, mich zu küssen.
Aber was in diesem erstaunlichen Moment mit dem Schmetterling passiert, ist viel unerklärlicher. Ihr kennt diese Ausdrücke wie »weiche Knie bekommen« oder »die Kontrolle verlieren« oder »magisch angezogen sein«?
Vergesst diese bescheuerten Ausdrücke. Verbannt sie aus eurem Wortschatz.
Ich sage euch, was in der feuchten, sonnendurchfluteten Hitze des beschlagenen Gewächshauses passiert, während wir staunen, Kyle und ich, inmitten einer Aureole aus flatternden Schmetterlingen. Ich stelle mich auf die Zehenspitzen und küsse Kyle direkt auf den Mund.
Irgendein Teil von mir hat es so beschlossen. Und so geschieht es. Ich küsse ihn.